1

대도란

대도란 1

초판 인쇄 2025년 12월 22일
초판 발행 2025년 12월 28일

지은이　　내가위
펴낸이　　김태헌
펴낸곳　　스타파이브

주소　　　경기도 고양시 일산서구 덕이로 186 2층
출판등록　2021년 3월 11일 제2021-000062호
전화　　　031-911-3416
팩스　　　031-911-3417

1
개

Contents

대도란 1

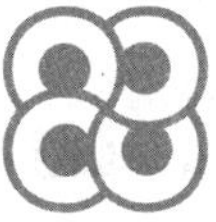

제1장

철궁세가(鐵弓世家)

꽈르르릉!

캄캄한 심야를 쪼갤 듯이 가르는 광풍폭우, 그리고 뇌성벽력. 엄청난 뇌전이 빛이 되어 흐르고 그때마다 시커먼 암야(暗夜)가 쩍쩍 갈라졌다.

마치 이대로 천지(天地)의 종말을 고할 것처럼…….

기암거봉(奇岩巨峰).

그곳의 정상에 깎아지른 듯한 형상의 만장단애(萬丈斷崖)가 있다. 그리고 그 기암거봉에 위치한 만장단애의 끝에 천지를 뒤바꿔 놓을 듯한 뇌성벽력과 광풍폭우를 맞으며 정체 모를 두 사람이 서 있다.

무슨 이유로, 나는 새마저도 날아들지 않는다는 죽음의 거대한 암봉의 끝에 광풍폭우를 맞으며 서 있는 것인가?

“…….”

“…….”

말없이 서 있는 두 사람.

컴컴한 어둠 속에서 서로를 향해 서 있는 두 사람의 눈에서는 뇌전보다도 날카로운 인광이 줄기줄기 쏟아지고 있었다. 그들의 눈빛은 마치 세상 모든 것을 태워버릴 듯, 서로를 주시했다.

한순간, 침묵을 지킨 채 서로를 뚫어질 듯 쳐다보던 두 사람 사이로 시커먼 암야를 깨부술 듯이 가르며 엄청난 뇌전이 빛줄기를 토해냈다.

동시에 천지가 환해지는 그 찰나 두 사람의 모습을 뚜렷하게 볼 수 있었다. 한 명의 구부정한 노인과 호리호리한 중년의 미부(美婦)였다.

흑의(黑衣)에 감추어진 노인의 전신에선 왠지 모를 소름이 끼치는 이상한 기운이 안개처럼 스멀스멀 피어오르고 있었다. 또한 그 싸늘한 눈빛은 보는 사람으로 하여금 절로 주눅이 들게 할 정도로 강렬했다. 더구나 그 모진 폭우가 그의 전신 일 장 밖에서 무형의 막에 부딪친 듯 튕겨지고 부서지는 모습은 그가 절대(絕代)의 무공을 지녔음을 확인시켜 주고 있었다.

그를 앞에 두고 서 있는 수려한 미부의 자태는 노인과는 너무도 다른 분위기의 기도를 형성하고 있었다.

성스럽고, 고아하고……, 한없이 우아하고, 귀족적인 기품이 전신을 감싸고 있는 여인. 이런 여인이라면 이 세상에 어떤 번뇌를 지닌 자라도 그녀의 어루만짐 한 번이면 모든 고통을 훌훌 털어 버리고 박장대소를 날리게 할 힘을 가졌을 것이다. 하지만 지금은 그녀의 그 고아한 기질과 아름다운 얼굴에 어울리지 않게 두 눈엔 사악(邪惡)한 기운이 안개처럼 밀려나오고 있었다.

현숙하고 우아한 자태와는 너무나 어울리지 않는 그 기질은 대체 어디에서부터 흘러나오는 것인가?

두 사람은 침묵을 유지한 채 서로를 바라보며 서 있었다.

그러한 두 사람 사이로 천지를 가르는 뇌전은 쉬지 않고 지나갔으며, 그럴 때마다 희미한 운무에 싸인 두 인영이 확연하게 드러나고 있었다.

얼마의 시간이 지나 갔을까?

문득 구부정한 노인이 입을 열었다.

"사후(邪后)! 모든 준비는 되어 있다. 놈을 현혹시켰느냐?"

노인의 말에는 의미 모를 음습함이 깔려 있었다.

"호호호! 물론이에요, 종사(宗師)."

미부는 그녀의 전신을 감싸는 그 고아한 기질에 어울리지 않게 요사한 웃음을 뿌렸다.

그런데 종사라니, 그렇다면 이 노인이 어떤 단체를 이끌고 있는 신분이란 거 아닌가?

"종사. 설마 이번 거사(巨事)가 끝난다고 천첩을 멀리 하지는 않으시겠지요?"

구부정한 노인은 두 눈을 가늘게 뜨며 입술 끝을 올렸다.

"물론이다. 이 세상에 너만큼 기교와 허리 기술이 좋은 년이 있다더냐? 절대 널 멀리 할 순 없을 테니 걱정 말아라. 너의 신호가 울리면 일만의 마병(魔兵)이…… 크크크크!"

아수라가 토해 내는 웃음처럼, 노인은 듣기 싫은 금속성이 섞인 웃음소리를 흘려내고 있었다.

그때 천지간을 수천 조각으로 부숴 버리는 뇌성벽력이 노인의 목소리를 삼켜버렸다.

미부가 입술을 질끈 깨물며 매서운 눈으로 허공을 응시했다.

"이 날을 위해…… 오 년 동안 그에게 접근했다."

그녀의 표정을 살피던 노인은 더욱 큰 소리로 웃었다.

"크크크, 잘했다. 마후!"

문득 중년미부가 안색을 굳혔다.

뇌전 속의 그 모습은 마치 빙굴에서 방금 뛰쳐나온 얼음 조각을 보는 듯 차가워 보였다.

그녀의 갑작스러운 변화에 뇌전을 박살내 버릴 듯한 가공한 살기가 주위에 흩뿌려졌다. 동시에 엄청난 뇌전의 벽을 뚫고 미부가 부르짖는 음성이 쩅쩅한 사방에 금을 그었다.

"호호호. 본교(本敎)가 세 번씩이나 철궁(鐵弓)에게 치욕을 당할 수 있사오리까? 더구나 그는 우리의 적이라고 할 수 있는 대도(大盜)……."

"되었다. 가자! 가서 죽음의 축제를 준비하자꾸나!"

갑자기 튀어나온 노인의 음성은 그대로 허공에 부서져 부스스 암천을 가루로 만들었다.

그러나 그것이 흩어지기도 전에, 미부의 가녀린 교구가 가볍게 진동을 일으키는가 싶은 순간, 그녀의 몸은 천공(天空)을 가르는 뇌전보다도 빠르게 어둠 속으로 사라져버렸다.

하지만 그녀가 마지막 내뱉은 음성은 뇌전보다도 더욱 커다랗고 확실하게 사방에 균열을 일으키며 들려오고 있었다.

"호호호호! 종사! 철궁의 맥은 이제 본 마후에 의해 완전히 잠들게 될 것입니다."

덩그러니 맴돌아 떨어지는 소리의 여운을 남기며 사라져간 방향을 바라보는 노인의 얼굴에선 알 수 없는 희색(喜色)이 얼굴 가득 떠올랐다.

"철궁세가(鐵弓世家)! 네놈들의 이백 년 몸짓을 지켜보았다. 이제 본 존이 네놈을 대신하여 중원을 통치하리라!"

하고 말을 마친 순간,

파악!

노인의 모습은 흔적도 없이 사라져버렸다.

사라지는 신법은 하늘마저 놀라고 말 통천가공의 기예, 바로 그것이었다.

두 사람, 그들이 뿌린 기도와 음악하기 짝이 없는 마기와 사기는 인세의 것이 아니었는데, 그들이 뱉어낸 말들은 무엇을 의미한단 말인가?

도대체 이 두 남녀는 어떤 존재이며, 또 그들이 이야기하던 철궁세가는 무엇이란 말인가?

이해할 수 없는 의문과 요악한 분위기를 뿌려내던 거봉 위엔 여전히 폭우가 쏟아지고 뇌전이 하늘을 가르고 있었다.

*　*　*

항산(恒山)은 중원을 가리키는 오악(五嶽) 중 북악(北嶽)이라고 불리는 천하대산이다. 기이절륜한 기봉(奇峰)과 괴암(怪岩)이 사방 만 리(萬里)를 내려다보고 있는 곳. 항산이 준봉과 기암, 그리고 괴봉을 품고 천하를 굽어보듯 이 높은 곳엔 중원천하를 내려다보는 무림의 천하지주(天下支柱)가 있었다.

그의 찬란한 영광과 그의 빛나는 위명을 시사해 주듯, 장장 백여 리에 뻗친 성보(城堡)에는 수십만 개의 등종(燈鐘)이 어둠을 밝혀 일대장관을 이루고 있었다.

철궁세가(鐵弓世家).

바로 이곳이 당금 무림을 주도 하고 있는 정무대천(正武大天)의 하늘이요, 정도의 신(神)이라 일컬어지는 이가 기거하는 곳이었다. 중원세가(中原世家)라는 거대한 이름으로 칭해지는 철궁세가는 항산에 자리 잡고 있었다.

당금 무림이 내우외환(內憂外患)과 잡다한 세력의 난립(亂立)으로 어지럽고 종잡을 수가 없다하나 어찌 중원의 하늘에 검을 들이댈 수 있겠는가?

중원천하에 칠백이십 개의 마파(魔派)와 삼백칠십칠 개의 사파(邪派)가 있다하지만 철궁세가에는 새 발의 피. 때문에 이 철궁세가야말로 중원 정의(中原正義)를 수호하는 정주(正主)인 것이다.

누구나 넘볼 수 없고, 그 어떤 힘을 가진 자라도 감히 경거망동할 수 없는 곳이 바로 철궁세가였다.

심야(深夜).

달빛과 수십 수백만의 별빛이 수면에 일렁이는 포말과 같이 부서져 내리는 심야, 철궁세가의 가장 깊숙한 곳에서 한 노인이 밤하늘을 바라보고 있었다.

잊혀진 청춘의 생각에 심야의 아름다운 정경을 감상하고 있는 것일까?

넋을 잃은 듯 무려 반 시진을 미동조차 하지 않은 채 별빛을 바라보고 있는 노인. 그러나…….

"으음!"

노인의 입에서는 전혀 상상치도 못한 무겁고 묵직한 신음 성이 터져 나왔다.

전신에 미미한 경련을 일으키며 고개를 떨어뜨린 노인.

일신에 눈부신 백의를 걸치고 눈보다 더욱 흰 백염(白髥)을 늘어뜨린 그의 전신에서는 누구도 범접치 못할 태산의 위엄이 흐르고 있었다.

청수한 얼굴에 지닌 숨길 수 없는 기상, 그것은 군계일학과도 같이 수십만의 사람 속에 끼어 있어도 오직 그만이 있음을 느끼게 할 그러한 뛰어난 풍도를 지니고 있었다.

한 순간 노인은 내려뜨렸던 고개를 들어 다시 한곳을 뚫어져라 바라보았다.

"천기가 몹시도 어지럽구나……. 마기와 사기는 이제 극에 달한 상태로군."

노인의 입에서는 천지를 허물어 버리는 듯한 탄식이 쏟아져 나왔다.

그런데 노인의 시선이 향한 하늘에는 하나의 크고 찬란한 성좌(星座)가 요사한 붉은 기운을 뿜으며 다가오고 있지 않은가?

찬란한 영광에 싸여 있는 철궁세가를 마의 기운으로 덮어버리려는 듯, 기이한 홍광은 점점 철궁세가를 덮쳐오고 있었다. 그렇다면 노인은 천공의 별을 보고 천기를 헤아리고 있음이 분명하다.

입증이나 하듯이 노인은 꺼질 듯한 탄식과 함께 들릴 듯 말 듯한 혼잣말을 흘려냈다.

"허허허……. 이제 나 철궁대제(鐵弓大帝)의 시대는 끝나가는 것인가?"

허허로운 웃음과 함께 메마른 듯한 푸석푸석한 목소리를 흘려내는 노인, 그렇다면 이 인물이 바로 오늘의 철궁세가를 이끌고 있는 철궁대제란 말인가?

당대의 천하제일인, 철궁세가를 세운 철궁무존(鐵弓武尊)의 오 대손, 그리고 중원 정도를 지키는 무인들에게 무한한 존경을 받고 있는 정천(正天)이 바로 그였다.

무림인들의 신망과 존경을 한 몸에 받은 채 무림의 신으로 받들어지는 철궁대제가 바로 이 노인이라니.

이십 년 전,

마(魔)와 사(邪)의 무리들이 벌 떼처럼 일어나 피와 죽음의 제전을 벌일 때, 그들을 제압하고 혈사(血史)의 주인공이 된 만마존(萬魔尊)과 사무후(邪武后)가 나타났다.

그들은 사마천하를 부르짖으며 천하를 혈수(血水)에 잠기게 하였다. 그대로 천하는 암흑이 되어 버렸으며, 그 이후로 하루도 피가 마르지 않는 혈우성풍이 몰아쳤다.

오직 마와 사, 죽음의 제전만이 있을 바로 그 때, 그는 오직 한 자루 가전의 신물 철궁(鐵弓)으로 태산(泰山)에서 십 주야의 혈투 끝에 두 명의 마인을 베고 천하를 피와 죽음에서 구해내었다.

그 후로 그는 무림의 신적인 존재가 되었다.

그의 부친이 그러 했듯이 또한 그의 조부들이 무림의 패자(覇者)로 군림 했듯이……. 그의 찬란한 위명을 길이 만들고자 황산에 백 리에 달하는 전각과 성채를 세운 구대문파와 천하의 군소방파가 무림의 영원한 평화를 지켜주기를 엎드려 기원하니, 그는 기꺼이 그들의 뜻을 받들어 개봉에서 항산으로 옮겨 새로운 철궁세가를 열었다.

지금도 철궁대제는 천공에서 시선을 거두지 못하고 있었다.

"허허……, 살만큼 살았으니 죽는 것은 결코 억울한 일이 아닐 것이야. 게다가 비룡(飛龍)이 아무도 모르는 곳에서 자라고 있으니 그건 한 점의 가능성이 아니던가."

철궁대제의 입에서 흘러나온 최후의 위안, 철비룡(鐵飛龍).

다섯 살밖에 안된 어린아이였다.

철궁대제에게는 철궁무웅(鐵弓武雄)이라는 협명을 가지고

철궁대제 못지않게 위명을 날리던 아들이 하나 있었다. 그가 바로 철궁대제의 독자(獨子)였으며, 앞으로의 철궁세가를 이끌어 나갈 제목이었다.

그러나 오 년 전 철궁무웅은 노산(魯山)에서 시체로 발견되었다. 부친인 철궁대제를 능가하는 재질로 이미 정도 이인자의 위(位)에 올라 있던 무협……. 그러나 그는 시체로 발견되었다.

그때 그에게는 사랑하는 여인이 있어 그 여인의 뱃속에는 핏덩이가 자라고 있었으니, 그 이세는 그가 죽은 지 두 달만에 태어났다.

그 사실은 철궁대제만이 알 수 있었다. 그때 이미 천기의 흐름을 느낄 수 있었기에 그는 사랑하는 손자의 탄생을 느낄 수 있었고, 만일을 위해 그 사실을 비밀로 감추었다. 다만 아이를 위해 전대의 고수 다섯을 보내 주었을 뿐이었다.

문득, 사르륵……. 비단자락 끌리는 소리가 들리더니 철궁대제가 있는 곳에 자의궁장으로 온몸을 감싼 삼십 전후의 아름다운 중년미부가 나타났다.

아름답고 성스러운 고아함이 넘치며, 인세의 어떤 악인도 그녀를 보면 단 한 번에 살심(殺心)을 풀어 버릴 듯한 포근한 모습의 여인.

거봉 위 뇌전 속에 서 있던 여인이 어찌 이곳에 나타난 것일까? 철궁대제 앞에 나타난 이 여인은 대체 누구란 말인가?

여인은 철궁대제 앞에 당당히 섰고, 은쟁반에 옥구슬이 구르듯 감미로운 목소리를 흘려냈다.

"상공……, 밤바람이 차옵니다."

조용히 달빛처럼 다가서는 미부를 보고 철궁대제의 닫혀 있던 입술이 떨어졌다.

"허허허, 부인. 어찌 나오셨소? 먼저 주무시지 않고."

그 음성에는 그지없는 애정이 진하게 배어 있었다.

그런데 이 자의궁장 미부가, 그것도 고작해야 삼십 전후의 미부가 대제의 동반자인 옥화부인이란 말인가?

삼십 년 전부터 지금까지 모든 여인의 추격을 뿌리치고 천하제일미(天下第一美)의 아명을 누리던 그녀!

그녀가 바로 전설적 여인들의 집단인 신비문파 옥화성(玉花城)의 후예였으며, 철궁세가의 주모(主母)일 뿐 아니라 천하의 절정고수 대열에 드는 무학의 대가이기도 했다. 더불어 영원히 늙지 않는 주안술(駐顔術)을 익혀 이토록 아름다운 미를 그대로 지니고 있는 것이다.

철궁대제는 다가선 옥화부인을 향해 부드러운 눈길로 위아래를 쓸어보았다.

"안색이 좋지 않구려."

옥화부인은 슬며시 고개를 저었다.

“아니옵니다.”

철궁대제는 담담한 표정으로 입을 열었다.

“부인, 곧 대풍운이 일 것이오.”

“상공……!”

옥화부인은 철궁대제의 무거운 심사를 털어주려는 듯 그에게 다가가서 살포시 그의 어깨에 머리를 기대었다.

그녀는 터질 듯한 청춘의 그것보다도 아름답고 농염했다. 자연스럽게 나긋나긋한 동체를 움직인 그녀는 근심에 잠겨 있는 철궁대제의 품속을 파고들었다.

철궁대제는 안겨오는 그녀의 부드러운 허리를 안으며 또다시 시선을 들어 무섭게 홍운(紅雲)을 일으키는 성좌를 바라보았다.

“부인, 요샌 나도 모르게 앞날들이 두려워지는구려.”

옥화부인은 부드럽게 웃으며 철궁대제의 양볼을 어루만져주었다.

“그런 말씀을 하시다니……, 상공답지 않사옵니다.”

철궁대제는 옥화부인의 얼굴을 내려다보았다. 그 부드러운 눈길에 그는 불안 속에서도 편안한 감정을 느낄 수 있었다.

“그렇소, 부인. 아무래도 내가 늙었나 보오.”

옥화부인은 좌수를 움직여 철궁대제의 몸을 부드럽게 감싸 안았다. 그리고 너무도 자연스레 그녀의 소매에서 한 자 가량의 비수가 소리 없이 밀려나왔다.

그 찰나 비수는 번뜩이는 월광을 반사시키며 그대로 철궁대제의 심장으로 향했다.

"헛!"

이상한 예기를 느낀 철궁대제가 바람 빠진 소리를 토하며 신형을 빼냈지만, 그때는 이미 비수가 그의 심장 깊숙이 파고들어가 있었다.

푸~ 욱! 비수는 한 치의 어긋남이 없이 철궁대제의 심장에 깊숙하게 박혀버렸다.

"아, 아니! 부…… 부인. 왜, 다…… 당신이 나를?"

철궁대제, 그의 얼굴은 경악과 불신, 그리고 분노가 뒤섞여 있었고, 그는 그러한 채로 전신을 휘청거렸다.

"호호호호호!"

옥화부인은 요사한 웃음을 날리며 몸을 십 장 밖으로 퉁겨 내었다.

"철궁대제, 그동안 본녀를 즐겁게 해 주어 고맙기 짝이 없구나."

철궁대제는 휘청거리는 몸을 가다듬으며 옥화부인을 뚫어져라 쳐다보았다.

"으…… 그, 그대는 옥화가 아니었군."

철궁대제는 가슴으로부터 폭포수 같은 피를 쏟으며 분노에 찬 음성을 토해 내었다.

"호호호, 그렇다! 옥화, 그 계집은 이미 삼 년 전 본 후의 손에 죽었다. 네놈은 바보같이 잘 속아왔던 것이지."

그 말을 듣는 철궁대제의 얼굴은 도저히 믿을 수 없는 듯 완전히 경악으로 일그러졌다.

어찌 삼 년씩이나 잠자리를 같이 한 이 여인에게서 삼십 년 전부터 자기와 같이 한 아내의 모든 것을 하나도 분간하지 못했던 것인가?

그 자신의 어리석음에 대한 분노인가? 철궁대제는 입술을 파르르 떨며 메마른 목소리를 흘려냈다.

"본 후(本后)라……?"

파~ 악! 그는 심장에서 피에 젖어 버린 비수를 뽑아내었다. 핏물에 젖어 분간할 수 없지만 짧은 비수에는 두 개의 여체가 생생하게 조각돼 있었다.

"이건 마, 마비(魔匕)!"

비수를 내려다 본 그는 경악에 찬 표정으로 앞을 주시했다.

"그대는 전설의 마교에서 왔는가?"

철궁대제의 안색은 흑빛이었으나 분노에 찬 음성은 너무도 똑똑하게 울려나오고 있었다.

그때 유령의 호곡처럼 솟아오르는 한마디의 목소리.

"중원 정도의 태양이라는 철궁대제의 머리가 이토록 둔하다니…… 실망이로구나.”

한 명의 흑의노인이 불꽃과 같이 솟아올랐다.

나타난 흑의노인은 바로 폭우와 천둥치던 밤, 거봉에 나타났던 기분 나쁜 인상의 구부정한 노인이었다.

“크크크, 삼백 년에 걸친 철궁천하(鐵弓天下)…… 아니, 이제 중원 정도는 끝나버렸어. 본교의 제물에 불과할 뿐!”

철궁대제의 전신은 더욱 심한 경련에 부들부들 떨었다.

흑의노인은 한 치도 빈 틈 없는 살기를 뿌리며 하나의 물체를 허공에 던졌다.

그 순간, 펑! 하는 굉음과 함께 물체는 허공에서 폭발하여 천지를 가르는 오색의 불꽃을 피워냈다.

“와~ 와~!”

“크하하하……, 한 놈도 남기지 마라!”

수만의 흑영들이 메뚜기처럼 철궁세가로 날아들며 무자비하게 살수를 전개했다.

철궁대제의 얼굴이 일그러지며 처연한 음성을 토해 내었다.

“이것이었나? 천기가 가리키던 것이……!”

그는 허탈한 웃음을 뿌리며 최후의 일전을 위한 진기를 끌어올렸다.

하지만 심장에 꽂힌 비수를 뽑아냈기에 피는 콸콸 넘쳐 흘러내렸고, 철궁대제는 갈수록 정신이 혼미해져 가는 것을 느낄 수 있었다.

"아…… 안 돼……."

철퍽! 앞으로 고꾸라져버린 그는 더 이상 일어나지 못했다.

＊ ＊ ＊

경악, 그리고 분노.

그것은 강호의 사람이 아니더라도 인간 모두에게 내재된 감정이 분명했다.

하나의 소문이 중원 전역에 퍼져나갔다. 그것은 대강남북(大江南北)을 울리고도 남을 정도로 엄청난 것이었다.

철궁세가 멸문지화(滅門之禍)!

철궁세가가 무너졌다는 사실은 무림인들을 충격에서 깨어나지 못하게 만들고 있었다. 이는 곧 강호에 정(正)이라는 짧은 한마디 단어의 종말이 될지도, 중원의 혈운을 예견하고 있는 것일지도 모르기 때문이다.

사백여 년간 일대강호를 풍미한 철궁세가, 그 엄청난 세력이 풍지박살 난 것이다. 여태껏 철궁세가는 정의(正義) 표방 아래 사마의 세력들을 적당히 무마시켜왔다. 정도라는 입장을 내세워 여러 협행으로 이름을 드높였으며, 그 명성을 이용해

뒷면으론 사와 마가 공존할 수 있도록 크게 대립하지 않았다.

따라서 사마의 세력 중에서도 철궁세가를 따르는 문파는 수도 없이 많았다.

정과 사, 그리고 마를 가리지 않고 중원은 분노했다.

그런데…….

무림인들을 더욱 경악케 한 사실은 다른 곳에 있었다.

〈철궁세가의 괴멸은 옥화부인이 꾸민 음모였다!〉

하늘에 비견되는, 신의 부인이라고 불리던 옥화부인이 마의 세력과 배가 맞아 자신의 지아비이자 중원의 신이라 불리던 철궁대제를 시해 했다는 것이다.

더구나 오년 전 철궁무웅의 죽음도 옥화부인의 소행이라는 것이었는데, 누가 이러한 사실을 믿을 수 있으랴마는 그러나 눈앞에 엄연하게 도래한 현실을 두 눈으로 보고 있으면서도 안 믿을 수는 없는 일이었다.

어쨌거나 폭풍의 회오리 속에 잠겨버린 정도의 분노는 옥화부인에게로 향했다. 더불어 이때를 기다리기라도 했다는 듯 천하는 악마들의 말굽 아래 짓밟혀 대혈난(大血亂)의 어둠 속으로 말려들기 시작한 것이다.

그런데 새로이 강호를 뒤덮기 시작한 마도들로 인하여 옥화부인의 누명은 서서히 덮여져 그녀에 대한 이야기는 수그러들게 되었다.

그러나 새로 나타난 악마의 추종자들은 그러한 것을 생각할 시간적 여유도 주지 않고 피의 대전 속으로 중원을 밀고 갔다.

대혈난은 하나의 문파가 등장함으로써 현실화 되었다.

혈마부(血魔府).

이 이름은 이십 년 전 철궁대제에게 태산에서 패하여 영원히 중원에 발을 들여놓지 않겠다고 다짐을 하고 사라졌던 만마존과 사무후가 세운 피의 문파였다.

그들이 협약을 깨고 중원 강호에 다시 모습을 드러냈지만 정도인들은 어찌해 볼 도리가 없었다. 정도인들은 반항하지도, 그렇다고 철궁세가의 복수도 할 수조차 없었다.

아니, 반항이나 복수라는 말조차 입 밖으로 내뱉지도 못했다.

정의 하늘을 무너뜨린 두 악마에 대항해 봤자 죽음만이 있다는 사실을 알고 있었다. 겉으로는 싸울 엄두도 내지 못하고 숨어서 천하가 피에 젖어가는 것을 바라만 보며 속으로 내장이 썩어가는 통한의 한숨을 내쉴 뿐이었다.

역시 철궁대제에게 은혜를 입었던 수많은 마웅들도 지하로 잠적하여 언젠가 은혜를 갚을 날이 오리라는 기대를 가지고 있을 뿐이었다.

만마존과 사무후는 각각 남과 북을 가르고 각자의 문파를 세웠다.

천하는 대강(大江)을 경계로 둘로 양분되고 말았다.

북무림(北武林), 그곳은 만마존이 거느리는 만마궁(萬魔宮)의 천하가 되었다.

남무림(南武林), 이곳은 사무후가 여인들을 모아 여제궁(女帝宮)을 세웠다.

두 악마의 발 아래 정도의 무리들은 철저히 짓밟혀 갔으며, 그나마 의기(義氣)가 있던 중원 마도 역시 점점 지하로 스며들기 시작했다.

이제 중원은 오직 피를 갈구하는 만마궁에 포섭된 주구와 발가벗은 사타구니 사이로 천하를 희롱하는 여제궁의 천하였다. 오직 피와 죽음만이 모든 것을 말해주는 혈세천하(血洗天下)였다.

그 속에서 정의 세력들은 소리 없이 눈 녹듯 사그라져 가고 있었다. 또한 예전에 기세를 드높였던 중원 마도도 어둠 속에 몸을 숨기고 있었다.

* * *

고루거각(高樓巨閣).

성채의 높이는 적어도 십여 장 높이로 보일 정도로 대단했

고, 도합 여덟 개의 문이 팔자 형의 바위 같이 단단하게 배치
되어 있어 그 기세가 당당했다.

허나 그것은 성채가 아니라 장원(莊園)이었다. 그건 명(明)
의 국민이라면 누구나 알고 있는 사실이었다.

황도(皇都)에서 자금성(紫禁城) 다음으로 큰 건물.

비조불입(飛鳥不入)이라는 말이 실감나도록 엄중한 경계가
도처에 거미줄처럼 펼쳐져 있으며 십 보(十步) 사이로 경비병
이 철통같은 모습으로 지키고 서 있었다.

건물은 처마와 맞닿아 있으며 거각(巨閣)의 기둥은 장한 두
명이 손을 합쳐야 겨우 껴안을 수 있는 흑오석(黑烏石)으로
만들어져 있었다. 또한 군데군데 가산(假山)과 인공호수(人工
湖水)가 즐비했으며, 자금성에서나 볼 수가 있다는 삼 층 누
각이 즐비하게 늘어 서 있었다.

이 거대한 장원 안, 무원 깊숙한 곳에 한 채의 누각이 있었
으니 그것은 참으로 아담하고 운치 있게 짜 맞추어 지어진 이
층 누각이었다.

애월각(愛月閣).

자단목으로 만들어진 현판에 쓰여진 글씨는 용사비등(龍蛇
飛騰)의 필체도 아니고, 그렇다고 용등호약(龍騰虎躍)의 힘이
넘치는 필체는 더욱 아니었다. 어딘지 맵시가 있고 유연하며,
운치가 깃들어 있어 누가 보아도 그 현판은 남자가 아닌 규중

의 여인이 썼음을 쉽게 알 수 있었다.

글씨를 쓴 주인공은 바로 그 이 층의 규방에 있었다.

그런데 그 여인이 사생아를 낳았다는 사실은 알 만한 사람은 모두 다 알고 있었다.

그녀가 사는 그곳, 넓은 방은 여인의 규방이라고 하기에는 어울리지 않게 꾸며져 있었다.

여인의 것이라면 휘장 사이로 보이는 분홍색 침상과 역시 분홍색으로 깔린 넓은 보루, 그리고 그 곁에 세워진 금(琴)이 전부인 듯했다. 벽에는 신선과 폭포가 그려진 신선월하도(神仙月下圖)가 한 폭 걸려 있을 뿐이었다.

그런데 전면, 그것만 본다면 결코 여인의 규방이라고 말을 할 수가 없는 것이었다.

검(劍), 도(刀), 창(槍), 부(斧), 궁(弓), 비(匕)······.

중원에서 사용하는 십팔만 병기 외에도 기형의 무기들이 주렁주렁 걸려 있었다. 언뜻 본다면 필시 무기라고 해야 옳으리라.

무슨 이유로 이 규방에는 이리도 많은 병기가 모아져 있단 말인가?

문득 방안에서 처절한 절규성이 새어나왔다.

"흑흑······ 만마궁, 여제궁! 내 기필코 복수를 하고 말리라."

완전십미(完全十美)의 여인이 수정 같은 눈물을 흘리며 심하게 오열하고 있었다. 오열을 토해 내는 여인은 인세에서 보기 힘든 선녀 같은 자태를 지니고 있는지라 뭇 사내라면 누구라도 목숨을 걸만할 정도였다.

과거 천하제일미와 비교 한다면 비교함 그 자체가 욕이 될 것 같은 여인, 아미는 반달을 두른 듯하고, 두 눈은 유난히 밝아 수정을 박아 놓았다고 착각을 하리라.

그 아래 코는 여인의 아름다움을 돋보이게 오똑하게 솟아 그녀가 천상미인임을 증명하니, 한 번 웃으면 천하의 남자가 색정의 노예가 되고 말리라.

월궁(月宮)의 항아가 또한 이 여인과 같을까?

필설로써 형용하는 자체가 이 여인에게는 누를 끼치게 됨인데, 여인은 계속 피를 토하는 오열을 터뜨렸다.

"흐흑흑흑! 만마존, 사무후, 네 놈년들이 사랑하는 남편을 앗아 갔다. 비룡이 재롱을 떨어야 할 할아버지마저 빼앗아 갔다."

그녀는 이를 갈아붙이며 허공을 잡아먹을 듯 응시했다.

"빠드드득! 기다려라……. 언젠가는 당한 것의 천 배로 비룡이 갚아 주리라."

한(恨), 처절한 한이 서린 음성이 그녀의 아름다운 입술 사이에서 흘러나왔다.

그녀는 누구이기에 만마존과 사무후에게 이토록 피 뿌리는 분노를 토하는가?

"이 죽일 년놈들! 이 백유연을 몰랐다면 언젠가는 후회하리라. 본인의 지아비와 시아버님의 원수를 언젠가는 피로 보상하게 하리라!"

말을 하는 아름다운 여인의 얼굴은 냉기가 풀풀 날리고 있었다.

천세일려(天世一麗) 백유연(白柔娟), 그녀의 별호가 말해주듯 그녀는 하늘과 인세에서 가장 아름답다고 소문난 여인이었다. 당금 명조의 충신 명군대사마(明軍大師馬) 백무혼(白武混)의 무남독녀.

이미 삼 세에 사서오경을 끝내고, 칠 세에 경전을 읽고, 십오 세에 이르러 손에서 책을 놓았다는 재녀로 유림(儒林)에서는 그녀를 가리켜 천년학사(千年學士)라 부를 정도의 재능을 갖고 있었다.

그녀는 십팔 세가 넘어서부터는 문 밖으로 출입을 한 적이 없었다. 허나, 당금 이십삼 세가 된 그녀에게 씻지 못할 오명이 있으니 그것은 그녀가 애를 낳았다는 사실이다.

아직 혼례도 올리지 않은 처녀의 몸으로 애를 낳았다는 것 자체로도 커다란 수치였다. 더구나 그녀는 황자(皇子)가 청혼을 한 적도 있는 여인이었다.

그러나 그녀는 무엄하게도 정인이 있노라고 황자의 청혼을 무시해 버릴 정도로 줏대가 있는 여인이기도 했다.

그녀를 알려 한다면 그녀의 아버지인 명군대사마 백무혼에 대해서도 알 필요가 있으리라.

명군대사마 백무혼.

태조(太祖) 주원장이 명(明)을 건국한 이래 그의 가문처럼 명예로운 가문은 그 어디에도 존재하지 않았다. 명군대사마라 하면 명군(明軍)의 최고 통수권자임을 가리키는 말이다.

명나라 어디에라도 퍼져있는 명의 군사들은 그의 말 한마디, 손짓 한 번에 목을 걸고 죽음을 불사한 채 명을 따른다.

명친건흥군(明親建興軍) 이백삼십 만의 군병이 그의 손에 달려 있으니 그 위세 또한 막강하다 할 수 있다.

그의 가문 역사상 가장 뛰어난 무인은 백상엽으로 당시 마인에 불과했던 그는 주원장을 도와 명을 건국하는데 혁혁한 공을 세우기에 이른다. 이에 주원장은 역적의 죄를 짓더라도 한 번은 용서해 주겠다는 약속의 단서철권과 더불어 대대로 명군대사마의 직위를 이어 왔다.

더구나 백무혼은 상황(上皇)이 가장 총애하던 경옥공주와 결혼한 사람으로 명나라의 부마이기도 했다. 경옥공주와 백무혼 사이에 딸이 하나 있으니 그녀가 바로 백유연인 것이다.

세인들은 명군대사마의 대저택을 가리켜 무왕부(武王府), 또는 자금별부(紫禁別府)라고 부르며 경외의 대상으로 삼았다.

그만큼 그의 가문은 대단했고, 자금별부라 칭해질 만큼 황제가 춘하추동(春夏秋冬)을 가리지 않고 찾는 곳이었다.

대명 제일의 가문이라는 사실이 실감날 정도로 명성은 하늘을 찔렀고, 그 위치는 항상 경외의 대상이었다.

그런데 이 무왕부의 규중심처에서 한 서린 여인의 칼날 같은 절규를 들어야 하다니…….

* * *

항산(恒山)에 자리한 거대한 성보. 한때 천하지주로서 정천(正天)으로서 대륙을 질타하며 영광을 누렸던 철궁세가.

그러나 지금은 검은 어둠의 그림자만이 스산하게 하늘을 가득 덮고 있었다. 괴묘한 기운이 천지간을 두루 감싸고 모골이 송연하도록 칙칙한 사기만이 폭풍처럼 소용돌이 치고 있을 뿐이다.

위대한 성역이었던 철궁세가의 자리에 현재는 북무림을 뒤덮어버린 만마존이 자리하고 있었으며, 그의 강력한 수하들이 만마궁을 세워 총본산으로 삼고 있었다.

항산 철궁세가의 삼백 년 영화는 어디로 갔는가?

"크~ 아~ 악!"

마색(魔色)의 기류가 바윗덩어리처럼 내려 앉아 있는 만마궁의 한곳에서 처절한 비명이 목을 가르듯 찢어져 나왔다.

동시에 콰르르릉! 하는 굉렬한 폭음과 함께 만마궁의 일각이 산산이 부서지며 천지사방으로 흩어져 버렸다.

엄청난 화기가 천지간에 모든 것을 태워버릴 듯 솟아오르며 웅크린 듯이 엎드려 있던 만마궁은 늦은 밤 시간, 대낮이 무색하리만치 밝아졌다.

그건 화광충천이었다.

"잡아랏! 감히 무기고를 습격하려 들다니!"

우~ 우!

한바탕 어지러운 경계의 좌중이 어두운 공간을 흐르고 지나가자 여기저기에서 아우성과 웅후한 사자후가 허공을 가르며 승천의 자세로 다가왔다.

더불어 수백의 인영들이 한곳을 향하며 허공으로 몸을 뽑아 올렸다.

그들이 향하는 방향은 불길이 치솟는 곳, 바로 사자후가 울려나온 곳이었다.

"감히 무영살객(無影殺客) 네놈이 쥐새끼마냥 숨어들어 대만마의 무기고를 탈취하려 들다니……. 잡아서 육시를 내라고 궁주님이 말씀하셨다!"

섬뜩한 기운을 실은 폭갈이 만마궁의 내부를 심하게 흔들었다 싶은 찰나.

슈아~ 아악!

유성이 스치고 지나는가? 아니면 바람인가?

한 줄기 혈영이 암천을 마치 빛살처럼 빠르게 가르며 지나갔다. 마치 불꽃이 터졌다 꺼지듯 인영은 일시에 수십 마장을 스쳐 지나갔다.

누가 보아도 그것은 환영을 보았을 뿐이지 사람이라고 생각지 못할 것임이 분명하다.

어찌 인간으로서 이러한 빠름을 흉내 낼 수 있단 말인가?

그것은 인간의 몸짓이 아닌 가히 신의 몸짓과도 버금가는 것이었다.

또 다시 슈~ 아악! 혈영이 허공을 격하며 십여 장을 휩쓸고 검극을 비추었을 때였다.

"으으윽!"

쿵! 하며 듣기조차 둔탁한 신음을 내뱉으며 혈영인은 그대로 땅바닥에 나뒹굴었다.

"크~ 윽……, 지독한……."

바람을 피로 적시며 비틀거리며 몸을 일으키는 모습은 끔찍하기 이를 데가 없어 아수라의 모습을 그대로 대변시키고 있는 것 같았다. 혈의인은 전신에 도검의 상흔이 쩍쩍 갈라져 있었으며, 극한의 아픔에 겨운 듯 전신을 뒤틀었다.

처참의 극을 달리고 있는 몰골의 혈의인은 중년 정도로 보이는 자였다.

그는 한순간 입술을 피가 나도록 깨물었다.

"크…… 나 아수대군(阿修大君)이 이따위에 죽을 수는 없다."

그의 입과 눈에서는 수치와 분노의 덩어리가 선혈이 되어 울컥 쏟아져 나왔다.

그는 당금 천하를 울리는 인물 중의 한 명으로 위명이 대단한 자였다.

아수대군이란 높다란 명호를 가진, 천하의 북무림을 장악하고 있는 만마궁의 부궁주의 신분으로 이미 천하에 악명이 자자하며, 과거 마도일살(魔道一殺)로 불려졌던 일대 무심한(無心漢).

현 무림에 그만큼 막강한 쾌도(快刀)를 펼치는 사람은 없다.

부상(扶桑)의 일도류(一刀流)와 마도의 극섬쾌도(極閃快刀)를 혼합하여 그가 창안한 쾌도류(快刀流)는 중원 최고 도법으로 소문날 정도였다.

삼십 년 전 그는 만마궁에 투신했으며, 그가 지닌 높은 악명과 극고의 공력, 그리고 가공지경의 무공으로 부궁주의 위(位)에 오를 수 있었다. 또한 그는 뛰어난 경신법을 가지고 있어 과거 마도에서 필요로 하는 정도의 비밀을 많이 빼내었던 사람으로 그의 경신법 또한 강호에서 소문난 일인자였다.

그런 그가 자신의 본거지 만마궁에서 이런 수치를 당하고 있는 것이다.

아수대군은 비틀비틀 걸음을 옮겼다.

그런데 그는 그런 상태에서도 희열에 찬 음성으로 고함을 터뜨리고 있지 않은가?

"흐흐흐…… 사지가 떨어져 나가면 어떠냐? 이것이 나의 손에 들어온 이상은……. 하하!"

더불어 그는 자신의 품속에서 낡아빠진 두 권의 고서를 꺼내들었다.

〈만마지존공(萬魔至尊功)〉

〈철가비전(鐵家秘典)〉

스치고 지나가는 화광으로 인하여 낡은 겉표지의 글자를 확인할 수 있었다.

"하하하하…… 만마궁은 설마 이 아수대군이 철궁세가에서 심어 놓은 최후의 보루였음을 몰랐으리라. 이제 다행히 철궁세가의 진산비급과 만마궁의 무급을 회수하게 되었구나."

그렇다면 삼십 년 전부터 살명을 날리던 그가 철가의 수호자였단 말인가?

아수대군은 고통을 감추려는 듯 툴툴 웃으며 화광이 충천

한 만마궁을 돌아보았다.

그때 대낮 같이 환히 밝혀진 만마궁에서 수백 줄기의 인영이 파공성을 울리며 아수대군을 향하여 섬광처럼 쏟아져 나갔다.

"으하하하, 이제 두 권의 비급을 회수했으니…… 이제 정도는 다시 부활하리라. 도련님에 의해 마도는 풍비박산될 테니, 그 누구도 막지 못하리라."

또 다시 그의 신형이 야풍을 타고 허공으로 솟구쳤다.

이어서 슈파파팟! 하는 소리를 내며 그의 몸은 허공에 엄청난 폭풍우를 휘몰고 암천 서편으로 까마득히 사라져 갔다.

과연 가공할 내공의 운용이었고, 소문답게 빠른 경신법이 아닐 수 없었다.

"기다려라! 감히 철궁세가를 건드린 대가 천 배 만 배 정무대천(正武大天)의 이름으로 갚아 주리라."

그가 사라지고 남은 자리에 그의 음성이 짐승의 울부짖음처럼 허공을 울려대고 있었다.

제2장

경도일절(京都一節)

성조 영락제가 금릉(金陵)에서 도읍을 옮긴 이래 명조의 통치자 황제들이 정정(政政)하였던 도읍지가 바로 경도(京都)인 북경(北京)이다.

사해오호(四海五湖), 십팔만리(十八萬里), 오악오강(五嶽五江)이란 말들이 중원을 대표하는 것이라면, 북경을 대표하는 것이 있었으니, 중인들은 그것을 일컬어 경도삼절(京都三節)이라 불렀다.

제삼절(弟三節) 자금성(紫禁城).

역대 황제들이 민정(民政)을 살피고 억조창생을 구현하는 곳.

누각은 누각에 이어져 있고, 중원에서 제일 화려한 건물이 있는 곳. 수백, 수천 명의 문무백관(文武百官)이 있으며 수만,

수십만의 군병(軍兵)이 기치창검을 휘날리고 있는 곳.

현재, 태조 주원장이 명을 세운 이래 가장 영화를 날리고 있는 시기였으며, 성군으로 추앙받는 영락제는 명을 든든한 반석으로 다졌다.

더구나 황궁일미(皇宮一美)라고 불리우는 천병군주(天兵君主) 주혜빈(朱惠彬)은 강호의 일류무사 보다도 뛰어난 무공수위와 더불어 그녀의 휘호가 말해 주듯 천하의 병장기를 모으는 취미가 있어 천하에 이름이 알려져 있었다. 현재 자금성이라 하면 떠오르는 이는 천병군주 주혜빈이었으니 어떻게 보면 그녀가 제삼절을 대표하는 인물인지도 몰랐다.

자금성은 경도삼절이었다.

제이절(第二節) 천문서고(天文書庫).

천문서고는 이름이 말해 주듯 책 파는 상점으로서 상인들이 우글거리는 마가로(馬家路) 북쪽 네거리의 모퉁이에 있다.

천문서고는 이름과는 달리 낡디낡은 허름한 서고였으나, 그곳에 얼마나 많은 책이 보관되어 있는지 아는 사람은 아무도 없다. 누가 원하는 책이던 그곳에 가면 꼭 있었기 때문이다.

진기하다는 갑골문(甲骨文) 정도는 기초였으며, 과두문(蝌蚪文)과 천축의 소멸 어인 바라밀문(婆羅密文) 정도도 그곳에서는 귀한 것이 아니었다.

늘 어지럽게 널려 있는 서고였으나 세상에 존재하는 책은 모두 갖추어져 있는 곳.

천문서고는 경도이절이었다.

제일절(第一節) 경도일랑(京都一郎).

이 말은 한 명의 소년을 가리키는 말이다.

기이하게도 경도일절은 앳된 소년이 차지하고 있었으니, 그 소년이 어떠한 존재인지 보지 않고도 짐작 할 만 하지 않은가?

소문은 말한다. 경도일랑은 삼 세가 되던 해에 사서삼경(四書三經)을 떼고, 사 세에 오구구류를 떼었으며, 오 세에 제자백가와 오만 권의 책을 이미 읽었노라고.

십 세에 이르렀을 때 이 소년은 대과(大科)에 급제했으며, 하루도 되지 않아 공주의 글 선생이 되었으나, 공주가 자신보다 나이가 많다 하여 훌훌 걷어차 버렸다.

당대의 최고 학사라 하는 우문대학사(宇文大學士)도 그에게 한 시진의 문답을 하면 머리를 휘휘 내젓고 만다는 것은 널리 알려진 사실이다.

바람이 불고 있었다.

따스한 난향(蘭香)인지 부드러운 미풍인지 모를 바람이…….

그 바람은 중원 천하에 가장 강대한 힘을 가진 무인이 웅크리고 있으며, 대명제국의 기둥인 백무혼이 있는 장군부(將軍府)에도 불고 있었다.

백사각(百士閣).

그곳은 황궁의 한림원에 버금가는 곳으로 항상 문인들이 들끓었으며, 수만 명의 학사들이 모여 경륜을 논하는 곳이었다.

장군부에는 장군부 나름대로 삼백여 명에 육박하는 문인을 가지고 있으며, 어떤 이들은 그들의 문학이 실로 뛰어나 황궁에 거주하는 학사들보다도 몇 배나 낫다고 말 할 정도였다.

특히 무(武)를 추종하고 있는 명군대사마 백무혼이었지만 그 탁월한 무공에 못지않게 문(文)을 익혀 그는 당대의 유사(儒士)중 하나로 추앙받고 있었다.

백사각에 거주하는 삼백의 문인들은 그가 걱정하는 것을 지혜로서 해결해 주었으며, 그가 사랑하는 식솔들에게는 훌륭한 스승이 되어주고 있었다.

그들은 모두 명군대사마 백무혼을 존경하여 모여들었으나 단 한 명의 소년 때문에 그곳을 떠나지 못하고 있으니 참으로 기이한 일이었다.

논문루(論文樓)는 백사각에 딸린 하나의 조그마한 누각으로 백사각의 가장 깊은 곳에 있었다. 그곳에 몇 명의 사람들이 모여 있었으니 그들은 과연 어떤 이들인가?

"으음, 이제 소공(少公)께서는 본인들이 원하는 십팔반의 무예를 익히신 듯하오이다. 이제 장군의 허가만 얻으면 되겠소."

"장하오이다, 우문대학사."

기쁨에 들뜬 탄성소리가 여기저기에서 울려나왔다.

논문루 안에서 세 명의 인물이 품자 형으로 마주 앉아 희열 어린 목소리로 말했다.

그런데 우문대학사라 하면 당대 제일의 석학이며 황궁의 한림원주가 아닌가? 중앙의 마치 학과 같이 고고한 노 문사가 바로 우문대학사임이 분명하리라.

"마군께서 죽음을 무릅쓰고 만마궁에 잠입하여 철궁진서와 만마지존공을 회수한 뒤로 채 오 년이 지나지 않아 소공께선 모든 것을 익히셨습니다."

"……."

"믿기 어려운 일이지요. 아무리 기재라 해도 그것은 너무 난해하여 구결을 익히는 데만도 십 년의 세월을 허비하리라 믿었었는데, 예상이 보기 좋게 빗나갔습니다."

"이제 소공은 이 갑자의 능력을 갖추셨으며, 강호의 일류 고수에 버금갈 만할 정도가 되셨으니, 장군께 종용하여 천간뇌옥(天間雷獄)에 보내 여섯 늙은이의 무공을 익히게 하는 것이 옳다고 생각하는데, 귀공들께서는 어떻게 생각하오?"

우문대학사가 두 명의 중년 문사들을 바라보며 자신의 뜻을 비추었다.

그런데 그의 말 속에는 귀신조차 놀랄만한 곳이 거론되고 있는 것이 아닌가.

천간뇌옥(天間雷獄).

중원의 문무관들은 그곳을 가리켜 불회귀옥(不回鬼獄)이라고 부른다.

중원에서 팔만 리를 가면 뜨거운 열사(熱砂)의 사막 열하성(熱河省)이 나오며, 그곳에서 다시 팔만 리를 가면 호른호라고 불리는 호수가 나온다.

호른호는 대막과 북해와도 근접해 있으며, 중원에서 적어도 다섯 개의 성을 지나야 갈 수 있는 험난한 곳에 위치한 뇌옥이다. 그곳에서 가장 가까운 현이 해랍밀이며, 그곳에서 삼천 리의 거리에 있다.

그곳에 한 번 들어가면 탈옥은 불가능하다. 그리하여 중원에서 그곳을 가리켜 불회귀옥이라고 하는지도 몰랐다.

그런데 특징이 있다면 그곳은 죄를 지었다고 아무나 들어갈 수 있는 곳이 아니라는 것이다.

황가의 후손이나 고관대작의 아들이나 자제, 그리고 왕족과 선이 연결된 거물급들만 가는 곳이라고 알려져 있다.

따라서 말은 뇌옥이라고 하나 사실 일개 공자의 사저라고 할 만큼 깨끗하고 아름다운 곳이었다.

불회귀옥이라고 이름 붙여진 이유는 그곳이 너무도 멀고 험난한 길을 가야하며, 사방이 오지와 밀림, 그리고 수천 리 안에 인가가 없음을 가리키는 말이었다.

무단 탈옥이라는 말은 상상도 할 수 없는 곳.

"천하를 위한 일이니 마군께서는 너무 심려치 마시오. 황상께서 이미 명군대사마 백장군과 논의가 된 것으로 알고 있소이다."

우문대학사가 좌측의 청수한 문사를 바라보며 말했다.

좌측의 청수한 문사, 그는 수염이 가슴까지 늘어져 마치 삼국(三國)의 촉장 관우를 연상케 할 정도였으며, 두 눈에서는 맑은 정광이 줄기줄기 뻗어 나와 그가 심오한 내공을 가지고 있음을 알게 한다.

그가 바로 수십 년 동안 만마궁의 부궁주로서 악명을 날렸으며, 당금 최고의 살인예술가(殺人藝術家)라고 불리는 아수마군이었다.

철궁세가의 가주 철궁대제가 최후의 포석으로서 만마궁에 침투시켰던 인자(忍者)가 바로 그였으며, 실질적인 철궁세가의 오대 가신 중 한 명이 바로 그였다.

석년 그는 만마궁에서 두 권의 기서를 탈취하지 않았던가?

"천하에 철궁의 일맥은 소공뿐이니, 소공을 염려하시는 마음 잘 알고 있소이다. 그러나 철궁을 빛내고 천하를 암흑에서 구할 분은 오로지 소공뿐, 염려 때문에 큰일을 망쳐 버릴 수는 없는 일이오.”

입을 연 인물, 아수마군을 달래는 또 다른 단아한 용모의 중년인은 누구인가?

그는 천산(天山)이 낳은 최고의 기재였다.

그의 무공과 더불어 학문의 깊이 또한 한없이 깊고 넓어 우문대학사와 쌍벽을 이루는 사람이다.

이미 멸망해버린 천산의 속가 장령제자로서 천산의 오백삼십구 종의 절기를 완벽하게 익힌 천산이 낳은 걸출한 인재 중의 한 명이 바로 그였다.

천산대뇌(天山大腦), 이것이 그가 지닌 명호였다.

우문대학사와 아수마군은 철궁세가를 받드는 이대가신이었으나 이 천산대뇌란 자는 다만 철궁세가를 흠모하고 존경하던 인물이었다.

그러던 그가 철궁세가가 멸문을 당할 때 오대가신 중 참화에 의해 생명을 잃어 대가 끊긴 무가(武家), 즉 무가신(武家臣)의 뒤를 잇게 된 것이다.

철궁세가에는 오대가신이 직책별로 나뉘어져 있었다.

그 중 제일 가신인 문가신(文家臣)은 대명의 우문대학사로서 본연의 신분을 속이며, 철궁세가의 유일한 후예인 철비룡을 위해 학문들을 전수하고 있었다.

그들이 말하는 소공이란 다시 말해서 백유연이 낳은 철비룡을 가리키는 것이다.

제이 가신은 무가신(武家臣)이란 이름으로, 현재는 공석 중이었으나 천산대뇌가 그 자리를 메움으로써 이미 허물어진 철궁세가의 체제를 이루어가고 있었다.

제삼 가신은 정보가신(情報家臣)으로서 가장 뛰어난 경공술과 과감한 판단 능력을 지닌 아수마군이 팔십 년 가까이 이 자리를 고수하고 있었다.

제사 가신은 살가신(殺家臣)이라 명명된 이로서 추적과 암살 등의 임무를 맡고 있으니 당금 천하에 가장 뛰어난 살수 무영섬도(無影閃刀)가 바로 그였다.

마지막 제오 가신이 내가신(內家臣)으로서 철궁세가의 재정과 군자금을 관리하는 가신으로 유일하게 여인이었으며, 그녀는 북경 제일의 기루 봉황일루(鳳凰一樓)의 주인으로 알려져 있는 얼굴 없는 여인 신기야화(神技夜花) 문미봉(文美鳳)이었으니, 어찌 보면 상상 할 수도 없는 일이리라.

천산대뇌가 안색을 굳히며 침중한 음성으로 입을 열었다.

"천간뇌옥의 여섯 늙은이가 괴팍하기 이를 데가 없다고 알려진 것은 이미 천하가 아는 사실……. 소공께서 그들의 절기를 꼭 얻을 수 있다고 장담을 할 수는 없지 않소?"

천산대뇌의 물음에 우문대학사가 입을 열었다.

"그렇지도 않소이다. 소공께서는 만약 얻으려고만 한다면 중원에 있는 모든 것을 얻을 수 있을 것이오. 더구나 그곳에 대도지궁(大盜之宮)이 있음을 안 이상 무리 할 수밖에 없소."

우문대학사의 음성이 가늘게 부서지듯 떨고 있었다.

그 뿐만이 아니라, 천산대뇌와 아수마군 모두가 신형을 작게 부르르 떨고 있었다.

그들이 가리키는 여섯 노인이 누구인지 알 수는 없으나, 그들이 이렇게도 이들을 격상시킨다면 아마도 개개인의 능력이 하늘을 가리킬 수 있음은 알만 하지 않은가.

더구나 전설의 대도지궁(大盜之宮)이 천간뇌옥에 있다는 사실을 안다면 강호인들 뿐 아니라 천간뇌옥에 갇힌 죄수들도 물욕에 눈이 어두워 광란을 일으킬 것이 틀림없다.

대도지궁을 얻는다면 천하를 얻는 것이나 결과적으로 진배가 없을 것이니 말이다.

그때 다른 이의 목소리가 세 사람의 귓속으로 들어왔다.

"천통대석(天通大碩)이 결코 한 시진을 넘기지 못하리라는 우리의 예상은 맞았소이다."

동시에 말을 마친 천산대뇌의 시선이 한곳을 향했고, 곧 그의 얼굴에 밝은 웃음이 떠오르기 시작했다.

"……."

“…….”

그의 시선을 따라 두 사람의 시선이 동시에 움직였다.

그들의 시선이 일제히 머문 곳은 백사각의 후원을 가로질러 그들이 앉아 있는 논문루와는 삼각 지점에 위치한 한 채의 누각 앞이었다.

누각의 현판에는 용사비등의 필체로 다음과 같이 인각되어 있음을 볼 수 있었다.

정서헌(頂書軒).

명군대사마 백무혼에게는 무남독녀 외딸이 있으니 그녀가 바로 천세일려라고 미모를 칭송받던 백유연이란 당대의 미인이었다. 그녀는 한 남자를 사랑하여 혼전에 잉태를 했으나 혼인 직전 남편이 죽어 수많은 질시와 냉대, 그리고 손가락질을 감수해야 했다.

그러나 그녀가 낳은 자식은 상상 이상으로 총명하여 백무혼에게 아낌없는 사랑을 받고 있었다.

정서헌이란 현판이 달린 곳은 바로 백무혼의 외손주가 기거하는 누각인 것이다.

그 소년은 철궁세가의 삼가신이 소공이라 부르는 당사자였으며, 철가의 유일한 후손인 비룡이었다.

바로 그때, 그들이 모여 있는 것을 알고 있는지 천통대석이라고 불리는 노 문사가 그들에게 다가왔다.

"원주! 이곳에 계시오니까? 제자가 불민하여 공자께 아무런 도움도 드리지 못하게 되어 원주님께 송구스러운 마음 금할 길이 없사오이다."

천통대석이 화원을 가로질러 다가와 우문대학사에게 읍을 하였다.

천통대석 노 문사는 우문대학사가 원주로 있는 한림원의 수석 석학으로서 그 위치만으로도 학문의 깊이는 일세를 대표한다고 해도 과언이 아니었다. 그런 그가 단 한 시진 만에 철비룡에게 무릎을 꿇고 말다니…….

"할 수 없는 일……. 공자의 자존심을 꺾어 주려다 오히려 자만심을 심어줄까 걱정이로구나. 알겠네. 천통대석은 이만 물러가도록 하시오."

"예!"

천통대석이 허리를 굽혀 읍을 한 뒤 멀어져 갔다.

"후후후, 이번에는 유림계(儒林界)의 대문사라는 창허선옹(蒼虛仙翁)께서 소공의 방으로 들어가고 있소이다."

딴전을 피우던 아수마군이 웃음을 흘리며 천통대석이 나온 문을 바라보았다.

머리에 소요건을 단정히 쓰고 허리에는 금실을 둘렀으며, 전신에 눈보다 더욱 흰 유생복을 입은 초로의 노인이 정서헌의 문을 열고 있었다.

잠시 후 그들의 눈에 창허선옹의 모습은 사라져버렸다.

방금 정서헌으로 스며든 창허선옹은 문무를 갖춘 것으로 소문난 기인이사 중의 한 명이었다. 강호의 사람들이 경외로운 마음으로 일컫는 무림십걸의 일 인이기도 한 그는 절세의 고수였으며, 학문에 관해서도 타의 추종을 불허 한다는 유림계의 대문사였다.

"허허허……. 창허선옹께서 몇 시 진만에 소공에게 덜미를 잡힐 것이라 생각하오?"

천산대뇌가 기쁘다는 표정을 지었다.

"본인 생각으로는 적어도 한 시진 이상 견딜 수 있다고 생각되는데, 귀공들의 생각은 다르오니까? 이제 중원천하에 소공의 학문을 따를 자가 아무도 없소이다."

그러나 우문대학사는 그의 말에 설레설레 고개를 좌우로 흔들었다.

"아니! 그럼 소공은 그를 이길 수 없다는 말이오? 있을 수가 없소이다."

우문대학사의 아연한 표정에 천산대뇌가 기이하고 야릇한 웃음을 흘렸다.

"후후후, 그것이 아니지요. 창허선옹은 불과 반 시진 만에 쫓겨나게 될 것입니다."

"그럼……."

“그럼, 그것이!”

우문대학사의 말에 아수마군과 천산대뇌의 얼굴에 짙은 의혹이 새겨졌다.

“본인은 이만 실례 하겠소. 오늘 중으로 백 장군, 그리고 황상과 이야기를 나누고 싶소이다. 그리하여 소공을 천간뇌옥으로 가게 할 준비를 하겠소.”

말을 마친 우문대학사의 몸이 한순간 허공에서 사라져 버리고 말았다.

* * *

천문서고.

천문서고는 그 이름처럼 거창하고 거대하게 보이진 않았다. 들어가는 입구는 좁디좁았으며, 그 앞은 먼지가 풀풀 날릴 정도였으니 말이다. 허나 경도이절로 불리는 이유는 겉모습 때문이 아니었으니, 그것은 천문서고에 보관 되어 있는 방대한 양의 서책 때문이었다.

보기에는 너무도 허술한 모습으로 자오양문로(紫午陽門路)의 곁에 서 있었으나, 겉모습과 달리 내면은 방대한 서적으로 가득 채워져 있어 서고의 주인 문 노야(文老爺)마저도 책의 분량을 모를 정도였다.

이곳 천문서고에서 하루에 얼마만큼의 책이 유입되고 유출되는지는 아무도 몰랐다. 더구나 이곳에 드나드는 사람이 읽은 책의 분량은 더욱 헤아리기 어렵다.

혹자는 하루에 수만 권이 천문서고로 유입 된다고 말하고 있다. 어떤 자는 수천 권의 서책이 하루 사이에 천문서고에서 유출된다고 말하기도 한다.

입방아 찧기 좋아하는 어떤 자는 이곳에어 읽혀지고 있는 책의 분량이 모르면 몰라도 황궁서고에 버금간다고 말하고 있다.

무성한 소문…….

그러나 그러한 소문은 제쳐두고 천문서고를 잘 아는 인물은 하나 밖에 없었다.

늘 책을 손에서 떼지 않으며 꽃을 벗하여 살아가는 한 명의 소년.

책과 꽃 속에서 살며 가끔씩 사륜거에 몸을 싣고 경도의 대유학자들에게 우주의 진리를 이야기하기도 하며, 천하 학문을 표현하기도 했고, 자신 나름의 탄탄한 학문 체계를 구축하고 있는 십삼 세의 소년, 그는 오히려 문 노야 보다도 천문서고를 잘 알고 있었다.

오후.

구월의 일양(日陽)은 아직 뜨거워 한낮은 매우 더웠다.

책 냄새가 은은하게 풍기는 천문서고의 삼십육가 중 마지막 병가(兵架)에는 수만 권의 고서가 잘 정돈되어 있었다.

천문서고에는 총 삼십육가가 있었으며 일가(一架)인 문가(文架)에서부터 삼십육가인 마지막 병가에 이르기까지 수십만 권 이상의 고금현서(古今現書)가 빼곡하게 채워져 향긋한 냄새를 풍겨 내고 있었다.

전신에 은은한 자태가 구름처럼 피어오르는 금삼(錦衫)을 두른 소년은 삼십육가 중 마지막 병가에 비스듬히 기대어 있었다.

그의 손에는 푸석거리는 양피지 책자가 들려 있었으며, 얼마나 오래되고 낡았는지 표지의 글자도 희미하게 탈색되어 있었다.

〈삼도해본(三刀解本)〉.

소년의 손에 들려 있는 책의 이름은 천 년 전 중원을 떨게 했던 세 가지의 도법을 해설해 놓고 파해법을 연구해 놓은 책자였다.

삼도해본은 소년이 그때까지 발견하지 못했던 책이었으므로 얼른 집어 보았고, 처음부터 나오는 그 내용의 신기함에 두 눈을 똑바로 뜨고 뚫어져라 쳐다보았다. 그 자세는 비스듬히 기대어 있는 형상이었다.

"흐음……, 이 천문고서에 이토록 기이하고 현란한 무예의

해설서가 기록되어 있다니 금시초문이라고 아니 할 수가 없군."

소년은 책장을 넘기며 흥미로움을 견딜 수가 없다는 듯 중얼거렸다.

팔랑 팔랑……. 소년이 양피지 고서(古書)를 넘기는 것은 보고 읽는 것이 아니라 단순하게 책장을 세고 있는 것 같은 착각이 들 정도로 빨랐다.

"과연 천룡자(天龍子) 어른은 기인이라 할 만하군. 이 철비룡은 태어나서 아직껏 이처럼 정확하고 난해한 도보(刀譜)를 본 적이 없다."

소년은 진정 감탄스럽다는 듯 신음성에 가까운 감탄을 터뜨렸다.

그는 이름이 철비룡이라고 자신의 입으로 말하는 것이 아닌가?

그가 진정 철비룡이라면 경도일랑(京都一郎)이 분명 하리라.

책을 좋아하고 꽃을 좋아하여 화서랑(花書郎)이라고 불리어지는 경도일랑, 그는 명군대사마 백무혼의 손자라는 후광을 업고 있었으나, 아버지가 누구인지 밝혀져 있지 않아 사생아라는 소문도 있었다.

그러나 그의 뛰어난 학문과 그의 모친이 백무혼의 딸 백유연이라는 미명의 여인이라는 사실은 그러한 단점들을 감출 정도였으니, 이젠 철비룡이라 하면 경도일랑이란 칭호만이 생각나게 할뿐, 사생아란 오명은 쉽게 벗어져 버린 뒤였다.

사실, 이 천문서고를 주인이라는 문 노야보다도 훤히 알고 있는 사람이 바로 그였다. 왜냐하면 이 천문서고의 모든 고서가 그의 손에 의해 정리되고 있었기 때문이다.

천문서고가 세워진 것은 그리 오래된 것이 아니었다.

삼년 전 문 노야는 마가로와 자오양문이 부딪치는 모퉁이의 허술한 옛 서원(書院)을 사 그곳에 천문서고라는 간판을 걸었다.

그러나 그가 어디에서 온 사람이며, 예전에 무엇을 하던 사람인지 아는 사람은 아무도 없었다.

다만 그가 늘 허름한 문사복을 입고 있으며, 여러 잡다한 학문에 관한한 타의 추종을 불허하는 지고한 지식을 지니고 있다는 것만이 소문에 날릴 정도였다. 그에게는 당금 십여 세의 손녀 하나만이 있을 뿐 식솔도 없었다.

수십 수백만 권의 책을 관리하는 그였으나 점원 한 명 두지 않아 그 혼자로서는 힘든 일이었다. 책이 산더미처럼 쌓여 있는 것을 보고 철비룡은 자처해서 그것을 정리해 주는 것이었다.

비록 어린 나이였지만 열세 살의 철비룡은 나름대로 마련

된 삼십육가에 분류해 정돈 하였는데, 그것은 누가 보더라도 오차가 있을 수 없는 정확한 안배였다.

그 뒤로 철비룡은 천문서고에 마음대로 출입 할 수가 있었으며, 따라서 철비룡은 하루의 반을 이 천문서고에서 보낼 수 있었다. 육 년째 천문서고를 쉬지 않고 드나들었고, 그로 인해 이곳에 소장된 삼십오가에서 수십만 권의 서책을 읽을 수 있었다.

따라서 그가 읽지 않은 서책은 쉽사리 찾아보기 드문 터였다.

갑골문과 가두문의 고서는 물론이고, 삼천 년 전 신비롭게 사라진 야야족(耶耶族)의 기문(奇文) 화리묘어(火理妙語)도 이미 해독 할 수 있는 능력을 지니고 있는 철비룡이고 보면 그의 학문을 짐작하고도 남음이 있다.

삼십육가 중 그가 읽지 않은 책이라면 마지막 일가, 병가(兵架)에 소장되고 비치된 무학서(武學書) 뿐이었다.

철비룡은 이제 삼십오가의 모든 서책을 읽었기에 마지막 서가로 온 것이다. 그는 마지막 서가로 오기 전, 오늘 이곳에 유입된 서책을 모두 읽은 뒤였다.

그러나 특이한 것은 다른 서가에는 수십만 권의 고서가 쌓여 있던 것과는 달리 병가에는 겨우 수천 권의 서책이 자리하고 있었으며, 그 커다란 서가의 반도 채우지 못하는 기이한 형태를 자아내는 특이한 모습이었다.

바로 그 병가의 첫 번째 서책이 삼도해본(三刀解本) 이었다. 천 년 전 무공 수집광이라고 소문이 자자했던 천통자(天通子)가 만든 절정도법의 해설집이 바로 삼도해본이었다. 삼도해본은 천 년 전에는 매우 유명했던 해본으로, 천통자 사후(死後)에도 이백 년 동안 피를 부를 정도로 뭇 사람들의 이목을 주목 시켰으며, 그 뒤로는 행방이 묘연해져 이미 잊혀진 고서였다.

삼도해본은 삼도(三刀), 즉 세 가지의 도법과 해석, 그리고 파해법이 적혀 있다.

그 당시 최고의 명성을 누렸던 세 가지의 도법은 다음과 같다.

우주폭멸도(宇宙瀑滅刀)!

천백 년 전 사천에서 일어나 반년 만에 오천 명의 검객과 승부를 다투었던 만승백도(萬勝白刀)의 독문도법.

만승백도가 살아 있을 당시, 그의 뛰어난 무공과 함께 최고의 영예를 누린 독문도법인 우주폭멸도의 파해법은 커다란 유혹이 아닐 수 없었다. 그러나 강호인들은 그들의 목적을 성취할 수 없었다.

오색분영도(五色分影刀)!

천 년 전 천통자 당대 최고의 살수라고 불리어지던 무영살객(無影殺客)의 독문도법으로 빠른 번개 같은 도법으로 당대 최고의 살수라는 무영살객은 이 한 수의 칼질로 일만이천의 살업을 행했고, 일만이천 번 모두 성공 했다는 전설이 있다.

일설에는 무공을 익히지 못했던 저자 천통자도 그의 손에 죽었다는 소문이 있었다.

이 도를 휘두르면 각각 다섯 가지의 색으로 물든 환도(幻刀)가 나타나며 누구도 어느 것이 진도(眞刀)임을 알아 낼 수가 없다. 그 사이에 무영살객은 상대의 목을 베고 사라지는 것이다. 가히 살수지왕(殺手之王)의 도라고 할 수 있었다.

월참양파도(月斬陽破刀)!

이름 그대로 달을 베고 태양을 파괴 한다는 가공무지의 도법.

당시 정도 맹주 절정도신(絶頂刀神) 우문천의 독문도법으로써 그것은 정도 최고의 도법으로 추앙받고 있었다.

천통자가 중원 정도의 추적도 무시 할 수가 없었던 상황이고 보면 그는 어쩌면 당시의 무림맹에 의해 추살을 당했을지도 모르는 일이었다. 그러나 당시의 무림맹은 수 년 후 마파 연합세의 습격으로 패망했으며, 절정도신 우문천은 당시 처참하게 죽었다.

따라서 그 이후로 월참양파도는 철저히 매장된 채 중원에 나타나지 않았다.

팔랑 팔랑…….

책장은 쉬지 않고 넘겨졌으며, 가끔씩 철비룡의 얼굴에 기이한 빛이 떠올랐다 사라지기를 수차례 반복하고 있었다.

얼마나 지났을까?

우수수수수~!

철비룡이 책을 다 넘기자 더 이상 고서는 지탱하기 힘든 듯 재가 되어 부서져버리며 바닥에 무엇인가를 떨어뜨렸다.

탱그랑~ 차랑!

"엇! 이런 일이……, 이거 커다란 실수를 했군."

놀람의 외침을 토한 철비룡은 가루로 부서져 날리는 책의 잔해를 바라보다 쇠붙이 소리가 들린 자신의 발밑을 쳐다보았다.

자신의 발밑에는 조그마한 쇠붙이가 떨어져 있었다.

쇠붙이는 환(環)의 형태를 취하고 있었으며, 맑은 광채를 뿜어내고 있었다.

"어엇, 기이한 일이군. 책은 재가 되어버리고 그 대신 환이 생겨나다니!"

철비룡은 고개를 숙이고 바닥에 떨어진 환을 집어 들어 자세히 살펴보았다.

환은 팔찌의 형상으로 이루어졌는데, 넓은 면적으로 만들어져 작은 보갑(寶甲)처럼 보이기도 했다. 환의 면에는 수천 개의 가는 실금으로 여러 가지 문양이 새겨져 있었으며, 그 중앙에는 머리가 허리까지 늘어지고 허리에는 호리병을 맨 채 구름에 올라탄 노인의 모습이 음양으로 조각되어 있었다.

"기이하고 운치가 있어 보이는구나. 그런데 이것은 어디서 나온 것일까?"

철비룡은 의아해 하며 고개를 주억거리다가 자신의 우수에 그것을 끼워 보았다.

환은 너무도 쉽게 철비룡의 우수로 스며들었다.

철컥!

경쾌한 음향이 울리며 환은 순식간에 줄어들며 철비룡의 손에 채워져 버렸다. 이는 철비룡을 너무도 놀라게 했다.

"어엇! 어떻게 이런 일이?"

철비룡은 놀라 자신의 팔에 채워진 팔찌를 벗겨 내려고 했으나 환은 철비룡의 팔목에 붙어버린 듯 움직일 생각도 하지 않았다.

한참을 애쓰던 철비룡은 단념하고야 말았다.

"너도 내가 마음에 드는 모양이군. 빠지지 않는 것을 보니……. 사실 나도 네가 마음에 드니 일생을 같이 해도 손해 날 것은 없을 것 같다!"

사실 철비룡은 환이 마음에 들었기에 그냥 놔두기로 했다.

잠시 후 철비룡은 자신의 팔에 감겨진 환은 잊어버린 듯 다른 서책에 몰두해 있었으며, 그것 또한 고금을 통틀어 구하기 힘든 것이었다.

〈금창단보(金槍段譜)〉.

육백 년 전 항산에 자리하고 대륙을 울렸던 금창보(金槍堡)의 비기비록(秘技秘錄)으로, 금창보는 후인이 없이 멸망한 집단이었다.

육백 년 전 불과 오백 명의 소문파였던 금창보는 금창신(金槍神) 염기보의 기치 아래 무려 삼십 년간 구대문파를 누리고 중원을 대표했다. 그러나 호사다마(好事多魔)라고 했던가? 하루아침에 금창보는 부상(扶桑)의 무리에 초토화되고 말았으니.

"어머……, 오빠! 벌써 이곳까지 오셨군요."

한마디의 꾀꼬리 같은 교성이 책 속에 흠뻑 빠져버린 그의 혼을 일깨웠으며, 서책에 깊이 빠져 있던 철비룡은 정신을 추스리며 목소리가 들려온 곳을 바라보았다.

소녀.

이제 열 살을 갓 넘긴 듯한 아주 앳되어 보이는 소녀였다.

그러나 추수 같은 눈이라든지 무저처럼 깊은 눈, 그리고 앵두처럼 붉은 입술과 오똑한 코가 균형 있게 안배 되어 있음은 그녀가 아름다운 소녀임을 알게 했다. 더구나 그녀의 조화 있는 이목구비는 그녀가 몇 년 지나지 않아 경국지색의 미인으로 발돋음 할 것임을 시사해 주고 있었다.

몸에는 궁장을 걸치고 있었으며, 머리마저 궁형으로 땋아 내리고 있어 그 모습이 어찌나 귀엽고 아름답게 보이는지 마치 천상의 동녀(童女)가 내려와 노니는 듯했다.

"련(蓮)아! 오늘도 서고에 나왔구나!"

철비룡은 소녀를 바라보며 정겹고 유현한 목소리로 말했다.

"응……. 오늘도 오빠가 올 줄 알았지. 오빠는 하루도 빼놓지 않고 이곳에 왔으니까!"

그녀의 음성에는 꾀꼬리가 지저귀는 듯한 여운이 있었다.

"오늘은 어디까지 읽었지? 사흘 전에 보련은 십이가(十二架) 진서가(眞書架)까지 읽은 것으로 아는데."

철비룡은 계속해서 물었다.

그런데 그 말! 만약 철비룡의 말이 사실이라면 이 소녀 또한 한 마리 봉황(鳳凰)이 틀림없을 것이다.

십이가 진서가까지라면 육십만 권의 서책을 읽었음이며, 그 많은 양과 책을 이해하고 있다면 그야말로 신동이라고 할 수 있다.

그것도 여인이라면 천부의 지혜를 타고난 것이다.

황보련(黃寶連)이란 이름을 갖고 있는 그녀의 나이는 당금 십 세로 귀엽고 똑똑하기로 소문난 소녀였다.

그녀는 천문고서의 주인인 문 노야(文老爺) 황궁(黃弓)의 손녀로서 천문고서를 찾는 문인들에게 많은 귀여움을 받고 있었다.

왜냐 하면, 그녀는 서책이 어디 어디에 소장 되어 있는지 환하게 알고 있었으며, 그녀의 문학 수준이 이미 이름난 학사에 버금갈 정도의 수재였기 때문이었다. 천문서고를 찾는 어떤 이는 철비룡과 황보련을 가리켜 천문이학이라고 칭하기도 할 정도였으니, 그녀의 능력은 보지 않아도 알 정도였다.

"궁금한 것이 있어서 오빠께 여쭈어 보려고 왔어요."

황보련이 예쁘장한 얼굴에 보조개를 띄우며 철비룡을 바라보았다.

탁! 하는 소리를 내며 철비룡은 자신의 손에 들려 있던 금창단보를 우수로 꽂았다.

이때 무엇을 발견 했음인지 황보련의 두 눈에 묘한 빛이 일렁였다 순식간에 사라졌다.

"그래, 무엇 때문이지? 오늘은 무슨 핑계를 대고 이곳에 있으려는 거지?"

철비룡의 준수한 얼굴이 웃음기를 머금으며 황보련에게 물었다.

사실 황보련은 철비룡이 보고 싶어, 이와 같이 무엇인가 물어보려 왔다는 핑계를 대고는 두 시진이나 이야기를 나눈 뒤가고는 하는 것이었다.

철비룡 역시 어느 정도 알고 있었지만, 그녀가 자신을 진정으로 따르고 있으며, 자신도 황보련을 귀여워하고 있었으므로 그녀의 물음에 대한 답변은 여태껏 거부한 적이 없었다.

벌써 그들의 관계는 오 년이나 되는 것이기에 그들의 사이는 마치 친남매와 같았다.

"오빠는 진법에 대해서 알고 있나요?"

황보련의 입에서 나온 말은 철비룡이 생각지도 못한 말이었다.

철비룡은 그녀가 진서가의 고서를 읽고 있다고 생각 했기에 음양오행(陰陽五行)이나, 이기이원(二氣二元) 정도나 물을 것이라 생각 했었다. 아니면 그것보다 조금 단수가 높은 일원(一元)이나 십전(十全) 정도?

그러나 그것이 아니었다.

그녀는 그에게 진법에 대해서 묻고 있는 것이다.

'이 아이가 지금 진법을 익히고 있단 말이지. 흠, 과연 련이는 뛰어나다고 밖에 할 수 없겠구나!'

철비룡은 왠지 모르게 기분이 좋아지고 있었다.

사실 그는 중원에 산재하는 모든 진에 대해서 아수마군에게 배운 적이 있었고, 이제는 아수마군도 그에게서 진법의 묘리를 배울 정도였다.

따라서 진에 관한한 그는 대가(大家)라고 할 수 있었다.

"그래, 과연 어떤 진이기에 그러지?"

"풍운만변사황진(風雲萬變沙荒陣)에 관해서 알고 싶어요!"

"헉! 정말?"

그녀의 입에서 나온 이 진법의 명칭은 철비룡의 머리를 강타하고도 남는 것이었다.

풍운만변사황진.

천삼백 년 전의 상고절진(上古絶陣).

천기자(天氣子)가 지었다는 천기비기(天氣秘記)에서 처음 유래되어 나온 말로 소림의 나한대진보다도 열 배는 무서운 절진이라고 전해진다. 천축의 홍교(紅敎)와 대막(大漠)의 밀궁(密宮)의 합작으로 알려져 있으며, 아직 아무도 파해한 적이 없다고 알려진 절진.

"그것은 아직 시술자조차도 풀 수 없다고 알려진 상고절진이란다. 련이는 설치를 알고 싶은 것이냐? 아니면 파해법을 알고 싶은 것이냐?"

"오빠는 그 누구도 파해하지 못한 진의 파해법을 알고 있을 거예요! 저는 진의 시술법과 파해법, 두 가지 모두를 알고 싶어요."

"알았다."

철비룡은 가만히 그녀의 두 눈을 내려다보았다.

제3장

천기(天氣)의 서곡(序曲)

"그래, 비룡이 지존환(至尊環)을 끼고 있더냐?"

어둠 속에서 울려나오는 목소리는 어딘지 모르게 엄숙했으며 유현했다.

"그래요. 오빠의 우수에는 할아버지께서도 말씀 하셨던 지존환이 감겨져 있었는데……, 할아버지께서 말씀하신 고서 역시 찾을 수 없었어요."

이어 울려나온 목소리는 꾀꼬리 같은 목소리였다.

그런데 그들은 지금 철비룡의 이야기를 하고 있는 것이 아닌가? 한마디씩의 대화를 들어 보건데 말을 나누는 두 사람의 관계는 아무래도 사이가 좋은 조손간이 분명했다.

그런데 지존환이라니, 그렇다면 철비룡이 삼도해본에서 얻은 환(環)을 말하는 것인가?

"이 할애비는 이미 백이십 년 간 조상의 명을 받들어 지존환이 나타나기를 학수고대 했었다."

"……."

잠시간 침묵이 흘렀다.

"조사의 유시는 자미성(紫眉星)을 가리키는 것이었단다. 자미성의 특징은 눈썹의 끝이 약간 붉어지는 것, 할애비는 그것을 비룡공자에게서 보았다."

노인의 목소리는 떨리고 있는 게 분명했다.

"할애비는 천 년의 대를 이어 이 목적을 위해 수행해 왔다. 만약 내가 자미성을 찾지 못했다면 네가 찾아야 했을 것이다."

"할아버지. 자미성이 무엇이기에 할아버지께서 그토록 심혈을 기울여야 했나요?"

소녀는 모르고 있었다.

자미성이 무엇을 의미하는 것인지……, 또 자미성을 타고난 인간이 어떠한 능력을 가진 인간인지에 대해서.

자미성(紫眉星)!

천기를 가르치는 사람들은 이것을 가리켜 자미성체(紫眉星體)라 부른다.

자미성에 대해서는 삼천 년 전 황제(黃帝)의 서(書)에 이미 나와 있다. 또한, 천오백 년 전 무림의 기인 아도천인(我道天

人)은 자신의 저서인 〈천기불서(天氣不書)〉에서 자미성에 대해 언급했다.

자미성체는 타고난 지혜로 범인의 열 배에 해당 되는 학문을 익힐 수 있고, 그 이해력도 남달라 한 번 보면 열을 이해한다고 한다. 만약 자미성체가 무공을 익힌다면 우내제일인(宇內第一人)이 되고 말 것이다

마도천인의 저서 천기불서의 제 삼 장 신체 편에는 자미성체에 대해서 위와 같이 적고 있다.

'문일지십(聞一知十)이요, 문일지백(聞一知百)'이라.

그것이 자미성체의 능력이다.

그러나 그가 예언한 이래 천오백 년 동안 자미성체는 한 번도 나타나지 않았다.

특징으로는 눈썹과 귀밑의 이어지는 부분에 붉은 기운이 감돌고 있는 것과 태어날 때부터 선천적으로 혈(穴)이 없는 것이다. 그건 무공을 익힌다면 그야말로 일사천리라는 말이 아닌가?

그러나 자미성체에 대해서 아는 사람은 거의 없었다.

극소수의 사람들만 그 사실을 알고 있을 뿐……. 정확히 알고 있는 이들은 지금 이야기를 나누는 조손녀 뿐이라고 할까?

"할아버지! 자미성체를 가진 용 오빠가 지존환을 지니셨으니 이제 우리 식솔들도 모두 밖으로 나올 수가 있는 것인가

요?"

"아니란다. 비록 지존환을 지니고 있다 해도 지존환의 비밀을 풀지 못한다면 우리는 계속 지하에서 숨어 살아야 한단다."

노인의 목소리가 그곳까지 이어졌을 때에는 왠지 처연하게 들려왔다.

이들은 누구이기에 이러한 고독 속에서 살아야 한단 말인가?

"할아버지께서는 그 고서에 지존환이 있다는 것을 어떻게 알고 계셨어요?"

다시 앳된 소녀가 물었다.

"그것은 역시 이 할애비의 아버님께 들은 것이다. 불행히도 쌍환(雙環) 중에 철환(鐵環)은 찾았으나 옥환(玉環)이 있는 곳은 찾을 수가 없구나."

"그렇다면 용 오빠가 아무리 환을 가지고 있다 해도 소용이 없잖아요."

"그렇단다. 허나 조사의 유서 대로 자미성체를 지닌 비룡에게 지존환이 가도록 안배 했으니, 이제 그 아이가 스스로의 기연으로 옥환을 찾기만을 바랄 뿐이다."

"그렇지만 찾지 못한다면……."

소녀의 음성은 애처로움이 깃들어 있었다.

만약 밝은 곳이었다면 소녀의 얼굴에 슬픔이 깃들어 있음을 볼 수 있으리라.

"만약 비룡이 옥환을 찾지 못한다면 우리의 무존들은 또 다른 자미성체가 나타날 때까지 지하에 잠적해 있어야 할 것이다."

그들이 누구인가?

그들의 말대로라면 그들은 어느 거대한 문파가 틀림없으리라. 아마도 수백 년 이상 신분을 숨기고 살아온 이인(異人)들이 분명할 것이다.

자미성체를 찾은 그들은 과연 누구인가?

분명한 것은, 그들은 철비룡이 자미성체의 신체를 지니고 있다는 것을 알고 있었으며, 철비룡에 대해 잘 알고 있다는 것이다. 더구나 소녀가 철비룡을 오빠라고 부르는 것으로 보아 철비룡과는 더없이 가까운 사이라는 것.

그것보다도 그들이 어떠한 목적으로 철비룡에게 접근했으며, 그들이 말하는 지존의 신물이 철비룡에게 가도록 유인 했다는 것은 어떠한 것인가?

그것으로 보아 철비룡에게 무슨 일이 닥쳤음은 불을 보듯 뻔한 사실이건만, 아직 철비룡은 그러한 사실을 꿈에도 의식하지 못하고 있었다.

차츰 어둠이 익숙해지면서 어둠 속의 정경이 환하지는 못했지만 희미한 음영으로 인해 주변 모습이 드러나기 시작했다.

어둠 속의 공간은 커다란 석실인 듯싶었다.

사면은 지하에서 강하기로 두 번째 가라면 서럽다는 천축에서 토출되는 흑옥강석(黑玉强石)으로 이루어져 있음을 알 수 있었다. 또한 자세히 둘러보면 벽의 군데군데에는 병장기가 걸려 있음을 볼 수가 있었다.

이 인, 석실에는 두 명의 인영이 칙칙한 어둠 속에 마주 앉아 있었다. 청수한 한 명의 노 문사와 아리따운 모습에 천상의 소녀를 연상케 하는 빙기옥골의 자태를 지닌 십여 세의 소녀.

이 인 중 청수한 문사복을 걸친 노 문사는 천문서고의 주인으로 알려진 이로 세인들이 문 노야라고 부르는 사람이었다.

그의 앞에 앉아 있는 소녀는 천문고서의 주인인 문 노야의 일점혈육으로 알려진 황보련이 분명할진데 어찌 그들이 철비룡을 거론한단 말인가.

이미 경도에서 뛰어난 용모와 지혜로 주목을 받기 시작한 황보련, 그들의 말이 의미하는 것은……?

그들의 말대로라면 철비룡이 삼십육가 병가에서 삼도해본을 보고 그것에서 환을 얻은 것이 우연이 아니란 말인가?

그들의 말이 사실이라면 그것은 문 노야의 안배가 틀림없는 것이었다. 더구나 그들은 철비룡을 일컬어 자신들이 기다려온 자미성체라고 하지 않았던가?

"할아버지……, 그렇지만 만약에 비룡 오빠가 나머지 옥환을 얻지 못한다면 아무런 소용없이 어쩌면 우리의 정체를 노출시키게 되는 것이 아닌지요?"

황보련이 근심스럽다는 뜻으로 목소리를 떨었다.

"애야! 걱정할 것은 없다. 우리가 알고 있는 바로는 철비룡 그 아이는 석년 멸망한 철궁세가의 일점혈육임이 틀림없다."

"철궁세가. 중원 최고의 가문이라던 철궁세가……."

"그렇단다. 비록 만마존과 사무후가 중원을 양분하고 있으나 시간이 흐르면 철비룡은 그들을 제거하고 중원을 구원하며 철궁세가를 일으켜 세우려고 할 것이다."

이미 문 노야는 철비룡의 모든 것을 파악하고 있는 듯한 말투였다.

"우리가 비록 천 년의 억울함을 무릅쓰고 신분을 속이고 있지만 그를 도와 일익을 담당 한다면 우리는 떳떳하게 중원에 얼굴을 내밀 수가 있을 것이다."

"그렇군요……."

문 노야의 말에 황보련이 수긍의 응답을 했다.

"지금 어쩌면 철비룡은 우리가 안배한 새로운 기연을 얻고 있을지도 모르겠군."

문 노야의 입에서 황보련이 생각지도 못했던 말이 터져 나

오자 황보련은 궁금증을 풀려는 듯 문 노야의 얼굴을 빤히 쳐
다보았다.

"……."

"알 것 없느니라. 그것은 비룡에게 약간의 호신(護身)만을
도와줄 뿐이니까."

문 노야의 음성에 황보련은 고개를 숙였다.

이러한 밀담이 벌어지고 있는 곳은 천문서고의 지하였으며
중원인들이 알지 못하는 한 신비 단체의 군사가 기거하는 곳
이었다.

천문서고……, 정확히 무엇인지 모르겠지만 어딘가 짙은
냄새가 풍기는 곳임은 분명한 사실이었다.

* * *

병가(兵架).

천하에서 가장 방대한 서고인 천문서고의 마지막 서가.

그 규모답게 천하에 없는 것이 없었으며, 소문만 무성한 황
궁서고 보다도 크리라 짐작되는 곳으로 황궁서고와 다르다면
그곳은 밀반(密班)이 없다는 것이다.

병가에는 수천 종의 무공 서적이 쌓여 있었다.

도가(道家)의 무공, 불가(佛家)와 속가(俗家), 그리고 사술

(邪術)에 가까운 배교(背敎)의 무공기서도 있었다. 그것들은 모두 천하에 손꼽히는 절세무공임이 분명했다. 이미 그곳에서 구대문파의 무공은 기본에 속했으며, 그 외의 무공은 기초에도 수록 되지 않았으니 그 병가의 서적이 어떠하리라는 것은 짐작하고도 남음이 있다.

철비룡은 여전히 병가에 비스듬하게 기대서 무서를 탐독하고 있었다.

"음……, 이것도 다 알고 있고, 이것 역시 읽었고……, 이건 익히 알고 있는 것이고."

철비룡은 책을 뽑다가도 문득문득 실망의 목소리를 내고 있었다.

그의 손에 들려지는 무공 서적이 이미 그가 알고 있는 것들이었기 때문이다.

사실 철비룡은 수천 가지의 무공을 알고 있었으며, 체내에는 이 갑자의 놀라운 내공을 가지고 있어 능히 일류고수라 할 수 있었다.

겉으로는 유약하고 나약해 보였으나 깊숙이에서 뿜어져 나오는 분위기는 태산과 같은 기도였으니, 그것은 그가 나이에 걸맞지 않은 중후한 인품과 무공을 지녔기 때문이었다.

문득, 그의 두 눈이 번쩍 하고 빛을 발했다.

"이것은…… 처음 본 책인데!"

그의 입에서 즐거움의 음성이 터져 나왔고, 곧 손에 든 책을 예리하게 내려다보았다.

붉은 비단으로 표지가 싸여 있는 책.

그러나 아주 상고 시대의 책자인 듯 양피지 책자는 아주 낡게 변해 있어 곧 부셔질 듯 위태위태하기까지 한 것이었다.

그것은 삼천 권의 무서 중 이천육십 번째의 자리에 있었다. 책은 너무도 낡아 책의 제목까지 흐릿하게 변해 있어 육안으로 헤아리기조차 어려웠다.

"역시 천문서고의 책은 쓸 만한 것이 가끔 있단 말이야!"

어느새 철비룡의 입가에 미소가 번지고 있었다.

그것은 희열이었으며, 그만이 지을 수 있는 현묘한 미소가 아닐 수 없었다.

철비룡은 빛바랜 낡은 표지를 안력을 집중시켜 자세히 살펴보았다.

〈천지일월대후신공(天地日月大吼神功)〉

철비룡의 총기 어린 두 개의 시선은 더욱 빛을 발했고, 그는 부지불식간 탄성을 질러 자신의 놀라움을 표출했다.

"천지일월대후신공?"

철비룡은 표지의 제목을 읽는 순간 망설임 없이 표지를 넘기며 책을 들여다보았다.

"어엇!"

부르르르……. 철비룡은 표지를 들추는 순간 그의 전신이 바람에 흔들리듯 와스스 떨렸다.

'누, 눈을 뗄 수가 없다!'

책의 겉표지를 들추는 순간 그의 두 눈을 붙들어 매는 기이한 기운이 그를 감싸며 그로 하여금 눈을 뗄 수 없게 만든 것이다. 또한, 그가 숨조차 제대로 쉬지 못할 만큼 그의 혼을 빨아들여 버리는 것이 아닌가?

천지일월대후신공. 이것은 사실상 최상승의 내공심결이었으며, 그에 따르는 천지일월신공은 천하에 독보적인 경지를 이룩하고 있는 대승신공이었다.

마음을 박심정대하게 만들고, 어떤 사마의 유혹도 뿌리치게 만드는 정신력을 키워주는 상승의 심결! 또한, 이것은 마음속에 태산의 웅장함을 세우는 것이기도 하여, 이것을 익힌 사람은 그의 몸에서 웅장한 태산의 웅지가 뻗어나는 것이다.

더구나 천지일월대후신공의 구결은 한 번만 외워 두면 잠을 자거나 상처를 입거나 어떤 상태에서도 내공을 키우는 무공을 익히게 하는 효능이 있는 것으로서, 무림인들은 꿈에도 그리는 내가의 보물이었고, 목숨과 바꿀 만큼 값어치가 있었다.

철비룡이 천지일월대후신공에 대하여 조금만이라도 알고 있었다면 놀라움의 각도는 이보다 열 배는 더하였으리라.

아무튼 천지일월대후신공의 요결은 그의 손에 있었고, 양손에 잡혀진 천지일월대후신공의 구결은 붉은 바탕에 하얀 글로 적혀 있었다.

그런데…….

<u>스스스스……!</u>

붉은 바탕에서 기이한 기운이 흘러나와 철비룡의 혼을 빨아들여 버린 것이다. 그리고 그의 영혼은 맹목적으로 천지일월대후신공을 읽도록 유도하고 있는 것이 아닌가?

철비룡은 홀린 듯 몽롱한 기운을 추스리기도 전에 구결을 읽고 암기하기 시작했다.

대정천후십팔수(大正天吼十八手).

천지일월신공(天地日月神功).

용후뇌성음공(龍吼雷聲音功).

쾌비변식(快秘變式).

그의 입에서 심오막대한 천지일월대후신공의 구결이 쉴 새 없이 쏟아져 나왔다.

더불어 그의 눈길이 한 번 스치면 마치 판에 새기듯 그의 뇌리에 꽉꽉 박혀가는 것이었다. 거역 할 수 없는 신비한 힘이 그의 영혼을 붙들어 매고 있었으며, 각각의 구결이 그의 뇌리에 새겨지고 있었다.

"으……!"

철비룡은 비지땀을 흘리며 천지일월대후신공에서 눈을 떼려 노력했고, 결국 어렵사리 제 정신을 찾았다.

헌데 어느새 그는 천지일월대후신공의 구결을 모두 머리 속에 새겨 넣은 뒤였다.

"아……!"

철비룡은 두 다리가 후들후들 떨려옴을 느끼며 그 자리에 주저 앉고 싶은 심정이었다.

"책 속에 사기를 삽입하다니……. 나로 하여금 이 난해한 구결을 완벽하게 새기게 하다니."

철비룡은 이마에 맺힌 땀을 훔쳐내며 천지일월대후신공의 구결을 내려다보았다.

'도대체 이것이 어떤 경우란 말인가?'

철비룡은 도저히 풀 수 없는 일련의 사태에 고개를 갸웃거렸다.

그러나 그것은 새로움에 대한 유혹이었다. 그는 무의식적으로 천지일월대후신공을 다시 펼쳐 들었다.

철비룡은 천지일월대후신공을 펼쳐 들며 나지막하게 중얼거렸다.

"나의 몸에는 이 갑자의 공력이 쌓여있다. 하지만 그것도 소용없을 정도였어. 심법을 운용하기도 전에 강력한 힘은 내 공력을 모조리 끌어당긴 기분이었다."

그러나 철비룡이 다시 비급을 펼쳐들었을 때 처음의 지독한 흡입력은 없었다.

전자체의 고체(古體)가 그의 눈에 들어올 뿐이었다.

전자체의 아주 수려한 글씨는 문필에 관한한 달인의 경지에 올라선 철비룡마저도 감탄하게 만들 수려한 서체였다.

― 후인이 보게 됨을 경하 하노라.

그대가 만약 이 글을 볼 수 있었다면 두 말 할 필요도 없이 본인이 원하는 자미성체의 기재가 분명할 것이리라.

자미성체의 신체를 지니지 않았다면 결코 천지일월대후신공의 구결을 볼 수 없었을 것인 즉, 후인은 본 존(本尊)이 조금 격한 방법을 사용하였다고 뭐라 논하지 말라.

천지일월대후신공은 자미성체를 지닌 기재만이 익힐 수 있도록 안배된 것, 이를 본존이 천년의 천기를 살펴 강호로 흘려보낸 것이다.

본 존이 장담 하건데 당금 무림에서 천지일월대후신공이 가장 뛰어난 무공임을 자부하며, 차후에도 이와 버금가는 심공은 없을 것이니라…… 중략……. ―

철비룡이 읽고 있는 전자체의 고문(古文)은 아주 긴 것이었다.

“굉장한 자부심이로군. 고금 최강의 심공이라 자부 할 수가 있다니…….”

철비룡은 나지막하게 중얼거리며 다시 고서를 들여다보았다.

- 본인 또한 현 무림에서 유일무이(唯一無二)한 자미성체를 지니고 있다. 본인의 세수가 이제 이백오십이 세, 후인을 구하려 했으나 자미성체를 이룬 뛰어난 기재를 찾을 수가 없어 천기를 살핀 바 오백 년 후에나 자미성체의 기재가 탄생됨을 알아 그대에게 이 비급이 흘러갈 수 있도록 안배 하노라.

그대는 자미성체의 명예를 걸고 본인의 무공을 익혀 본인에게 치욕을 안겨준 마교의 오절마맥(五絕魔脈)의 기재와 일전을 벌여야 할 것인즉, 천기에 의하면 자미성체가 탄생할 때 마교의 득세는 이루어 질 것이며, 그 핵이 새로운 오절마맥임을 알 수가 있었노라.

자미성체의 진정한 능력은 타인의 무공을 익히는 것이 아니라 타인의 무공을 수용하여 나름대로의 무공을 창시해야 하는 것.

본인은 비록 사 주야의 혈전 끝에 반 초 차이로 오절마맥의 마교주에게 패했다고 하지만, 이는 영원한 패배가 아닐 것이니, 그대가 오백 년 후 마교를 꺾어 주기 바라노라.

본인이 남긴 천지일월대후신공은 그대에게 약간의 호신공에 도움이 될 것이다.

강호에 자미성체를 도울 수족을 남겼는바, 그들의 도움을 받을 수 있을 것이니 표식은 대연화문(大蓮花紋)이니라.

어느 때고, 어느 장소를 막론하고, 그대를 도우리라.

자세한 내막은 본인이 남긴 수족들에게서 듣기 바라며 무림 최대의 혈겁으로 예상되는 때, 그대가 혈류(血流)를 막아 민생을 구원 하기 바라노라.

…… 하략 ……

무무존(無武尊). —

철비룡의 두 눈에서 빛나는 혜지의 빛을 뿜었다.

"무무존……. 이분이 바로……!"

철비룡은 경악한 표정에 아연실색한 어조로 중얼거렸다. 복받쳐 오르는 희열의 감정과 전신을 강타하는 기쁨을 맛보는 것은 너무도 당연한 것인지도 몰랐다.

무무존(無武尊).

고금제일의 신비인.

그가 활동하던 시대조차도 자세히 알려지지 않은 무림 전설 속의 기인이 바로 그였다.

대략 그의 활동 시기가 오백 년 전으로만 추정되고 있으나 자세한 것은 불분명 했다. 따라서 후세인들도 그를 오직 고금 제일의 신비인으로 알고 있을 뿐이다.

그가 어떤 인물인지……, 그가 누구였는지…….

다만 알려진 것은 그의 무공이 하늘을 놀라게 하고 땅을 움 직일 정도라는 것. 앞으로 천 년이 흘러도 세상의 사람들은 충분히 그의 명호와 전설을 기억할 정도였다.

고금제일인.

고금제일부.

고금제일무.

그러한 것들로 그의 이름과 명성은 안개처럼 전설 속에 젖 어 있는 까닭이었으니…….

알려진 전설의 장을 열어 보면, 그가 모은 재물은 천하를 여러 번 사고도 남을 것이며, 그의 무학은 천하무종(天下武宗)의 원류(原流) 바로 그것이었고, 그에게는 십만 종의 영약 과 수 만 종의 영성신종신병(永聲神鍾神兵)은 물론, 수만 명 의 초절정 고수가 그림자처럼 그를 따르니, 그를 가리켜 우내 일존(宇內一尊)이라 칭했다.

어디까지가 전설이고, 어디까지가 사실인지 모르는 안개 같은 소문은 무무존의 존재를 더욱 격상 시켰으며, 그가 이룬 업적이 뚜렷하지 않았음에도 만인들은 그를 경외했다.

전설로 전해지는 이야기로는, 그가 만화봉(萬花峰)에서 신비로운 고수와 삼 주야의 혈전을 벌였고, 그에 따라 그 후 사라졌다고 전한다. 소문은 무성했으나 그가 어느 정도의 재물과 신병을 모았는지 몰랐으며, 그를 따르는 그림자의 고수를 확인한 사람은 천하에 아무도 없었다.

따라서 그의 진면목을 보았다는 사람도 없어 추측 또한 중구난방이었으며, 진정한 그의 무학이 어느 정도인지 아는 사람은 없었다. 다만 그의 무학이 중원의 모든 무학을 집대성한 것이며, 아무도 그를 꺾을 수 없다고 알려져 왔을 뿐 그와 겨룬 사람 또한 없었다.

그러나 그것 또한 오백 년 전의 전설이었으나, 이제 그 신비가 철비룡의 손에 연결되고 있는 것이었으니 기막힌 안배이며, 철비룡에게 있어서는 가슴이 울렁거리는 기연이 아니겠는가!

"이것이 강호에서 말하는 기연이라는 것인가?"

철비룡은 낮게 중얼거렸다.

그의 안색은 희열로 붉게 변해 있었으며, 자신에게 닥친 기연을 현실로 받아들이기 어렵다는 표정이었다.

"무무존의 기연이 나에게 이어지다니……, 믿을 수 없군. 더구나 이분이 나와 같은 자미성체였다는 사실은 나를 더욱 흥분시킨다."

아니, 그의 말대로라면 그는 자신의 신체가 자미성체임을 알고 있단 말인가?

"무무존! 대단한 분이시군. 이분이 이 정도라면 무무존을 따르던 수하들도 대단하리라. 아무튼 차후에 만나게 될지도 모르는 일이니."

철비룡은 낮게 중얼거리며 자신의 손에 들린 천지일월대후신공의 진경을 서가에 꽂으며 발길을 돌려 병가를 벗어났다.

그러나 그는 모르는 것이 있었으니…….

그가 꽂아 놓은 천지일월대후신공의 글씨가 모두 사라져 버렸다는 것을.

＊ ＊ ＊

자금성.

수백, 수천의 거대무비한 고루거각이 하늘을 향해 그 웅자를 드러내고 있는 곳.

그 규모의 웅대함과 장엄함은 누가 뭐라 해도 천하제일의 대궁(大宮)인 바, 이곳이 바로 경도삼절 중 일절이며, 대명의 성역이었다.

중원 십팔만 리를 통치하는 황제가 정사를 돌보는 곳. 그런 중요하고 거대한 곳이기에 자금성은 열 두 개의 커다란 궁문(宮門)을 가지고 있었으며, 말 그대로 비조불입(飛鳥不入)의 철옹성과 다를 바 없었다.

웅장함과 장엄함만 갖고 있는 것이 아닌 아름답고 현란하기까지 한 아름다운 건물로 이루어진 곳이 바로 자금성이다. 처마와 처마를 맞대고 있는 무수한 고루거각들은 방어식과 오묘한 진식의 배치와 어울려 그 속에서 자연스레 아름다움이 배어나왔던 것이다.

대황전(大皇殿).

자금성의 중심부를 일컫는 세 글자였다.

언뜻 보기에는 동정호의 군산을 옮겨다 놓은 듯 인공의 가산에 지어져 있었으며, 대황전을 중심으로 십팔로(十八路)의 도로가 쭉 뻗어 있었다.

대황전을 경계하는 자금 위사만 해도 자그마치 이만여 명.

가화 무적.

갖가지 병기를 꼬나든 군졸과 경비무사들이 눈에 쌍불을 켜고 겹겹이 삼엄한 경비를 서고 있는 이유가 있으니, 그것은 이곳이 누구의 근접도 허락되지 않는 곳이기 때문이다.

그곳은 황제의 집무실이었다. 당금의 황제가 중원의 정사를 돌보고 모든 결정을 내리는 곳이다.

그 웅장한 대전 내에 이 인이 마주 앉아있었다.

한 명의 중년인과 초로의 노인으로, 두 명의 기도가 범상치 않은 것으로 보아 대단한 내력을 지니고 있음을 알 수 있다.

중년인.

전신에는 위세 당당한 용포(龍袍)를 걸치고 있었으며, 머리에는 용관(龍冠)을 쓰고 있어 그가 결코 평범한 이가 아님을 보여 주었다. 또한 얼굴은 구리빛처럼 붉으며, 호목(虎目)은 마치 인간의 그것이 아닌 양 심유하고 장엄하기조차 하여 신광이 남달라 보였다.

검고 굳세게 내뻗은 수염은 그의 의지가 또한 금석(金石)과 같음을 단적으로 나타내고 있었다.

이 중년인은 누구란 말인가?

초로인.

그의 신분은 너무도 확연하게 알아 볼 수 있었다.

전신에는 백광이 눈부시게 흐드러지는 연환갑을 걸치고 있었으며, 허리에는 오 척 길이의 장검을 걸고 있었다.

그것으로 그가 무인의 신분이라는 것을 쉽사리 알 수 있었고, 더구나 갑주를 걸친 것으로 보아 황궁의 무사임을 알 수 있었다.

황제가 기거하는 대황전에서 갑주를 걸치고 검을 소지할 수 있는 인물은 한정되어 있는 것. 그것으로서 그가 황제에게 지대한 신임을 받고 있는 막대한 실력자라는 사실을 미루어 짐작할 수 있었다. 허나 이 상태로는 누가 보아도 그의 내력을 알 수 없을 듯했다.

그의 안색이 초로의 노인임에도 불구하고 어린아이의 얼굴처럼 붉게 빛나고 있었고, 눈에서도 무인다운 무서운 신광이 뿜어져 나오고 있었다. 그러나 그의 흰 머리칼과 가슴까지 늘어진 흰 수염은 그의 지긋한 나이를 알 수 있게 했다.

대환전의 이 인은 침묵을 지키고 있었다. 그 침묵 속에 곧 팍! 하고 피어오를 것만 같은 불씨를 안고 있는 것 같은 느낌이 온다면 그것은 착각일까?

중년인은 태사의에 깊이 상체를 파묻고 있었으며, 초로의 노무사는 한쪽 무릎을 바닥에 꿇고 한쪽 무릎을 세운 채였다.

그때 잠잠한 침묵을 깨며 초로인이 입을 열었다.

"폐하……, 신의 손자 철비룡은 황상의 고충을 깨닫고 반드시 나라를 안정시킬 것이옵니다."

무슨 말인가? 그렇다면 상좌에 상체를 깊숙하게 묻고 있는 이 중년인이 바로 중원의 황제란 말인가?

"백 공(白公)! 짐도 그것을 알고 있소. 그러나 만약 비룡, 그 아이에게 어떠한 일이 생긴다면 짐은 평생을 죄책감에 살아야만 할 것이오."

"폐하……."

"백 대장군, 짐 또한 장군께서 손자를 얼마나 사랑하는지 알고 있소. 비룡은 앞으로 명을 받들고, 차후 태자를 인도할 마지막 희망이 아니오?"

무슨 일인가 벌어지고 있음이 분명하다.

황제와 밀담을 나누고 있는 초로의 무사는 누구이며, 무엇 때문에 철비룡의 이름이 황제와 이 초로의 노인의 입에서 거론되고 있단 말인가? 더구나 이 노인은 철비룡을 자신의 손자라고 했다. 당금 천하에 철비룡을 자신의 손자라고 할 수 있는 사람은 중원 천하에는 오로지 한 명밖에 없으니, 그는 바로 당금 명의 모든 병권을 통제하고 있으며, 철비룡의 외조부가 되는 백도대장군 백무혼이었다.

당금 명에서는 백도대장군 백무혼을 가리켜 명군대사마라고 부르고 있었으며, 그는 중원 최고의 무장으로 추앙받고 있다.

그의 저택을 가리켜 장군부라고 호칭하는 것도 결코 무리가 아니었다.

"폐하! 중원과 종묘사직이 걸린 일이옵니다. 현재 천하에서 칠대무신(七大武神)의 무공을 훔쳐 배울 수 있는 인재는 비룡 그 아이 외에는 존재하지 않습니다."

"……."

한 순간 백무혼의 이야기를 듣고 있던 황제의 안색이 침중하게 변했다. 차라리 침통한 모습에 가까웠다.

무엇이 황제의 안색을 이리도 침울하게 만들고 있는가?

이유는 간단했다.

중원은 사마의 무리에 짓밟혀 버린 상태였고. 강력한 황권 역시 그들에게 미치지 못하여 황제와 백무혼은 굉장히 고심하고 있는 터였다. 헌데 최근 생각지도 않게 한 가지 비밀을 캐어 그들을 견제할 힘이 있는 곳을 알아낸 것이다.

그러나 그 비밀을 가진 자들이 모두 괴이독랄하고 추측불가의 괴인들인지라 감히 그들로부터 비밀을 빼낼 수 없었다. 그들의 비밀을 캐기 위해 황제와 백무혼은 삼십 차례에 걸쳐 오십여 명의 기재를 보냈으나, 오십여 명의 기재는 비밀을 얻기는커녕 허무하게 쓰러져갔다.

비밀은 모두 일곱 명의 전대 괴인이 지니고 있었다.

그들의 무공은 추측불가 지순한 것이었으며, 성격이 괴팍하여 오십여 명의 기재는 그들에게서 하나의 비밀도 알아 낼 수 없었다.

그 사실을 알고 인물들은 그들을 가리켜 칠대무신이라고 칭할 정도였다.

결국 이미 십여 세에 대과를 급제한 천하의 기재로 소문난 철비룡을 칠대무신에게로 보내려 하였으나 너무도 많은 장애가 앞을 가리고 있었다.

우선 칠대무신의 무공과 괴팍한 성격은 제쳐두고도, 칠대무신이 있는 곳은 천하에 헤어나지 못하는 절지(絕地)에 위치하고 있었다.

죽지 않았으되 죽은 것이나 다름없는 사자(死者)의 최후가 그곳이었으니…….

그러나 중원의 안위에도 문제가 있었지만 황제의 애타는 부정은 더욱 철비룡을 잡고 있었다.

부정(父情)이라? 황제가 결코 철비룡의 부친이 아닌데 어찌 그들의 사이에 부정이란 기류의 흐름이 존재할 수 있겠느냐마는 그것은 엄연히 존재했다. 비록 그것이 제 삼자에 의한 것이기는 하지만.

"백 공! 짐도 중원과 종묘사직을 위해 비룡을 더더욱 보내고 싶소. 그러나 지금 짐은 그 부정의 그물에 매어 더욱 보낼 수 없으니 이를 어찌하면 좋소?"

"무슨 말씀이시오니까? 폐하!"

백무혼이 이유를 알 수 없다는 듯 반문했으나 급히 허리를 숙여 신하의 예를 취했다.

그의 얼굴에는 알 수 없다는 듯한 표정이 짙게 배어있었다. 지금 확실한 것은 철비룡이 자신의 외손자일 따름, 결코 황제의 자식이 아니라는 사실이다.

그런데도 황제가 부정을 운운했으니 무슨 까닭일까?

"소옥(少玉), 그 아이 때문이라오."

"소옥…… 공주……."

백무혼의 입에서 부지불식간에 의아함과 놀람의 외침이 튀어나왔다.

그러나 잠시 후 그는 무엇을 생각했는지 고개를 슬며시 끄덕였고, 전신에 미미한 경련을 일으켰다. 마치 황제가 어떠한 의도로 말했음을 알아차린 것처럼…….

소옥공주…….

현 황제 헌종에게 열두 명의 황자가 있으며, 또한 열한 명의 황녀가 있으니, 역대 그보다 많은 자식을 가진 황제는 없었다.

헌종은 우당을 태자로 책봉했으며, 그 뒤로 열한 명에게는 황자의 지위를 내려, 황자들끼리는 어느 때 보다도 우애가 좋았다. 열한 명의 황녀 중 두 명은 공주였으며, 나머지 아홉 명이 군주였다. 그중 마지막에 황후가 얻은 황녀가 바로 소옥공주였다.

십오 세의 나이로 자금일미(紫禁一美) 또는 자금일지(紫禁一智)라고 불리고 있으며, 석년 철비룡에 의해 학문을 익히던 소녀가 바로 소옥이었다. 황제의 극진한 총애를 받고 있는 자금성의 꽃이라 할 수 있는 그녀는 모든 문무대신으로부터 칭송이 자자한 재녀였다.

"폐하……."

백무혼이 헌종의 의도를 알고 더욱 허리를 숙였다.

그도 잘 알고 있었다. 소옥공주는 하루도 빠짐없이 철비룡에게 화기(花技)를 배운다는 핑계로 장군부의 화원에 놀러오고 있었으며, 철비룡은 그녀에게 화도(花道)를 가르치고 있음을……..

그러나 철비룡은 황궁에 가는 적이 없었다.

대과에 급제한 후 사상 처음 소년대학사가 되어 공주의 글 선생이 되더니 단 두 달을 가르치지 못하고 뛰쳐나온 그였다. 황궁의 생활은 자유분방하고 장난기 심한 철비룡에게는 어울리지 않는 것이었기 때문이었다.

그러나 그 뒤로 엉뚱한 일이 벌어지고 있으니, 그것은 공주가 하루도 빠짐없이 핑계를 대고 장군부로 그를 찾아 간다는 것이다.

"그렇소. 소옥은…… 비룡, 그 아이를 연모하고 있음이오. 비록 짐을 가리켜 만인지상이라 하나 피가 흐르는 인간으로 딸이 사랑하는 사람을 어찌 사지로 보낼 수 있단 말이요? 이것이 짐의 머리를 심히 어지럽히고 있소."

황제가 머리를 좌우로 흔들었다.

황제의 말을 들으며 머리를 숙이고 있는 백무혼은 나직하게 말했다.

"폐하! 폐하께오서는 하나가 아닌 둘, 셋을 생각하셔야 하옵니다. 폐하께 있어 공주가 귀중한 만큼 신에게도 하나 뿐인 손자가 귀하옵니다. 그러나 무엇보다도 중원에 평화가 있어야 폐하도 있고, 공주도 있는 것이 아니옵니까?"

백무혼의 강한 어조에는 결의가 담겨 있었다.

황제의 말 그대로라면 헌종은 철비룡을 부마로 생각하고 있는 것이 아닌가?

그러나 백무혼은 자신의 손자를 사지로 보내기를 재촉했다. 그에게도 손자는 귀했지만 천하의 안위가 더욱 중했기 때문이다.

얼마동안 침묵이 유지되었다.

황제와 명군대사마 백무혼, 둘은 장시간을 침묵 속에 잠겨 깊은 생각을 더듬고 있었다.

그러나 이미 결과는 난 것이나 다름이 없었다.

"백 공, 나는 비룡, 그 아이를 부마로 생각하고 있소. 그 아이가 대업(大業)을 이루지 못한다 하더라도 짐은 비룡을 부마로 맞을 것이오."

"감읍하옵니다, 폐하."

백무혼은 다시 깊숙하게 허리를 굽혔다.

"비룡을 사지로 보낼 준비를 하시오. 백 공……, 난 소옥을 달래며 비룡이 돌아오기만을 기다릴 것이오. 모든 것은 백 공이 알아서 해주시오."

"황공하옵니다."

백무혼은 깊숙하게 허리를 굽혔다.

그러나 그때의 그의 가슴에는 짙은 바람이 휘몰아치고 있었다.

'용(龍)! 이제 주사위는 던져졌구나. 이제 생과 사…… 둘 중 하나만이 너의 앞길에 존재하게 될 것이니.'

제4장

———————

잠룡 와생(潛龍臥生)

만화원(萬花苑)은 백무혼이 거처하는 곳이며, 잠룡이 웅크리고 있는 장군부의 후원을 가리킨다. 잠룡은 경도일절이라 불리는 철비룡을 말하는 것이고, 또한 경도일절에게 있어 특출 난 학문만큼이나 뛰어난 것이 있었으니 바로 화예(花藝)였다.

철비룡은 하루의 반을 이곳 만화원에서 지내고 있다.

화원은 너무도 아름다워 전설의 무릉도원과도 같았다.

수 개의 인공가산(人工假山)이 있었으며, 하나의 인공호수와 두 개의 인공수로가 있었는데, 마치 천연석으로 꾸며진 것만 같았다. 연못의 형태는 중원의 십삼 개 성을 축소한 형태였으며, 다섯 개의 산은 중원오악(中原五嶽)을 가리키고 있었다.

그 사이 사이에는 금액으로 환산할 수 없는 온갖 기화요초들이 가득 차 있었으며, 계절에 맞게 꽃망울이 흐드러지게 터져 올라오고 있었다.

너무나 귀하여 눈을 씻고도 보기 힘들다는 온갖 기화요초,

설련(雪蓮), 천설란(天雪蘭), 금백수화(金白水花), 하오자련(河五紫蓮), 산유장(山有蔣), 오계칠엽화(烏界七葉花), 막사초(莫沙草)…….

어떤 곳에서도 불 수 없는 기화요초들이 아닐 수 없다.

연못의 넓이는 인공 호수라고 하기에는 너무나 넓었다.

하긴, 중원의 전 병권을 쥐고 흔드는 장군부가 결코 자금성 못지않는 웅장함과 아름다움을 가지고 있다는 소문이 거짓이 아닌 바에야 당연한 것이었다.

연못에는 말할 수 없이 귀한 수십 종의 기어(奇魚)가 유영하고 있었다. 남만에서만 서식 한다는 쌍두미린어(雙頭尾鱗魚)는 제쳐두고라도.

태양화리(太陽火鯉), 대하장만(大河長鰻), 흑선백저, 흑비어, 두봉구미어, 와두인면어…….

값으로 따질 수 없는 것들이 가득 차 있었다.

호수 또한 장강을 경계로 둑을 막아 이루어져 두 개의 연못을 가지고 있었는데, 장강의 경계는 실제의 장강과 너무도 정확한 위치에 가로막혀 있었다.

다른 것이 있다면, 중원의 육지와 물로 이루어진 장강이 이곳 만화원의 인공 호수에서는 돌로 가로막듯이 그려져 있다는 것이다.

더욱 특이한 것은, 돌로 만들어진 장강의 경계를 시작으로 좌측의 인공 호수는 완연한 온수(溫水)였으나 반대로 우측의 인공 호수는 손발이 모두 얼어붙어 버릴 듯 차가운 빙수(氷水)로 마치 얼음과 같은 냉기가 풀풀 날리고 있었다.

따라서 좌측의 인공 호수에는 열양지물(熱陽之物)이 가득 차 있었으나, 우측의 인공 호수에는 너무도 상반되게 빙한지물(氷寒之物)이 가득 차 있었다.

만약 무림인들이 그것을 보았다면, 그 누구도 그냥 지나치지는 않았을 것이다.

그곳에 있는 수십 종의 어류는 모두가 절세지보, 절세영약이었기 때문이다.

이 인…….

인공 호수에 연결된 부근에는 이 인의 그림자가 움직여 수면에 그림자를 만들었다.

소년과 소녀, 그 두 사람은 천상의 미동을 연상케 하는 아름다운 동남동녀(童男童女)였다.

소년의 전신은 백색 일색(白色一色)으로 치장되었으며, 머리에는 문사건이, 그리고 백색의 문사복은 고고한 학인 양 매화 문양이 아로새겨져 있었다.

그러나 어딘지 모르게 유약해 보였으며, 그것만으로 그가 공부를 익히고 있는 소년 서생임을 알게 했다. 우뚝 솟은 코 하며 앵두보다도 짙은 입술은 그가 강직한 성품과 고집을 지니고 있으며, 정(情)에 깊은 사람임을 알게 한다.

눈(目), 한 쌍의 눈은 무저갱처럼 가라앉아 있었는데, 그것은 그가 남다른 지혜를 가지고 있음을 뜻했고, 넓은 이마와 두툼한 귓볼, 그리고 귀 밑까지 이어진 눈썹은 그가 광명정대한 마음을 가지고 있음을 한 치의 오차 없이 여실히 드러내고 있었다.

한 명의 소녀.

소녀의 눈망울은 새벽의 샛별과 같이 빛나고 있었으며, 오똑한 코는 마치 마늘쪽 같아 누가 보아도 탄성을 발하지 않고는 배겨나지 못할 것이다. 입술은 두 개의 꽃잎을 문 듯했으며, 갸름한 턱은 미인의 조건을 무난히 갖추고 있어 모든 상황으로 보아 그녀가 미녀라 말할 수 없는 사람은 아무도 없을 것 같았다.

목과 귀에는 오색의 보석들이 빛을 발하고 있으나 그것은 소녀의 미모에 오히려 빛을 잃고 돌조각 같이 보일 지경이었다.

전신에는 봉황(鳳凰)이 수놓아진 궁장을 입고 있었으며, 자색(紫色)인 것으로 보아 그녀가 황녀이거나 지체 높은 집안의 소녀임이 은연중 드러나고 있었다.

소녀의 나이는 열다섯 정도로 보였으며, 이미 성숙한 몸매를 지니고 있어, 그녀의 앞에 서 있는 소년 보다 두세 살은 더 먹어 보였다.

그녀의 손에는 잘린 자설란 한 송이가 쥐어져 있었다.

그러나 자설란은 이미 시들어 있었으며, 소생할 수 없을 것 같이 퇴색되어 있었다.

"사부……, 사부께서는 화도(花道)에 일가견이 있다고 들었어요. 시위들이 말하기를 사부께서는 화도에 있어 신의 경지에 들었다고 하더군요."

소녀는 자신보다도 어려 보이는 소년에게 사부라 호칭했다.

"공주마마, 신이 비록 화도에 심취해 있다고는 하나 신의 경지에 이르렀다는 것은 낭설일 뿐, 신은 결코 화중선(花中仙)에 이르지 못하였습니다."

소년은 단아한 자세로 웃으며 소녀의 말을 막았다.

그런데 소년은 소녀에게 공주라고 말을 했다.

이 소녀가 바로 당금 황제 헌종의 총애를 받고 있는 소옥공주(少玉公主)이며, 그녀의 앞에 있는 소년이 바로 그녀의 사부인 경도일절 철비룡이었다.

철비룡은 십 세에 대과급제를 이룬 이래 단 삼 년 동안 공주를 가르쳤을 뿐, 그 뒤로는 공주의 처소에 들지 않았음은 만조백관이 아는 사실이었다.

자유분방하고 얽매이기를 싫어하는 철비룡의 성격으로는 너무도 당연한 일이었으며, 황제도 그의 발길을 막지 않은 것은 유명한 사실이었다.

공주의 나이는 철비룡의 나이 보다도 세 살이나 많았으나 공주는 늘 철비룡을 사부라 칭했으며, 삼 년 동안 철비룡의 처소를 찾았다. 그녀가 철비룡을 찾는 시각에는 늘 철비룡이 만화원에 있었지만, 공주 자신은 철비룡이 화예에 어떠한 조예를 가지고 있는지 알지 못했다.

"사부, 이 공주는 이미 사부로부터 모든 것을 다 배웠지요. 학문, 필법(筆法), 천기, 토목(土木), 금기서화(琴棋書畵) 등등."

"……."

"그러나 경도일절을 차지하게 된 사부님의 두 가지 기예 중 문은 익히 알고 있지만, 화예(花藝)는 전혀 알지 못하는지라 그것을 물어보고자 왔습니다."

그녀의 태도는 공손했다.

일국의 황녀인 그녀도 철비룡 앞에서는 독수리 앞의 참새와 같이 고분고분한 어투와 표정이었다.

그러한 그녀의 모습은 세도가의 집안 소공녀와 다른 일면이었다.

그런데 그녀의 말을 빌자면 자신이 여러 학문은 말할 것도 없이 천기와 토목, 그리고 금기서화를 비롯한 모든 잡기를 모두 익히고 있다는 것이 아닌가? 불과 십오 세의 나이로 이 모든 것을 익히고 있다면 천하의 누가 믿을 수 있겠는가.

일예로, 천기자라는 송(宋)의 기인은 천기를 헤아림에 이백 년의 세월을 허비했으며, 당(唐)의 토목을기자(土木乙氣子)는 기관지학과 토목지술을 백오십 년 동안 익히고도 죽을 때는 자신이 익히지 못한 토목지술에 한(恨)을 두었다고 전한다.

그런데 십오 세의 소녀가 이 모든 것을 익히고 있다고 하면 믿을 수 있을까?

더구나 문과 필(筆)은 부단한 노력으로 이룰 수 있는 것이 었으나 기관토목, 성복지술은 기민한 두뇌와 영활한 지혜의 터전이 없다면 꿈조차 꿀 수 없는 것이다.

만약 그녀가 그 모든 것을 십분의 일 정도의 오의를 깨우쳤다면 그녀는 수재라 할 수 있을 것이다.

그러나 그녀의 말투로 보건데 그녀는 그것들 모두를 익혔을 뿐 아니라 진정한 오의를 깨닫고 있는 것 같은 말을 하지 않는가? 만약 진정한 오의를 깨우치지 못했다면 결코 모든 것을 다 배웠다고 말하지 못할 것이며, 그녀는 자신이 그러한 말을 하는 것을 용납하지 않을 것이다.

퐁!

갑자기 공주가 자신이 들고 있던 자설란의 잎을 따서 호수에 떨어뜨렸다.

지속되는 침묵이 두려웠을까?

십삼 세의 소년이라면 아직 남녀의 정리를 모르겠으나, 십오 세의 소녀라면 남녀 간의 정리를 어느 정도 깨닫고 있을 것이다.

천하의 재녀라고 불리는 소옥공주가 모든 것에는 남들을 깜짝 놀라게 할 정도의 지혜를 발휘하면서 유독 남녀 간의 정리에는 문외한이라고 믿을 수 없었다.

"사부, 이미 자설란은 시들었어요. 이 자설란은 황궁에도 두 뿌리 밖에는 없지요. 또한 이곳 만화원에도 한 뿌리 밖에는 없어요."

과연 자설란은 이미 시들어 있어 천하의 화예를 지닌 인간이라 해도 그것을 다시 소생시키리라 믿을 수 없을 것 같았다.

그러나 지금 소옥공주는 이미 시들어가는 자설란을 살리길 원하고 있었다.

"공주께서는 그 귀중한 자설란을 이 못난 사람의 화도를 보기 위해 그렇게 만드신 겁니까?"

철비룡의 입에서 무감한 음성이 흘러나왔다.

"그래요……!"

공주는 두 볼에 두 개의 보조개를 그리며 생긋 웃었다.

자설란!

이 꽃은 다른 말로는 은하자설란(銀河紫雪蘭)이라고 부르는 기화(奇花)로써 엄밀히 말하자면 난(蘭)과 연(蓮)의 중간 형태를 지니고 있는 꽃이다. 자설란은 일반 연이나 난과 같이 중원 어느 곳에서나 자생되는 것이 아니어서 구하기가 하늘의 별따기처럼 어렵다는 것이다.

천축의 타밀분지(駝密盆地)에서 자생되는 것으로 항간에는 이미 멸종되었다고 소문이 난 것으로, 중원에 널려 있는 자설란과는 차원이 다른 것이었다.

소문에 의하면 황궁에 두 뿌리, 장군부에 두 뿌리, 그리고 중원 최고의 황금주(黃金主)라는 만금산(萬金山)에 한 뿌리의 자설란이 있다고 전한다.

그런데 지금 공주에게 들려 있는 한 송이의 자설란이 시들어 죽어가고 있는 것이 아닌가?

최고의 가치로 금백(金帛)을 주고도 구하지 못하는 것…….

"소옥은 벌써 사부님께 삼 년간의 수업을 닦았어요. 비록 천고의 기재로 이름을 얻은 사부님의 만분의 일밖에는 미치지 못하지만 모든 기예를 익혔다고 자부해요."

“그런데……?”

갑작스럽게 터져 나온 소옥공주의 음성에는 어딘지 모르게 날카로운 가시가 박혀 있는 듯했으며, 그것을 느낀 철비룡은 멈칫할 수밖에 없었다.

“뭐가 그런데 이지요? 모든 기예를 전수해 주시면서 사부님은 오직 화도만은 제게 전수하지 않으셨어요.”

“그랬던가?”

공주의 노기도 아랑곳없이 철비룡의 태도는 태연자약한 표정이었다.

그의 모습에 공주는 약이 오를 대로 오른 것 같았다.

“흥! 사부! 비록 철대학사(鐵大學士)께서 소녀의 사부이시라 하나, 아바마마의 신하이시고, 더불어 이 공주의 신하 일 수도 있는 것이에요.”

“갑자기 무슨 말이십니까?”

갑자기 언변을 달리하는 공주의 음성에 철비룡은 어안이 벙벙한 표정이었다.

말을 하던 철비룡은 고개를 들어 공주의 얼굴을 바라보았다.

“그래요. 비록 지혜가 사부한테 모자란다 해도 이 공주는 사부의 누나가 될 수도 있어요. 나이로 따져 봐도 공주가 사부님 보다는 두 살이 위이지요.”

공주의 노기 띤 음성이 철비룡의 귓전에 파도를 쳤다.

"뭐? 누, 누나?"

또 다시 철비룡은 어이없다는 듯 공주를 쳐다보았다.

동시에 그의 눈은 공주의 아름다운 자태에서 뿜어내는 눈부심을 의식하고 있었다.

이때의 공주의 모습은 철비룡이 결코 생각할 수 없었다.

공주는 개미의 허리 같은 자신의 허리에 한 손을 걸치고 있었다.

도도한 모습.

그러한 모습은 일찍이 공주의 행동에서 찾아 볼 수 없었던 모습으로 삼 년 내내 철비룡을 깎듯이 사부로 모셨던 그녀로서는 있을 수 없는 일이었다.

'뭔가 일이 잘못 되어가고 있는 것 같군.'

불현듯 머리를 스치고 지나가는 생각!

그것은 공주의 모습에서 철비룡이 느낀 것으로 현실이 되어 나타나고 있었다.

"흥, 이제까지 사부였으나 이 공주는 이제 사부로서가 아니라 비룡을 동생으로 여기는 누나로서 명령하는 거예요."

'우와……!'

철비룡은 믿을 수 없다는 듯 입을 벌리고 다물지 못했다.

그러나 그것은 그녀의 태도가 변했기 때문만은 아닌 것으로서 또 다른 이유가 있었다.

'아름답다.'

철비룡은 화를 내는 듯한 모습의 소옥공주가 너무도 아름답게 느껴졌으며, 그녀의 아름다운 자태가 일시에 빛살이 되어 그에게 덮쳐오는 것 같은 환각을 느꼈기 때문이다.

그녀의 모습, 화가 난 듯한 모습의 소옥공주는 정녕 청초했고 우아하다고 말할 수 있는, 차라리 먹이를 쪼고 난 뒤의 우아한 학의 자태와 같았다.

위로 치켜 뜬 두 눈은 더욱 커서 아름다웠으며, 그 속에서 영롱한 보석의 눈은 묘안석이나 밤의 별보다 더욱 강한 눈빛을 보내고 있었다.

그녀의 모습을 철비룡은 찬찬한 눈빛으로 다시 쳐다보았다.

그제야 철비룡은 그녀의 모습이 삼 년 전 자신이 가르치던 천진난만하고 어리광을 피우던 열세 살의 공주가 아님을 간파할 수 있었다.

철비룡은 공주의 나이를 생각했다.

'그렇군……. 공주께서는 이제 여인이 되셨군.'

맙소사, 열세 살의 철비룡이 여인이 무엇인지 진의를 깨닫고 있단 말인가?

과연 소옥공주의 모습은 너무도 고혹적이라고 할 수가 있는 것으로서 중원의 모든 남아가 그녀를 보았다면 상사병에 걸리고도 남을 일이었다.

설백처럼 아릿한 피부, 진한 눈썹, 찬란히 빛나 차라리 혼백이 빨려들 듯 영롱한 빛을 발하는 눈동자, 그리고 붉은 입술, 궁장의 모습에 돋보이게 갸름한 몸매에 알맞게 부풀어 오른 듯이 보이는 앞가슴의 융기!

모든 것이 아름다운 그것이었다.

그것은 철비룡이 소옥공주의 새로운 모습을 인식하는 계기가 되었다.

"비룡, 이 공주에게 화도를 보여 주세요. 누나로서의 명령이에요."

'누나라……, 명령이라고?'

철비룡은 어이가 없었으나 그녀가 누나라고 하는 것이 그리 싫진 않았기에 가슴에서 아름다운 한 자루의 소도를 꺼내 들었다.

"좋습니다. 비룡도 공주마마께 사부라는 소리를 듣기 보다는 동생이라는 소리를 듣기가 더욱 좋을 것 같군요!"

철비룡은 계속해서 말을 이었다.

"화도란 것은 문과 달라 예(藝)라고 할 수 있습니다. 정기신일체(精氣神一體)가 이루어지지 않는다면 화도를 이룰 수 없지요."

철비룡은 공주에게 다가서며 손을 내밀었다.

움찔! 순간적으로 공주는 몸을 움츠렸으나 그가 원하는 것이 자신의 손에 들린 자설란임을 알고 빙그레 웃으며 자설란을 앞으로 내밀었다.

"자요. 만약 시들어 버린 자설란을 살리지 못한다면 비룡은 경도일절의 이름에 먹칠을 하게 되는 것이예요. 또……!"

그녀는 말을 잇다가 멈추었다.

자설란을 받아든 철비룡이 소도를 날렵하게 그어대고 있었기 때문이다.

투~ 둑~ 투~!

잘린 자설란의 잎과 뿌리, 그리고 가지가 부교의 위에 떨어져 내렸다.

순간 공주의 입에서 탄성인지 비명인지조차 분간 할 수 없는 음성이 울려나오며 그녀의 동체가 불상이 된 듯 굳은 상태로 두 눈이 경악으로 물들었다.

무엇 때문인가?

철비룡의 손에 들린 자설란에 기이한 변화가 어리기 시작했으며, 그것을 본 소옥공주의 안색이 흥분과 경악으로 물들어 있었다.

화르르……! 그것은 기적이며 이변에 속하는 것으로써 믿을 수 없는 현실이었다.

이미 죽어 잎이 마르고 가지가 말라가던 자설란이 잎에 물기가 감돌며, 영원히 피지 않을 것 같던 자설란이 꽃망울을 터뜨리지 않는가?

눈으로 보지 않는다면 결코 믿지 못할 현실이 공주의 눈앞에서 도래하고 있었다.

"지…… 진정 화, 화도…….!"

공주는 말을 맺지 못했으며, 벌어진 입을 다물 여유가 없는 듯한 표정이었다.

어느새 철비룡은 자설란의 가지와 뿌리, 그리고 잎을 잘라낸 소도를 품에 집어넣고 있었으며, 자설란을 바라보며 빙그레 웃고 있었다.

한편, 이러한 모습을 바라보는 일 인이 있었으나 철비룡과 소옥공주는 눈치 채지 못하고 있었고, 그러한 모습을 훔쳐보는 일 인은 매우 낯이 익은 사람이었다.

전신에 갑주를 두르고 허리에는 오 척 장검을 걸었으며, 수염은 반백이 되어 가슴에 이른 초로의 무장. 그는 황제의 어전에 나타났던 철비룡의 외조부 백무혼이었다.

"그렇다. 비룡, 이제 네가 잠룡(潛龍)이 아닌 천룡(天龍)으로서 승천할 때가 온 것이다. 이제 너는 가문의 명예와 너의 본 모습을 찾아야 한다."

백무혼의 음성은 조금씩 떨리고 있었으나 그것은 기쁨이

었다.

그 시각에도 철비룡과 소옥공주는 서로 마주보며 침묵 속에 있었다.

"이제 한을 씻으리라. 딸과 손자의 한과 더불어 사위의 한을 씻으리라. 이 모든 것은 저 아이에 의해 이루어지리라!"

스스슥…….

혼잣말을 마친 백무혼은 말없이 몸을 돌려 스미듯 사라져 버렸다.

만화원에서 일어난 일, 그것은 조그마한 사건이라 할 수 있었다.

* * *

색밀로(色密路).

대도(大都) 황경(皇京)에서 이곳을 모르는 사람은 중원인이 아니라 한 번도 문 밖 출입을 하지 않은 규중처자가 분명할 것이다. 아니 설사 겹겹 속에 싸여있던 규중처자라 할지라도 이곳을 모르는 사람은 없다.

오 세의 소년소녀라도 이곳을 모르는 자는 없으니…….

이 길은 자금성 정문에서부터 이십 리까지 펼쳐져 있는 도로로 낮이나 밤이나 불이 밝혀져 있는 야화(夜花)의 집들이 있는 곳이다.

때문에 항상 윤이 나는 청석대로(靑石大路) 위로 번쩍거리는 금의화복과 궁장에 값진 패물로 전신을 단장한 선남선녀들이 거닐고 있는 곳, 특히 중로(中路)라 불리는 곳에 다다르면 정경이 확 달라져 보인다.

색밀로라 이름 짓게 만든 중원 제일의 홍등가가 바로 이곳이며, 중원의 이대 색향이라 지칭되는 항주(抗州)나 소주(蘇州)보다도 백배나 이름이 뛰어난 곳이다.

술과 계집이 있고, 유혹과 욕망이 산처럼 싸여 수많은 남아를 타락시키고, 소년을 청년으로 탈바꿈시키며, 금전이 오가는 곳.

언제부터인가 사람들은 남문대로(南門大路)라고 불리던 이곳을 색밀로라 명칭을 바꾸어 버렸다.

오늘도 무색할 만큼의 욕망이 춤추고 있었으니…….

밀다원(密多院).

이곳 색밀로의 중간에 위치한 기루로써 가장 사치스러운 곳이다. 색밀로의 가장 한복판에 위치한 밀다원은 간단히 말해서 맞은편의 현녀루(玄女樓)와 더불어 천하 이대 기루로 손꼽힐 정도로 유명한 곳이었다.

특히나 밀다원은 정사의 고관대작들이나 천하의 거부들을 상대로 춤과 노래와 끈끈한 정념을 파는 곳이어서 자연히 기녀들의 용모는 천하절색이었다.

밀다원은 이미 십오 년의 역사를 가지고 있으며, 무수한 의혈남아를 정(情)의 노예로 만들었으며, 또한 수천 명의 갑부를 빈천한 신분으로 만들 정도였다.

그러나 하루도 객은 끊이지 않았으며 더욱 더 들끓고 있었다. 그것은 밀다원에 하나의 커다란 유혹이 있었기 때문이다.

초하(初夏)의 밤.

홍등가의 등촉은 색밀로를 밝히며 붉고 요염한 빛을 뿌려 남아들을 유혹하였다.

밤이 되면 정의 폭풍으로 회오리에 싸이는 이곳이 초저녁이 지난 벌써부터 사방에 요란한 교소와 음심을 돋우는 기녀의 음탕한 난소(亂笑)가 흐드러지고 있었다.

초하선으로 얼굴을 가린 기녀들의 자태를 기웃거리다 기녀들이 잡아당기는 대로 못이기는 척 끌려 들어가는 호색한들의 모습이 눈에 띈다.

헌데, 전신에 백색도포를 걸친 소년 한 명이 색밀로의 홍등가로 비틀비틀 걸어오고 있었다.

술에 만취한 듯 몸을 가누지 못하는 청년.

이제 십삼 세의 어린 소년의 모습이 역력했으나, 그의 전신에서는 기이한 힘과 고고한 기질이 주위 사람들을 압도하고 있었다.

여타의 소년들에게서는 도저히 찾아볼 수 없는 태산의 기질이었다.

또한 그의 용모는 형용할 수 없을 만큼 준미하여 누구든지 보기만 하면 좀처럼 눈길을 뗄 수 없을 정도였다.

그가 비틀거리며 사람들의 물결을 헤치자 사람들은 그가 지나갈 수 있도록 길을 터주었으며, 소년은 망설이지 않고 열려진 길로 걸어갔다.

허나 소년이 지나고 나면 사람들은 누구나 한마디씩 던지는 것을 잊지 않았다.

"쯧쯧……, 경도일절이 술에 흠뻑 취했으니, 벌써 칠 일이 지났는가? 오늘도 밀다원이 조용하지 않으리라는 것은 불을 보듯 뻔하군!"

"그렇군. 꼭 칠 일만에 만취가 되어왔군."

그들은 이미 소년이 이곳에 올 것을 알고 있다는 말투였으며, 그들의 말을 빌 건데 경도일절 철비룡이 칠 일에 한 번씩 밀다원에 들른다는 것이 아닌가?

그때 철비룡은 전신에 술기운을 풍기고 전신을 비틀거리며 밀다원으로 들어서고 있었다.

그러자 교태로운 웃음과 함께 요염절륜하여 차라리 눈이 어지러운 한 명의 기녀가 버선발로 뛰어 나오며 그를 부축했다.

"호호호, 철 공자님. 꼭 칠 일만이에요. 어서 오시와요."

기녀의 자태는 사내의 허리를 녹일 듯 교태가 자르르 흘렀으며, 그녀의 두 눈은 철비룡을 바라보며 두 눈에 색기를 자르르 흘렸다.

"끄윽! 그래. 밀봉녀(密蜂女)에게 나 경도일절이 왔다고 이르거라!"

"호호! 염려 마시와요."

그 말에 기녀는 이미 그의 말이 무엇인지 알고 있다는 듯 대답했으며, 그것은 철비룡을 수차례 이곳에서 맞은 기녀의 이름인 듯했다.

"가자!"

철비룡이 입을 열자 기녀는 그를 부축하며 안으로 사라졌다.

한편 경도에서는 경도삼절에 버금가는 명성을 얻고 있는 것이 있었으니 그것은 두 개의 기루와 두 명의 여인이었다.

— 재경이루(在京二樓), 재루이녀(在樓二女) —

경도에는 두 개의 루가 있고 두 개의 기루에는 두 명의 여인이 있음이니…….

최근 경도에서 천하를 통털어 견줄 수 없는 두 개의 기루와 두 개의 기루를 관장하는 주인의 신분으로 알려진 두 명의 기녀들이 있었으니 그들을 가리켜 천하 이대 기녀(天下二大妓

女)라 불렸으며, 그들이 운영하는 기루를 중원이루(中原二樓)라 불렸다.

천하 이대 기녀와 중원 이대기루는 항주와 소주에서 날리던 홍등가의 명성을 모두 경도로 불러들일 정도였고, 그것은 또 나름대로 이유가 있다.

그런 이유로 중원 제일의 색향은 이제 경도가 차지하게 되었다.

밀다원(密多院).

만기집루(萬妓集樓).

바로 이것을 가리켜 중원 이대기루라 칭했으며, 이 두 개의 기루는 색밀로에 서로 마주보고 서 있으며, 이는 경도 홍등가의 기둥이었다.

밀봉녀(密蜂女).

봉황녀(鳳凰女).

이 두 명의 기녀를 가리켜 천하 이대 기녀라 칭하니 밀봉녀는 밀다원을 관장 한다고 알려진 기녀였으며, 봉황녀는 만기집루를 다스린다고 알려져 있다.

그러나 진정한 그들의 신분과 얼굴은 알려지지 않았다.

밀다원.

이 이름은 십오 년 전부터 경도에 뿌리를 박은 중원 최고의 기루로써 미기(美妓)가 오백 이나 되었으며, 가녀(歌女)와 무녀(舞女)가 각각 이백씩 있다고 알려져 있다.

그것은 경도의 홍등가를 있게 한 두 개의 주루 중 하나였으며, 고관대작이나 억만금을 지닌 갑부가 아니라면 결코 발도 들여놓지 못한다고 알려져 있다.

더구나 고관대작이나 거부라고 할지라도 일반 미기를 품을 뿐이지 결코 제일미기라고 알려진 밀봉녀를 품어본 사람은 없다고 한다.

그것은 밀봉녀가 내걸은 한 줄의 문구 때문이었는데…….

'지(智), 용(勇), 문무(文武)의 삼관을 통과하는 분에게 몸을 맡긴다. 예(藝)의 경지에 이르지 못한다면 결코 도전하지 말라.'

만기집루.

이름 그대로 만기집루는 중원의 미기들뿐만 아니라 멀리 서역, 부상(扶桑), 대막 등의 기녀들을 소유하고 있어 극히 보기 드문 기루였다.

그녀들은 중원의 여인들과는 다른 독특한 방중술로 풍류객들을 잔뜩 녹여내고 있었고, 밀다원과 더불어 중원 이루 중의 하나로 지대한 명성을 얻고 있다.

만기집루는 중원의 여인이 아닌 이국 미녀가 관장하고 있으며, 그녀의 이름은 봉황녀라고 알려져 있었으나 아무도 그녀를 본 적이 없었다.

그것 또한 밀봉녀와 마찬가지로 그녀가 내건 조건 때문이었으니…….

'봉황녀에게 방중술을 익힌 봉황십녀(鳳凰十女)의 절정 방중술을 견딘 자만이 봉황녀와 잠자리를 같이 할 수가 있다.'

밀다원의 가장 깊숙한 곳.

"하하, 달콤한 것은 늘 남아의 심장을 들뜨게 하지. 꿀 또한 으뜸이라! 사내들이 어찌 봉황녀를 탐하지 않겠는가?"

취기 어린 그러나 맑은 목소리가 기화요초가 어우러진 화려한 정원에서 울려나왔다.

가산과 기화요초, 그리고 맑은 연못이 있어 연못에 달이 비치고 있는 곳 근처에 그림과 같이 유미한 정자가 하나 솟아 있었다.

정자 안은 등촉의 파장과 더불어 쏟아져 내리는 달빛의 잔영으로 인해 주위의 아름다운 선경과 어울려 일대장관을 이루고 있었다.

마치 인세가 아닌 전설 속의 무릉도원 같은 착각이 드는 곳이다.

이 음유하고 현묘한 음성은 정자 안에서 울려나온 것이었다.

지금 아름답고 우아한 정자 안에서는 한 번 보면 용과 봉(鳳)이라 불릴 수 있을 정도로 수려한 일남일녀가 있었다.

사내는 백의유삼을 단정히 걸친 청년, 바로 경도일절 철비룡이었다.

운명의 도마 위에 올려져 있는 소년이 바로 그였으니…….

그의 앞에 마주 앉아 그의 잔에 미주(美酒)를 따르고 있는 여인, 적어도 철비룡 보다는 다섯 살 이상은 더 먹어 보였는데, 분홍빛 나삼으로 가려진 몸매에 어울리게 그 요염함과 현란함의 극치란 가히 인세의 봉황이라 아니할 수 없었다.

밀봉녀, 이름 그대로 꿀과 같이 달콤함을 풍기고 있는 십팔 세의 소녀.

비록 기녀의 신분이나 고아함과 풍기는 현숙함은 규중의 처녀보다 더욱 지대했으며, 더불어 그녀에게는 아름다운 미모와 날릴 듯한 풍류가 있었다.

특히 그녀의 신비로운 눈빛.

그것은 세상의 어떤 것보다도 아름다웠고, 보석에서 반사되는 광채처럼 사람의 모든 혼백을 빨아들일 것 같은 착각이 들 정도였다.

더구나 검은 동공에 어려 있는 눈물자국의 애소엔 사내의 철석간장을 녹일 듯해 사내라면 결코 지나칠 수 있을 것 같지 않았다.

아, 그것은 애소의 눈물이 아닌가?

무엇 때문에 그녀의 눈가에 이리 처연하고 애련한 애소가 머물고 있단 말인가?

밀봉녀는 신비한 봉목을 굴리며 철비룡을 넋 잃은 듯 바라보고 있었다.

"비록 소녀가 밀봉녀라 하나 꽃도 하나 찾을 수 없음을 어찌 하오리까?"

여인은 녹일 듯한 미소를 지으며 애정이 충만한 음성으로 말했다.

"하하하! 꽃! 꽃이라……, 어찌 사나이가 꽃이 될 수가 있단 말인가?"

철비룡이 호방한 웃음을 터뜨리며 자신의 잔에 채워진 화홍주(花紅酒)를 들이켰다.

"아니옵니다. 소녀가 밀봉녀라 하나 공자의 꽃은 감히 범접할 수 없습니다."

"하하하, 그렇겠지. 난 열셋 밖에 안 된 봉우리이니까."

철비룡은 말을 하며 어떤 연체동물의 몸보다도 부드러운 밀봉녀의 교수를 잡았다.

밀봉녀는 노을처럼 얼굴을 붉히며 눈이 녹아들 듯 철비룡의 가슴으로 안겨들었다.

철비룡이 비록 그녀보다 다섯 살이나 적다하나 신체적으로는 그녀 보다 머리 하나가 더 큰 육 척 이상의 커다란 체구를 가지고 있었으니 그것은 어색할 리 없었다.

철비룡은 탐화랑처럼 그녀의 풍만한 둔부를 두드리며 말했다.

"하하! 사실 인중(人中)의 꽃이라면 벌을 마다하지는 않을 것이 분명해."

밀봉녀는 철비룡의 말에 기쁨의 빛이 충만했다.

"공자……."

그녀의 볼은 홍시처럼 붉어져 건드리기만 해도 붉은 단물이 쏟아져 나올 것만 같았다.

철비룡은 어느새 여인의 한곳을 더듬고 있었다.

그가 아무리 성숙해도 열세 살의 어린 나이로는 도저히 할 수 없는 행동이었다.

철비룡, 비록 어린 나이였으나 제법 풍류공자답게 밀봉녀의 전신을 더듬으며 잔에 채워진 한 잔의 술을 마시니 그러한 그의 모습은 밀봉녀를 완연하게 젖어들게 만들었다.

천상의 미태와 지혜를 지녔다고 알려진 밀봉녀도 천해의 지계와 공자의 풍모를 지닌 어린 낭군에게는 폭 젖어들고 마니…….

헌데 멀리서 이러한 모습을 바라보는 한 명의 노인이 있었다.

아수마군, 죽음을 무릅쓰고 마보(魔堡)에 스며들어 철가비전을 탈취해 내었으며, 마세의 이인자로 명성을 날렸던 철가

최후 보루였던 그 이름.

마세에서는 그를 무영살객이라고 불렀다던가?

그가 그늘에 숨어 철비룡의 동태를 감시하고 있다니 믿을 수 없다.

그가 무슨 연유로 철비룡을 감시하고 있단 말인가?

그것은 충분히 가능한 일이다.

철비룡은 철가의 마지막 후예였으며, 아수마군은 철가를 보필하는 오대가신 중 철비룡의 생명을 지켜야 하는 수신호법이 아닌가?

"이루셨다."

어느새 아수마군의 입에서 추측 불가의 음성이 흘러나왔다.

"이제 천간뇌옥에 드실 준비를 완벽하게 이루셨다. 천간뇌옥의 일곱 괴노를 대응할 일곱 가지의 비책(秘策)을 터득 하셨다."

그의 말대로라면 철비룡은 천간뇌옥에 숨어 있는 일곱 괴노에게 대응하기 위한 일곱 가지의 대책을 마련하기 위해 밀봉녀에게 접근했었단 말인가?

그건 아닌 것 같았다.

철비룡이 밀봉녀에게 터득한 것은 여심이었으니 다른 나머지 여섯 가지는 다른 곳에서 터득 했다고 해야 옳으리라.

그렇다면 이제 철비룡은 백무혼과 헌종 황제가 말한 중원을 구할 대계를 이루기 위해 불회귀옥(不回鬼獄)이라 불리는 열사의 땅으로 갈 준비가 되었다는 것이다.

"이제 모든 것이 이루어졌다. 이제 실행에 옮기는 일만 남았다."

아수마군의 입을 뚫고 자신감에 찬 음성이 잔잔히 부서졌다.

"비록 소주께서 무공을 익히지 않으셨다고 하나 우주만물의 이치를 알고 계시며 모든 무학의 구결을 알고 계시니……."

무슨 말인가? 그의 말이 사실이라면 철비룡은 중원에 존재하는 모든 무공의 구결을 알고 있단 말이며, 다만 익히고 있지 않을 뿐이란 말인가?

그것이 가능한 것인가? 비록 철비룡의 지혜가 사해를 가르고 남음이 있다고 알려져 있다지만 어찌 천하에 산재한 무공을 모두 알고 있단 말인가?

"이제 소주께서는 무공을 창안하고 계시니……. 흐음, 고강한 내공이 잠재되어 있지만 아직은 한참 부족하다. 앞으로 불회귀옥에서 기감과 더불어 칠 인의 기공(奇功)을 얻으신다면 유아독존 하시리라!"

그의 음성은 기쁨으로 충만 되어 있었다.

그리고 한 가닥 야풍이 일었을 때 그의 신형은 이미 사라져 버린 뒤였다.

아수마군의 신형이 먹물이 번지듯 어둠 속에 빨려 사라져 흔적도 남겨져 있지 않을 때, 밀봉녀를 안고 있던 욕정어린 철비룡의 눈빛이 담담하게 변했다.

그리고 철비룡의 두 눈이 칠흑 같이 검은 허공을 더듬었다.

'이제 준비가 되었다. 할아버지의 명을 받들어 천간뇌옥으로 향하는 길만이 남았을 뿐이다. 이제 모든 것은 시간이 해결해 줄 것이다.'

잠시 후 철비룡은 먹물 같은 어둠 속에서 시선을 거두며 호탕하게 웃음을 터뜨렸다.

"하하하! 밀봉녀! 이제 그대의 일은 끝난 것 같군. 그대에게 허물을 씌운다는 것이 미안하기는 하지만 이것이 우리의 운명인 모양이군."

철비룡은 밀봉녀의 어깨를 두드리며 일어섰다.

밀봉녀의 신비한 봉목에 안타까움과 서운함, 그리고 이해할 수 없는 긴장감이 어리며 일시에 가늘게 몸을 떨었다.

'알고 계셨단 말인가? 그렇더라도 오늘은 천첩을 취해 주시기를……'

그녀의 마음은 재처럼 타들어갔다.

그녀는 이미 모종의 계략을 알고 있었으며, 그것을 알면서도 철비룡을 유혹했단 말인가?

"가…… 가시려 하옵니까?"

그녀의 눈가에 어리는 애타는 눈물의 의미도 묵살해 버리는 듯, 철비룡은 준수하지만 아직 앳되어 보이는 얼굴에 미소를 지으며 고개를 끄덕였다.

그는 금방이라도 호수 같은 두 눈에 물기를 머금을 것 같은 밀봉녀의 뺨을 어루만졌다.

"기다려. 난 너라는 여인을 잊지 못할 것이다. 너는 나의 첩이 될 자격이 있는 여인이야. 그것은 누구도 부인하지 못할 걸."

밀봉녀는 그의 말을 의식하지도 못하며 고개를 끄덕였다.

'소공, 소녀를 그토록 생각해 주시다니……, 소공의 뜻이라면…….'

그런 그녀를 철비룡은 가만히 가슴에 안았다.

비록 그녀가 철비룡보다 나이가 다섯이나 많았으나 이미 그녀의 머리는 철비룡의 목에 이르렀을 정도로 철비룡은 기골이 장대했다.

그러한 중에도 철비룡의 시선은 허공에 고정되어 있으며, 그의 가슴 속에는 그의 나이로는 추측조차 하기 힘든 생각이 흘러가고 있었다.

'천기가 어지러워지기 시작한다. 이제 서두르는 일만이 남

았다.’

철비룡은 한숨을 내쉬었다.

“밀봉녀, 난 당신이 어떤 신분이 있는 줄은 모르나 당신이 대단한 무공을 가지고 있음 또한 알고 있소. 부디 정기(正氣)를 잃지 마오.”

밀봉녀는 다소곳이 고개를 숙인다.

“예! 소공 명심하겠습니다.”

이들의 입에서는 알 수 없는 이야기가 전개되고 있었다.

대체 철비룡이 밀봉녀에게 한 말의 진정한 의미는 무엇으로 해석할 수 있단 말인가?

그녀가 기녀 이외의 또 다른 신분과 대단한 무공을 가지고 있다니…….

풍운(風雲).

대풍운의 서막은 이곳 밀봉녀의 거처에서도 서서히 일고 있는 것이 아닌가?

한참을 그대로 서 있던 철비룡이 시선을 거두어들이며 술에 취한 목소리를 울려내었다.

“가겠소!”

비틀거리며 철비룡은 화실(花室)을 내려갔다.

밀봉녀는 전신을 주체하지 못하고 비틀거리는 철비룡을 부축하려는 몸짓을 보였으나 다시 멈칫하고 자신을 제어했다.

"아……!"

그녀는 하늘이 무너져 내리는 한숨을 불어내었다.

"이미 시위는 당겨진 화살이다. 모든 것은 황상과 대사마께서 진행하실 일이다."

우당탕!

갑자기 화실 아래에서 무엇인가 굴러 떨어지는 듯한 둔탁한 소리가 울려 퍼졌다.

"앗……! 소공!"

그 소리가 무엇을 의미하는 것인지 알아차린 밀봉녀는 급히 화실을 벗어났다.

그러나 멈칫! 그녀의 발걸음은 다시 멈추었고, 아름다운 얼굴에는 안타깝고 죄스러운 잔영만이 어렸다.

"아직 내 얼굴을 드러내서는 안 된다. 이것 또한 대계 중의 하나가 아닌가?"

어느새 그녀의 두 눈에서는 눈물이 진주 구슬이 되어 두 볼을 촉촉이 적시고 있었다.

'제가 당신을 잡을 수가 없음을…… 소녀 또한 정체를 드러낼 수 없는 입장인지라.'

그녀의 두 눈엔 눈물이 흐르고 있었다.

그러한 그녀의 마음을 아예 모르는 듯 어둠에 묻혀가는 철비룡의 취기 어린 그러나 단아한 음성이 어둠을 밀고 확대되고 있었다.

"으하하하, 잠룡이 비룡(飛龍)이 되기를……."

어둠에 묻힌 그의 등 뒤로 칙칙한 야기(夜氣)가 감싸고 있었다.

제5장

경도(京都)의 은자(隱者)들

"하하하, 술이 없다면 주왕(酒王)은 개방을 일으키지 못했으되……!"

비틀비틀! 한 손에 호로병을 든 철비룡의 발걸음은 역팔자로 풀린 채 불안하게 걷고 있었다.

"쯧쯧, 언제부터 경도일절이 경도일폐(京都一廢)가 되었지?"

"술과 계집이 천하제일의 기재를 망치는구나."

그가 지나가는 것을 본 사람들은 한결같이 혀를 차며 걱정의 뇌까림을 흘렸다.

철비룡은 중인들의 뇌까림에는 조금도 개의치 않는 듯 여전히 취한 발걸음을 내딛고, 취한 목소리를 흘려내며 밀다원을 떠나 동북로로 향했다.

동북로로 들어서자 요기를 토하는 기루와 주향(酒香)이 뿜어지는 주루는 보이지 않고 새로운 모양의 상가가 줄을 이어 펼쳐져 있었다.

푸줏간, 대장간, 고서방, 점방 등이 즐비한 골목이었다.

철비룡은 여전히 몸을 가눌 수 없는 걸음으로 휘청거리고 있었다.

문득,

탕…… 타탕! 치지지지~ 직!

어디에선가 쇠를 두드리는 소리가 들려오자 철비룡은 비틀거리던 걸음을 멈추었다.

쇠붙이의 충돌 음이 들리는 곳은 대장간이 모여선 곳 중에서도 가장 허름하여 간판도 없는 곳에서 들려오고 있었다.

이름도 없는 대장간의 시뻘건 화로 앞에서 거한이 웃을 걷어붙이고 쇠를 두드리고 있었다.

키는 적어도 구 척이 넘게 보이는 장신이었으며, 언뜻 보기에도 보통 사람보다 머리 두어 개 정도는 커다랗게 보였다.

구릿빛 피부에 전신에서는 야성미가 물씬물씬 피어오르고 있었으니 한 눈에 보기에도 보통의 대장장이는 아닐 듯하다. 그러나 아직 앳되어 보이는 얼굴은 그가 겨우 십오 세 정도의 어린 나이임을 짐작하는데 그리 무리가 가지 않게 한다.

허나 자세히 살펴보면 그의 고리눈은 심유하여 지혜가 서려 있었으며, 그가 휘두르는 망치는 건장한 청년도 들어 움직일 수조차 없는 수백 근짜리였으니, 그것을 본다면 그는 거력의 소유자가 분명하다.

언뜻 보아도 그가 웅장한 산과도 같이 보임을 부인할 수 없었다.

그는 전신에 경도에서는 어울리지 않는 호랑이의 가죽으로 만든 옷을 입고 있었으며, 바지는 짧아 무릎 위까지 올려 있었다. 그 바지는 범인이 입었다면 질질 끌릴 정도의 길이였다.

탕! 타~ 탕!

오른쪽 집게로 새빨간 쇳조각을 들고 왼손엔 백 근도 넘게 나갈 듯한 쇠망치를 가볍게 손을 젓듯 내리치고 있지 않은가?

실로 상상할 수도 없는 막강한 괴력을 지닌 소년이었다. 그런데 무림의 고수라도 쉽게 경악하고 말 사실이 있었다.

타타탕!

믿을 수 없게도 내리치는 쇠망치가 쇳조각과 거의 반 치의 사이를 두고 멈추는 것이 아닌가? 그런데도 큰소리의 금철소리를 토하며 쇳덩어리는 두드려지고 있었으니……. 더구나 자세히 보지 않는다면 발견할 수 없을 정도의 간격을 두고 그토록 빠른 속도로 쇠망치를 휘두를 수 있다니, 그것은 그가 뛰어난 무공을 지니고 있음을 뜻하는 것이었다.

"……!"

일시에 전신의 주기를 거두어 버린 철비룡의 눈빛 사이로 훈훈한 미소가 어리기 시작했다.

"……?"

철을 두드리던 대장간의 거한도 손길을 멈추고 철비룡의 얼굴을 향해 시선을 돌렸다.

싱긋, 덩치가 커다란 거한의 얼굴에 십여 세의 소년에게서나 볼 수 있는 싱그러운 미소가 떠올랐다.

두 가닥 미소와 눈빛이 부드러운 기류를 형성하며 서로의 가슴에 따뜻하게 스며들었다.

"오호라! 통재라…… 애재로다! 영고성세는 돌고 도는 구름과 같은 것이거늘."

철비룡의 신형은 비틀거리며 사라져 갔다.

"……!"

거한은 묵묵히 사라져 가는 철비룡의 뒷모습을 주시하다 들릴 듯 말 듯한 미약한 숨소리를 쉬며 침음성을 불어내었다.

"때가 오리라. 철가의 명예는 우주일천이리니."

들릴 듯 말 듯한 괴이한 음성을 터뜨린 거한.

그가 흘린 음성은 너무도 지대한 변수가 아닐 수 없는 것이었는데, 그의 말대로라면 그 또한 철가의 한 인물이라는 말이 아닌가? 경도의 후미진 대장간에서 쇠를 두드리는 이 대장장이가 철가의 후예임을 누가 짐작이나 하겠으며, 그의 말을 들을 수 있는 자가 누가 있겠는가?

사라지던 철비룡의 뒷모습이 완전히 어둠속에 잠겨들었을 때 거한은 아무 일도 없었던 것처럼 쇠를 두드리기 시작했다.

탕~ 탕~ 탕!

'천리재통(天理在通) 아지천리(我知天理)'

― 하늘의 이치를 통하였으니 나는 하늘의 이치를 알았음이다!

깃발! 아주 허름한 깃발은 성곽의 한 모퉁이에 세워져 있었고, 깃발 아래에는 한 명의 노인이 고개를 끄덕이며 깊은 시름 속에 졸고 있었다.

천리재통 아지천리라는 글은 깃발에 쓰여 있었는데, 깃발 아래 졸고 있는 이 노인은 스스로 천기에 능통하다고 자부하는 노인이 분명하리라.

노인의 행색은 아주 볼품이 없었다.

키는 불과 오 척에도 미치지 못했으며, 코는 돼지코에, 두 눈은 아래로 축 쳐져 있었으며, 두 귀는 짝짝이라 놀림감이 되기에 충분했다. 입술은 두터웠으며, 유난히 커다란 머리통은 몸으로 지탱하기조차 벅찰 것으로 여겨져 그를 보는 누구든 그를 경멸할 것으로 여겨지지만…….

천통리자(天通理子)!

금릉성의 모든 백성들은 그를 가리켜 천통리자라고 부르며, 그를 시기하기도 하며, 질투하기도 하고, 때로는 경외하기도 하는 그런 사람이었다.

그가 내건 깃발 그대로 그는 천기에 능했고, 세세한 일까지 알아냈는데, 심지어 누가 어젯밤에 마누라와 방사를 몇 번 했는가까지 알아내는 인물이 바로 그였다.

그는 사시사철 동북쪽의 성곽 아래 앉아 있었으며, 지나가는 사람들을 관찰하는 것이 바로 그의 직업인 것처럼 여겨졌다.

그러나 그의 점괘는 신묘했으며, 만약 한 번이라도 그에게 점을 친 자가 있다면 다시 그에게 점을 치기 위해 몰려들었다.

그러나 그에게 불문율이 있으니 한 번 점을 봐준 적이 있는 사람은 절대 다시 봐주지 않았으며, 어떤 방법으로도 그의 불문율은 깨어지지 않았다.

그러나 그에겐 하나의 예외가 있었으니 그것은 철비룡과는 벌써 열 번의 대화를 나누었다는 것이다.

억만금을 준다 해도 그는 다섯 마디 밖에는 하지 않는 기괴한 노인이라 알려졌건만 그는 유일하게 철비룡에게만은 불문율을 깨고 있었다.

경도의 모든 사람들은 매달 십오일 정오를 가리켜 천통시

(天通時)라 이른다.

천통시라 명명되어진 것은 벌써 열 달 전부터였으며, 그때에 맞추어 어떤 광경을 보기 위해 경도의 고관대작, 명가의 후손들은 무리를 지어 몰려들었다.

그것은 벌써 열 달 전부터 이루어진 것으로써 경도일절 철비룡과 천통시라고 불리는 두 명의 기인이 벌이는 설전(舌戰)을 구경하기 위한 것이다.

덩~ 덩~ 덩~!

북경루(北京樓)에 걸린 대고(大鼓)에서 정오를 알리는 북소리가 울리자 수많은 사람들이 동북로로 모여들기 시작했다.

각양각색의 인물들.

개중에는 고관대작도 있었고, 청년협사들과 명가의 재녀들도 있었으며, 주루나 기루의 점소이들도 다수 끼어 있었다.

그들은 서로를 밀치며 정신없이 앞으로 앞으로 밀려가고 있었다.

그들의 목적은 한 가지였으니, 그것은 천통시에 있는 천통리자와 철비룡의 우문우담(愚問愚談)과 현문현답(顯問顯答)을 듣기 위해서였다.

일예로 일자무식인 사람도 천통리자와 철비룡의 재담을 듣는다면 하늘에 대하여 이야기를 할 수 있으며, 땅에 대하여도 이야기를 할 수 있다는 것이다.

그러니 모두들 눈에 쌍불을 켜고 몰려들지 않겠는가?

동북로의 마지막 성곽 아래 두 명이 정좌하고 있었다.

한 명은 전신에 누더기를 걸친 행색으로, 저것이 인간의 얼굴일까 하는 의구심을 가지게 하는 얼굴을 가진 오 척 단구의 반토막짜리 노인이었으며, 그의 앞에 앉아 있는 한 명의 소년은 천상의 미동이 달아날 것 같은 아리따운 소년이었다.

천통리자와 철비룡.

그들은 언제나 그러하듯 한동안 서로의 두 눈을 주시하고 있었다.

"철 공자! 오늘은 무엇에 대하여 말을 하고 싶소?"

천통리자는 조용한 신색과 음성으로 철비룡의 의향을 물어 왔다.

"좋소. 오늘은 패를 던져 주제를 끄집어내 봅시다."

"좋아!"

말을 마친 천통리자는 자신의 수많은 산자(算子) 중 흑오목(黑烏木)으로 만든 목패(木牌)를 꺼내 각각 스물네 개씩 나누어 가졌다.

"그럼 먼저 던지겠소."

철비룡은 허공에 스물네 개의 목패를 뿌려내었다.

툭! 투툭~!

스물네 개로 조각난 목패는 곧이어 어지럽게 바닥에 떨어졌고, 그것을 지켜보던 수많은 사람들은 경악과 놀람의 외침을 토해냈으니…….

"오오, 과연! 이(二)가 나왔다."

"이럴 수가……, 신기다. 신기(神技)가 아니면 저것은 요술이다."

과연 바닥에는 스물네 개의 목패가 흐트러지며 거대한 글자를 형성하였으니 그것은 두 줄의 선 즉, 이 자를 형성 했다.

그러니 그들을 지켜보던 중인들이 흥분하지 않을 수 없었다.

"그렇다면 이번엔 본 노(本老)가 패를 던지겠소."

휘리리~ 릭!

천통리자도 한 번의 망설임 없이 자신의 손에 쥐어진 스물네 조각의 목패를 허공에 뿌리자 목패는 먼저 뿌려진 글자 위에 겹쳐졌다.

순간.

"와아……!"

"정말 대단해! 과연!"

그것을 지켜보던 중인들은 또 다시 경탄성을 토해냈으며 그것은 중인들의 경악과 놀람, 그리고 존경심을 나타내는 것이었다.

하나의 글자는 완벽하게 만들어져 있었다.

'생(生)'

생이란 글자.

골패는 뿌려지며 철비룡이 만든 이(二)라는 숫자 위에 완벽한 글씨를 만들어 내었다.

언제나 그랬다.

언제나 다른 재료를 사용했으나 이와 같은 방식이었다.

주사위를 던져 글씨를 만든다거나 골패를 던져 형상을 만들거나 였다.

"오늘의 천통시의 논제(論題)는 결정되었소이다. 생(生)이 나왔으므로 사(死)!"

천통리자의 말이 떨어졌다.

언제나 이런 방법이었다.

나타난 글씨의 반대 개념을 이야기하는 것으로써 그들의 문답은 시작되었다.

과거에도 그랬다.

목(木)이 나왔을 때는 초(草)로 시작했고, 천(天)이 나왔을 때는 지(地)로 시작했다.

그것은 그들의 불문율이었으며, 또한 열 달 동안 지속되어 온 묵계였다.

"죽음에는 두 가지가 있소이다. 명분 없는 죽음과 명분이 있는 죽음……, 그 두 가지요."

갑자기 천통리자의 입에서 죽음에 대한 정의가 쏟아져 나
왔다.

'음……, 벌써 천통기서(天通氣書)를 이 성 가량 깨우쳤다
는 말이로군.'

철비룡의 눈썹이 성큼 올라갔다.

무슨 소리?

그들은 지금 천통기서의 죽음을 주제로 자신의 성취 정도
를 전하고 있으며, 중인들은 그것을 의식하지 못하며, 그들의
말을 듣고 있단 말인가?

"아니오! 죽음에는 열두 가지가 있소. 검(劍), 장(掌), 지
(指), 기(氣)……."

철비룡의 말은 죽음의 방법에 관한 형(形)을 말하고 있었다.

"그렇다면 열두 가지의 방법 중 몇 가지가 가능한 것이라고
보오이까? 나는 아직 죽음을 느낄 나이가 되지 않아 열두 가
지가 모두라고 말할 수 없소."

천통리자가 심유한 음성으로 말을 했다.

"그렇소. 이 중에서 병(病)과 노(老)는 제외시켜야 될 것이
오. 그것은 천리(天理)이기 때문이며, 천리는 인간이 거역 할
수 없는 것이기 때문이외다."

철비룡의 말이 떨어지자 천통리자의 검미가 눈에 보일 정
도로 흔들렸다.

'소주께서는 벌써 십 성의 경지에 이르셨다. 소주께서는 불과 십삼 세……. 이 몸은 소주보다도 두 살이 많으며, 입문도 삼 년이 빨랐다!'

맙소사! 그가 이제 십오 세의 소년이란 말인가?

그것이 사실이라면 그의 모습은 변장된 것이며, 그도 철가의 후예일 것이고, 숨겨진 잠룡이란 것이며, 숨겨진 고수란 말이 아닌가?

"오……, 과연 천통시다. 한 명은 원(原)을 이야기하고 있으며, 또 한 명은 과(科)를 이야기 하고 있지 않은가?"

"도대체 종잡을 수가 없군. 너무도 어려운 말을 하고 있으니 말이야."

와글와글…….

주위에는 수많은 인물들이 모여 있었고, 그들은 숨을 죽여가며 웅성거리고 있었다.

그러나 천통리자와 철비룡은 모든 것에 개의치 않고 자신들의 이야기에 열중했다.

천통시.

열한 번째의 천통시는 그렇게 깊어가고 있었다.

* * *

철비룡은 도박장을 벗어나고 있었다.

도박장은 이대주루라 불리며 이대색루라고 불리는 만기집루의 일 층에 위치하고 있었다.

만기집루는 요화가 많기로 유명했지만 어떤 한 명이 있음으로서 더욱 유명했다.

소기랑(少技郎).

불과 십 세의 나이에 도박장에서 파란을 일으켜 장내의 모든 값나가는 것들을 그의 수중에 넣었던 사내, 그는 당금 열여섯의 소년에 불과했으나 중원 천하에 누구도 그의 적수가 되지 못한다고 한다.

그를 아는 이들은 그를 가리켜 중원 최고의 도박사라 칭했으며, 그가 펼치는 한 번의 신기를 구경하고자 수천 리 길을 마다않고 도박사들이 달려왔다.

그러나 그가 뱉은 한마디는 모든 도박사에게 충격을 주기에 충분한 것이었으니…….

– 나 소기랑은 천하제일의 도박사라 자부한다. 하지만 천하제일의 도박사라 자부하는 소기랑도 경도일절 철비룡에게는 도저히 비할 수가 없다. –

그로 인하여 철비룡의 명성은 경도뿐만이 아니라 중원 전체에서 더욱 유명해졌다.

그러나 철비룡이 도박을 하는 것을 지켜본 사람은 아무도 없었다. 그는 도박장에 나타나도 결코 도박엔 손도 대지 않았으며, 늘 술에 취한 눈으로 소기랑의 도박술을 지그시 바라보다 사라지곤 했다.

철비룡은 소기랑의 도박술을 지켜보다 지금 막 밖으로 나온 것이었다.

“후후, 소기랑의 만기집도(萬妓集圖)는 이제 팔 성에 이르렀다. 그의 기술이라면 천하의 값나가는 것들만 골라 그의 손아귀에 들어가겠지. 충분히 두 달 이내에 자금성을 세울 수 있을 것이야.”

그의 신기가 그 정도였던가?

“후후후, 이제 철가는 일어설 때가 되었는가?”

철비룡은 나직한 웃음을 터뜨리며 걸음을 재촉하기 시작했다.

그의 말은 누가 들어도 술 취한 사람의 독백일 것이다.

그러나 그의 말을 새겨듣고 무언가 이해하려 든다면 그 자는 커다란 충격에 휩싸일 것이다. 이미 무너져버린 철가문이 주는 의미는 누구에게든 남달랐기 때문이다.

소기랑이 만기집도라는 해괴한 무엇을 익히고 있으며, 그의 기술은 자금성 정도도 두 달 이내에 세울 수 있다는 그 말. 무서운 것은 소기랑이 철비룡과 무관하지 않다는 것이다.

$* * *$

　감숙성 동북의 접경지대에 위치한 사구(砂丘)에 우뚝 솟은 산이 있으니 중원인들은 귀령산(鬼靈山)이라고 불렀으며, 청해(靑海)의 이방인들은 백병산(白兵山)이라고 불러 중원인이나 청해인이나 접근하는 것을 두려워하는 산이었다.

　밤낮 모래에 쌓여 있어 귀령산이 가라앉고 떠오르기를 반복한다고 하는데…….

　귀령산이라고 칭해진 것은 사시사철 모래 속에 감추어져 있어 산의 실체가 드러나기도 하며, 때로는 아주 깊숙하게 감추어지기 때문이다.

　그 때문에 산의 진정한 높이는 추측 할 수조차 없었으며, 그곳에 무엇이 살고 있는지 아니면 인간이 살고 있는지조차 파악되지 않았다.

　따라서 중원인들은 산을 가리켜 귀령산이라 불렀다.

　그러나 날씨가 맑거나 산의 윤곽이 완연히 드러났을 때에는 모두들 침음을 삼켰으며, 진정 놀람의 외침을 뿌려내지 않을 수 없었다.

　산은 온통 바위로 이루어져 있었고, 기암괴석으로 이루어진 절경은 진정 눈으로 보아도 믿기 어려울 정도로 찬란한 것이었다. 기암괴석의 모습은 온통 기치창검으로 보였으며, 태

양이 이글거릴 때는 마치 수만의 군사가 검을 빼어든 형상이
었다.

따라서 청해인들은 백병산이라고 불렀다.

귀령산은 깊은 골짜기와 기괴한 암석의 군상으로 이루어져
있어 천연의 요새였으며, 나는 새도 접근하지 않는다는 절지
였다.

무이곡(無耳谷)은 귀령산의 가장 깊숙한 골짜기에 있었다.

호로병과 닮은 곡의 입구를 지나면 수천 장의 넓은 분지가
나오며 밖의 정경과는 전혀 다른 무릉도원이 나온다.

호로곡구의 입구만 나서도 살을 에이는 듯한 찬바람과 살
갖을 뚫어버릴 듯한 모래바람이 불어오건만 무이곡의 내부는
사시사철 온화한 봄과도 같은 따뜻한 훈풍이 불고 있었으니
자연의 섭리란 인간으로서는 이해할 수 없는 것이다.

무이곡의 내부에는 수많은 전각이 세워져 있었다.

병풍처럼 세워진 절벽으로 둘러싸인 무이곡은 천연의 요새
가 아닐 수 없었다.

더구나 곡구와 무이곡의 주위에는 각양각색의 절진이 펼
쳐져 있어 나는 새조차도 들어설 수가 없었으니, 인간의 눈에
띌 리가 없었다.

수많은 전각 중 유난히 눈에 띄는 전각이 있었으니, 그것은
수십 채의 전각으로 이루어진 이곳 무이곡에서 가장 거대한

전각이었으며 구 층으로 이루어져 있었다.

휘익!

어디선가 한 명의 인영이 바람 같이 나타났다.

그 인영은 청수한 노인의 생김새였고, 전신에는 문사복을 단아하게 두르고 있었으나 언뜻 비치는 병기를 허리에 찬 것으로 보아 그가 결코 문사가 아님을 증명하고 있었다.

용이 그려진 문사건을 질끈 동여매고 있었으며, 그 위에 소요건을 단정하게 쓴 인영.

손에는 섭선을 가볍게 살랑이고 있었으나 그것은 더위 때문이 아니었다.

그런데 전설 속에나 나타날 능공서도가 그의 신형에서 피어오르고 있었다.

그의 발은 지면에서 두 치 가량 떠 있었으며, 그가 지나간 자리에는 발자국 하나 새겨지지 않았다.

그것으로 그가 허공답보(虛空踏步)의 경지를 지났다는 것을 보여주는 것이 아닌가!

이 청수한 노인은 매우 낯이 익었다.

천산대뇌(天山大腦).

이미 멸망해버린 천산파의 장령제자이며, 천산파의 오백삼십구 종의 무공을 완벽하게 익히고 있는, 무공과 학문의 깊이가 하늘에 닿았다는 기인.

또한 그는 우문대학사와 아수마군과 같은 지위로 철궁세가의 모든 무인들을 관장하는 무가신(武家臣)의 지위에 있는 자가 아닌가?

그가 이곳에 나타나다니…….

그렇다면 이곳은 천산대뇌와 어떤 연관이 있단 말인데, 천산파는 이미 백 년 전에 맥이 끊겼다고 전해지지 않았는가?

철궁무전(鐵弓武殿).

천산대뇌의 두 눈에 구 층 전각의 현판이 다가들듯이 부각되어 드러났다.

철궁무전,

이럴 수가……! 철궁무전은 이미 석년에 철궁세가가 부서질 때 무너져 버렸지 않은가 말이다. 그런데 철궁무전이 이곳에 세워져 있다니 이것을 진정 믿어야 한단 말인가?

"무존(武尊)의 안전을 뵈오이다."

스스스슷! 파라락!

일성의 조용한 음성과 함께 나직한 파공성이 울리며 그의 앞에 일곱 개의 신형이 원래 있었던 것처럼 드러나기 시작했다.

한결같이 기도가 비범한 청년들이었으며, 눈으로만 보아도 그들이 일류 고수임을 미루어 짐작할 수 있을 정도로 신태가 비범한 청년들이었다.

한결같이 등에는 장검을 드리우고 있었으며, 멀리 보아도 스물다섯을 넘지 않은 청년들이었으나, 그들의 무공 수위는 정확히 추측하기 힘들었다.

안광은 하나같이 금석을 뚫을 듯 강렬하였으며, 태양혈은 불쑥불쑥 솟아 있었다.

"칠무소존(七武少尊)! 오랜만에 뵙게 되는구려."

천산대뇌는 결코 경솔하지 않은 자세로 가볍게 포권을 해 보였다.

칠무소존이 살아 있었다니, 어찌 보면 믿을 수 없는 사실이었다. 불과 이십대 정도의 청년으로 보이는 이들 칠 인이 석년 철궁세가의 대가주 철궁대제의 그림자였다는 칠무소존이란 말인가?

칠무소존.

그들은 철궁대제의 기명제자들로서 철궁대제가 죽음에 이르러서도 결코 모습을 드러내지 않았던 제자들이다.

그들은 철궁대제의 죽은 자식이며, 철비룡의 아버지인 철궁무웅(鐵弓武雄)의 동년배였으며, 사형제지간이었다. 따라서 그들의 나이는 적어도 사십은 넘었고, 사실상 오십을 바라보고 있는 중년인에 해당했다. 하지만, 기이하게도 이십대 청년과 같이 보였으니, 무슨 젊어지는 비술이라도 연마했단 말인가.

그들은 철궁대제의 그림자였으나 철궁대제로부터 철궁무웅을 지키기를 부탁 받았다.

그런 점으로 보면 철궁대제와 철궁무웅은 이미 자신들의 천기를 알고 있었고, 그에 대비한 안배로 칠무소존은 그림자로 남아 철비룡을 지켰던 것이다.

검소존(劍少尊) 혁인걸(赫仁杰).

도소존(刀少尊) 사도류(邪刀流).

지소존(指少尊) 갈태웅(葛太雄).

극소존(戟少尊) 마탁세(馬卓世).

수소존(水少尊) 어의형(魚意形).

조소존(鳥少尊) 조비락(鳥飛樂).

빙소존(氷少尊) 동방상욱(東方相旭).

각기 일예(一藝)에 있어 천하를 오시하고도 남음이 있다고 전해지는 철궁세가의 숨은 인자들이 이곳 무이곡에 나타난 것이다. 그들이 이곳 무이곡에 있었다는 것은 철궁대제나 철궁무웅이 이미 모든 것을 예견하고, 그들을 이곳에 은신시켜 최후의 보루를 남겼음을 의미하는 것이 아닌가?

얼마의 시간이 흘렀을까?

천산대뇌와 칠무소존은 거대한 반원형의 대천에 마주 앉아 있었다.

대전.

거대한 대전은 너무도 방대하여 일천여 명 정도를 수용 할 수 있는 면적이었으며, 벽면에는 각양각색의 병기가 꽂혀져 있었다.

벽면은 밝은 옥색으로 칠해져 있었으며, 대전의 중앙에는 거대한 활(弓)의 문양이 현란하게 채색되어 있었고, 천장의 칠성(七星) 방위에만 대련화문(大蓮花紋)이 아름답게 그려져 있었다.

대좌의 상좌에는 백호 피가 깔린 태사의가 있었으나 그곳은 텅하니 비워져 있었고, 태사의 아래 한 계단 건너엔 팔선탁이 정교한 문양의 자태로 세워져 있었다.

팔선탁은 잠사(蠶沙)의 묵석(墨石)으로 만들어진 듯 검은 빛을 띠고 있었으며, 팔선탁의 검은 면 중앙에 금색의 활이 음각되어 있었다.

팔선탁의 주위에는 팔 인이 조용한 신색으로 앉아 있었다.

일노칠소(一老七少).

그들은 철궁세가의 무가신인 천산대뇌와 칠무소존으로 알려진 일곱 명의 청년들로 그들이 자리한 이곳은 철궁무전의 칠 층에 위치한 거실이었다.

비록 천산대뇌가 오대가신 중 일 인이고, 칠소무존이 철궁세가의 호위수존이라 하나 그들의 신분으로는 팔 층과 구 층을 올라 갈 수가 없었다.

철궁무존의 구 층은 철궁세가의 가주만이 올라 갈 수 있는 곳이며, 팔 층은 가주와 정보를 취급하는 정보가신만이 출입할 수 있는 곳이기 때문이다.

사실상 천산대뇌가 무공과 학문이 고강한 오대가신의 일인이라 하나 칠무소존의 지위는 그와 비슷한 수준의 것이었다. 따라서 그들은 대연회장이며, 오가신의 집무실인 이곳 칠 층에 위치한 대무실(大武室)까지 올라 올 수 있었다.

"이제 모든 준비를 마쳐야 하오이다. 곧 소주께서 천간뇌옥으로 가실 것이오."

천산대뇌가 칠무소존을 바라보며 결연한 음성을 내뱉었다.

"무존께서는 너무 심려치 마십시오. 본가의 제자들도 발군의 실력에 도달했습니다."

칠무소존의 수뇌격인 검소종 혁인걸이 의기에 찬 음성을 불어내었다.

"십삼 년의 세월은 우리에게 인고의 아픔이었습니다. 우리 형제들은 하나같이 죽기를 각오하고 무공을 익혀 이미 강호 일류의 대열에 올라섰습니다."

"그렇습니다. 이제 소가주께서 대공을 이루시는 날 우리 철궁세가의 후예들은 가주를 모시며 일진광풍을 일으킬 것이오이다."

수소존 어의형이 자신에 찬 어투로 힘차게 내뱉었다.

"그것을 모르는 바 아니요. 다만 그들의 힘이 더할 수 없이 강해져서……!"

천산대제가 걱정스러운 음성을 흘려냈다.

"그동안 철궁십대(鐵弓十隊)의 수련도 끝났습니다. 오늘 철궁십대의 수반들이 무존께 인사를 드리러 오실 것입니다."

그의 말이 끝나기도 전에 천산대뇌는 미약해 감지하기조차 힘든 파공성을 느끼고 약간은 의심을 하면서 입을 열어 암중인을 불러내려 하였다.

"이미 와 있는 분도 계신 것 같소만……."

그 순간 마치 학이 부르짖는 듯한 호성을 내며 희미한 선풍이 대각으로 날아들었다.

"하하하, 무존께 철궁검대주(鐵弓劍隊主) 인사드리오."

너무도 기쾌하여 눈으로는 그가 어디에서 나타났는지조차 추측하기 힘들었다.

그러나 어느새 인영은 팔 인의 앞에 시립해 있었다.

그는 등에 기형장검을 엇비슷하게 걸머진 선풍도골의 노인이었다. 특이하게도 전신은 금붙이가 주렁주렁 달린 갑주를 걸치고 있었으며, 그의 허리에도 유엽비도가 서너 개 꽂혀 있어 그가 검에 미친 달인임을 알 수 있게 했다.

또한 그의 전신 곳곳에는 검과 같은 날카롭고 매서운 기도가 발산되고 있었다.

'강하다! 결코 나에게 못지않다.'

날아든 노인을 지켜보던 천산대뇌도 부지불식간 식은땀을 흘렸다.

"철궁검대(鐵弓劍隊) 수좌 광검노(狂劍老)입니다."

광검노는 절대 허리를 굽히지 않았으나 거만스럽지 않은 자세로 목례를 했다.

옆에 있던 검소존 혁인걸이 보충 설명을 했다.

"석년 검마패존(劍魔覇尊)이라 불리던 이인이십니다. 철궁대제 선 가주께 보은을 받으셔서 지금은 철궁대검대를 이끌고 계십니다."

'혁~! 검마패존, 저 늙은이가 장강의 혈사를 일으킨 장본인이란 말인가?'

천산대뇌는 불현듯 악마와도 같은 참상이 떠올랐다.

검마패존.

그 이름은 오십 년 전 중원을 어지럽히던 십흉(十兇) 중의 일 인이었으며, 그가 하루에 천오백 명의 목을 벤 장강의 혈사는 너무도 유명한 것으로 기록되어 있다.

당시 그의 나이가 백이었으니, 지금은 적어도 백 오십의 나이는 넘었을 것이다.

그가 장강의 혈사를 일으키고 정사 합공에 죽음의 선고를 받았을 때 그곳을 지나던 철궁대제가 정사인을 상대로 그를 감금하겠다는 약속을 하며 그를 살려 주었던 과거가 있었다.

그런 그가 지금 이곳에 나타난 것이다.

그때였다.

"하하하, 철궁도대(鐵弓刀隊)의 수좌 무영(無影)이 삼가 수존께 인사를 올리오이다……! 하하하!"

스위위잉!

다시 한 번 파공성이 울리며 청아한 목소리가 무존의 상념을 깨뜨렸다.

나타난 인영은 삼십대의 중년인이었으며, 문사건과 문사복으로 치장했으며, 허리에는 매화 문양이 새겨진 도갑의 도를 지니고 있었다.

'강하다……. 과연 철궁세가의 후예들답구나!'

천산대뇌는 다시 나타난 무영의 무공 수위가 결코 처음 나타난 광검노에 비해 뒤떨어지지 않음을 느끼며 철가의 위세에 다시 한 번 자부심을 느낄 수 있었다.

그때였다.

"대주께오서는 모두 현신하시기 바라오."

무엇을 느꼈음인지 천산대뇌가 허공을 바라보며 한마디 외침을 던졌다.

"허허……. 과연 무존이십니다. 철궁파대(鐵弓破隊)의 대주이시옵니다."

"명불허전이오이나 신의 대궁수(大弓手)! 철궁대의 수반 인사드립니다."

"과연 무존이십니다. 눈치를 채시다니……!"

스스스슥!

순간 크고 작은 목소리가 울리며 다시 다섯 개의 흐릿한 인영이 그림자처럼 현신했다.

어떤 자는 바닥에서 솟아올랐으며, 어떤 자는 지붕에서, 어떤 자는 벽에서 스며나오 듯 나왔다.

"무존을 뵈오이다!"

그들은 일제히 허리를 가볍게 굽혀 예를 취했다.

사남일녀로 이루어진 이들은 각각 다른 한 가지씩의 무기를 들고 있었으며, 단 한 명만이 무기를 지니지 않았다. 그 중 단 한 명이라 할 수 있는 여인은 날아갈 것 같은 궁의(宮衣)를 걸치고 있었다.

각각 극(戟), 륜(輪), 수도(水刀)를 짊어지거나 허리에 부착하고 있어 어렵지 않게 그들의 무공이 어떤 종류의 것들인지 짐작할 수 있었다. 즉, 그들의 무기를 보아 어떤 대(隊)를 이끌고 있는지 알아 볼 수 있었다.

"저 아이가 철궁화대(鐵弓花隊)의 대주이며, 빙소존 동방상욱의 딸인 빙사갈 동방청(東方靑)이라는 아이입니다."

천산대뇌의 곁에 있던 도소존 사도류가 설명을 거들었다.

　동방청의 안색은 서릿발처럼 차가워 보였으며, 한 점의 온기도 없는 것으로 보아 그녀가 얼마나 빙심(氷心)을 지닌 여걸인가 짐작할 수가 있었다.

　그런데 천산대뇌는 의아한 표정으로 물었다.

　"십대주 중 왜 삼 인은 보이지 않는 것이오?"

　과연, 그의 면전에 나타난 대주는 칠 인에 불과했으며, 칠부소존이 소개 시키겠다던 십대주 중 삼 인의 대주는 보이지 않았다.

　"무존께서는 아직까지 소가주의 행적을 완전히 파악하지 못하고 계신 것 같습니다! 소가주께서 친애하시는 삼 인이 있는 것으로 압니다만……."

　천산대뇌의 음성에 이어 빙소존의 음성이 울렸다.

　'그렇군. 경도의 기걸(奇傑)들이라는 삼 인을 잊고 있었군.'

　천산대뇌는 쓴웃음을 짓고 말았다.

　경도의 기존, 누구를 이야기 하는지는 아직까지는 두고 볼 일이다.

　"과연 대단하오. 여러분의 화후에 이 몸은 그저 어안이 벙벙하구려."

　그들의 무위를 접한 무존 천산대뇌는 기쁨으로 두 눈을 커다랗게 떴다.

　진정 그들의 무공은 천산대뇌를 경악케 하기에 충분한 것

이었으며, 경공으로 미루어 보아도 결코 자신에게 꿇리지 않
는 것이었기 때문이다.
　이날 이곳 무이곡에서 무슨 일이 있었는지 아는 자는 어떤
곳에도 없었다.

제6장

지옥로(地獄路)

어느 날 중원의 경도에 세인의 이목을 집중시키는 커다란 방이 내걸렸다.

누구도 믿을 수 없고 믿지 않을 수도 없는 이 방은 한 인물의 추락을 예고하는 내용이었고, 그것은 중원의 중심지인 황궁에서 내려진 것이었다. 분명 황제의 낙인이 찍힌 것이니 틀림없는 일이었다.

황상의 이름으로 적혀진 복잡하고도 간략한 내용. 그 방의 내용만으로는 도저히 믿을 수 없는 사실이 사람들의 이목을 집중시켰다.

〈고하노라!

짐은 수 년 동안 황가 본 역은 물론 관부(官府)에서도 짐의 말을 거역하는 신하가 없었으므로 매우 기뻐하였으며, 또한 국가의 기강을 바로 잡은 것으로 생각해 왔다.

그러나 애석하게도 수 년 만에 짐에게 실망을 주는 사건이 생겼으니 참으로 슬픔을 금치 못하게 만들었도다.

명군대사마의 외손 철비룡이 짐의 지극한 사랑과 관심에도 불구하고 유년(幼年)에 주색을 심히 탐하였으니 갈수록 짐의 노고를 가중시켰다. 급기야는 철비룡이 기녀 밀봉녀를 살해하였음을 전언(傳言) 받았노라.

이에 명군대사마의 충정을 높이 보아 그의 외손 철비룡을 참(斬)하지 않고 살려두니, 황법의 귀함을 가려 천간뇌옥에 유배시키노라.

황민(皇民)과 고관대작의 자손들은 본보기로 삼아 행실을 다듬고 문과 무에 힘쓰기를 짐의 이름으로 고(告)하는 바이다.〉

방은 경도 제일의 귀재로 알려진 철비룡의 영화를 종식하는 것이었으며, 이대기녀로 이름을 날리고 있던 밀봉녀의 죽음을 시사해 주고 있었다.

＊ ＊ ＊

동경산(東京山).

경도의 동쪽에 있다하여 동경산이라 붙여진 이 조그만 동산은 경도에서 불과 오 리(五里)의 거리에 있었으며, 야트막한 야산의 형태였다.

별로 뛰어난 점도 없었고, 높지도 않은 동경산은 항상 푸르름에 덮여 있어 상쾌한 느낌을 주는 곳이었다. 험하지도 않고 보기 나쁘지 않아 경도의 놀이 장소로 많이 이용되기도 했다.

그런데 지금, 동경산의 정상에서 감히 무어라고 추측할 수 없는 기이한 기류가 흐르고 있었다.

동경산의 정상에는 사방 십 척 정도의 네모난 흑오석이 있었으며, 흑오석은 동경산의 정상에 있으므로 해서 경도를 환하게 내려다 볼 수 있는 위치를 점하고 있었다.

동경산의 정상에 놓여진 흑오석에는 두 명의 이인(異人)이 있었으니……, 한 명의 여인과 한 명의 노인이었다.

전신에 날아갈 듯한 경장을 걸친 여인은 허리에 패검을 차고 있었다. 머리칼은 허리까지 늘어져 둔부 위에 팔랑이고 있을 정도로 길었고, 탄력 있는 몸매는 결코 나이가 많지 않음을 알 수 있게 했다.

여인은 미인이었다. 소녀라고 보아야 옳은 이 여인은 둥근 얼굴과 추수 같이 깊은 눈에 곧 묻어날 것과도 같은 설백(雪白)의 피부를 가지고 있었다. 눈썹은 제비 꼬리를 연상 하듯

맵시 있게 표출되어 있었으며, 주사를 문 듯한 입술은 곧 붉은 피가 솟을 듯 육감적이었다.

코는 태산보다도 더욱 뾰족한 듯 보여 여인의 절개를 간접적으로나마 나타내고 있었다.

열여섯 살이나 되었을까?

그러나 어딘가 무척 낯이 익은 얼굴이었다.

죽었다고 전해진 중원 제일의 기루 주인인 밀봉녀가 바로 그녀였다. 그녀가 갑자기 이곳에 나타난 까닭은 무엇인가? 아마도 철비룡이 그녀를 죽였다는 소문과 연관이 있음이라.

"미안해요, 철랑(鐵郎)! 그렇지만 철랑은 이해하리라 믿어요! 이미 폐하와 대사마 어른께서 이 모든 것을 주관하셨으니까요."

그녀의 입에서 한을 머금은 듯한 애틋한 목소리가 울려나왔다. 진정 그녀의 목소리는 처연했으며, 뼈를 깎는 듯한 고통이 포함되어 있었다.

"공녀(公女)! 지금 막 함거가 출발했습니다."

밀봉녀의 뒤에 서 있던 노인이 허리를 깊숙이 접으며 말을 던졌다.

별 특징이 없는 노인이었다. 특징이라면 좌수가 특이하게 사지(四指) 뿐이라는 것이었다.

공녀라고 불린 밀봉녀는 노인의 말에 따라 눈 아래로 보이는 관도를 쳐다보았다.

두두두두~!

말발굽 소리를 울리며 함거가 달려오고 있었다.

함거에는 누가 탔는지 잘 알아 볼 수 없었으며, 오로지 그 것이 죄인을 호송하는 철함거(鐵函車)라는 것 밖에는 판단이 불가능했다.

철함거의 좌우에는 각각 두 명씩의 군졸들이 따르고 있었 으며, 앞에는 두 명의 군졸이 앞장서 걷고 있었다.

철함거의 뒤에는 네 명의 군졸이 따르고 있었고, 네 명의 군졸 앞에는 무장(武將)의 복장을 한 중년 사내가 따르고 있 었다.

"구지(九指) 할아버지, 함거를 호송하는 무장은 누구인가 요?"

그러한 모양을 지켜보던 밀봉녀가 자신의 등 뒤에 서 있는 노인에게 물었다.

"철군대도독 소속의 백인대장으로 용맹이 천지를 꿰뚫고도 남는다는 장창신룡(長槍神龍) 허군벽이옵니다."

구지라고 불린 노인은 오 리의 거리를 한 눈에 간파한 듯 대답했다.

무서운 일이다. 천하에 누가 감히 오 리의 거리를 격해 사 람의 얼굴을 간파할 수 있으며 정확히 이름까지 알아낼 수 있단 말인가?

노인의 이름은 이미 삼십 년 전에 사라진 것으로 지금은 그 누구도 의식하지 못할 정도로 잊혀졌다. 허나 삼십 년 전에는 천하에 그의 적수가 없다고 알려진 살성(殺星)이었다.

그런데 어떻게 그가 이 소녀의 하인과도 같은 신분으로 이곳에 나타났는지 알 수 없었지만, 모종의 이유가 있는 것임에는 틀림이 없었다.

구지신마(九指神魔)라는 명칭, 이것이 삼십 년 전 그가 강호에서 이름을 날렸을 때의 살명이었으며, 그의 명칭을 듣는다면 갓난아기도 울음을 그친다는 공포의 대명사였다.

그는 이미 멸망해 버린 화화교(花火敎)의 마지막 제자로서 화화교는 변황과 중원의 중간 지점인 천산에 위치하고 있었다. 화화교는 정사 중간의 무벌(武伐)이었으나 중원삼보라고 알려진 중원전도(中原戰圖)를 가지고 있다는 소문이 퍼짐으로 해서 간단히 멸망당했다.

구지신마는 당시 화화교의 장령제자였지만 그때엔 청해에 몸을 두고 있었기에 살수를 면할 수 있었다.

구지신마는 천부적으로 타고난 무공광이었으며, 선천적으로 좌수의 손가락 하나가 없는 상태라 사람들은 그를 가리켜 구지신마라고 부르게 되었다.

구지신마는 화화교를 멸망시킨 흉수를 차례차례 찾아가 살겁을 일으키기 시작했다. 무려 삼 년에 걸친 그의 살겁은 삼천 명의 무인들을 황천으로 보내 버렸다. 그의 무공은 그만큼 가공했으며, 화화교의 장령제자답게 화화교의 남은 모든 무공과 기법들을 익히고 있었다.

그의 존재가 세상에 드러나자, 살겁을 염려한 구대문파에서는 그를 끈질기게 추적한 결과 흔적을 잡을 수 있었고, 혼전 끝에 회룡탄(廻龍灘)에서 주살 할 수 있었다. 그것은 이미 삼십 년 전의 일이 아닌가?

그런데 구지신마가 죽지 않고 이곳에 살아 있다니…….

그래서 강호의 소문은 도저히 믿을 수 없는 것이다.

"장창신룡 허군벽이 어떤 인물인지 구지 할아버지는 알고 있나요?"

도저히 안심이 되지 않는다는 듯한 목소리가 밀봉녀의 꽃 같은 입에서 흘러나왔다.

"걱정 마십시오. 공녀! 철군대도독은 명군대사마의 힘으로 대도독에 올라 있는 사람으로 명군대사마의 숨겨진 제자입니다."

"그런 사실이 있던가요?"

밀봉녀는 알 수 없다는 말투를 던졌다.

명군(明軍)은 총 팔십만으로 알려져 있었으나 사실은 백만이 훨씬 넘는 대군이었다. 이 모든 명군은 황제의 명을 받드는 명군대사마의 지휘 아래 움직이는 것이다.

백만이 넘는 대군 중 사십만은 도성(都城)을 수비하고 있으며, 나머지 백만에 육박하는 인원은 팔로군(八路軍)으로 나뉘어져 있다.

삼십만의 대군 중 비밀시위대라는 동창(東窓)과 서창(西窓)이 모두 삼만 명씩을 소유하고 있으며, 어전시위대가 오만을 지휘하고 있었다. 명군대사마가 직속으로 오만 명의 군병을 움직이고 있으며, 구문제독부가 나머지 이십오만을 응용해 도성을 수비하고 있었다.

팔로군은 각각 십여만으로서 변방을 나누어 수비하고 있으나, 칠로군만이 변방에 있을 뿐 나머지 일로군(一路軍)은 도성에 있었다. 나머지 칠로군이 각각 삼십만의 군병을 거느리고 있는 반면, 도성에 있는 철군대도독은 삼십만 명의 군병을 거느리고 있었다.

철군대도독의 임무는 도성에 역적의 반란이 있거나 밀사가 있을 때 일을 처리하는 기관으로 실직적인 임무는 나머지 칠로군의 후방 지원이었다.

도성을 지키는 구문제독부의 위세는 막강한 것으로써 구문제독의 지위는 그 어떤 장군들보다 상향이었고, 당금의 구문제독은 양창명(陽槍明)이었다.

양창명은 당금 오십 세의 중년이었으며, 삼십 세까지만 해도 변방에서 이름을 날리던 고수로 그의 회륜십이법(回輪十二法)은 일절로 소문이 나 있었다.

동창과 서창은 비밀에 싸여 있는 상태로 다만 어전시위대의 수반이 명군대사마 백무혼의 동생인 백무탄(白武彈)으로 알려져 있다. 그 또한 백무혼 못지않은 무공과 지혜를 지니고 있다고 알려져 있다.

팔로군은 각각 대도독이라고 불리었으며, 유사시에는 누구의 명도 받지 않고 지휘를 할 수 있는 권한이 주어져 있었다.

"철군대도독이 명군대사마 백무혼 장군의 제자라면 걱정할 것이 없겠군요."

밀봉녀의 입에서는 안심된다는 듯이 부드럽고 고아한 목소리가 흘러나왔다.

"그렇습니다. 공녀께서는 걱정하실 일이 하나도 없습니다. 공자께서 가시는 모든 길은 우리의 사령(死令)들이 철저히 보호하고 있어서 개미 한 마리조차 함부로 어쩌지 못할 겁니다. 공자께서 지나시는 중원수비대 지역과 북막수비대 지역 또한 걱정하지 않으셔도 됩니다."

구지신마는 한순간에 말을 마쳤다.

"그게 무슨 소리죠, 할아버지?"

"예, 중원수비대의 백리공(百里公) 대도독 또한 백무혼 장군님의 제자이며, 북막수비대의 사마현달(司馬現達) 장군도

백무혼 장군님의 기명제자임을 이미 본단(本團)의 제자들이
확인했습니다."

"그렇다면 본단의 제자들을 철수시키세요. 그는 지금 죄인
으로 천하에 알려져 있어요. 그를 너무 보호하면 마세들이 눈
치를 챌 수도 있어요."

"알겠습니다, 공녀."

밀봉녀의 말에 이어 구지신마가 깊숙하게 허리를 굽혔다.

"밀영오환(密令五幻)!"

갑자기 밀봉녀의 입에서 허공을 향한 일갈이 터졌다.

비록 일갈이라고는 하지만 사나이의 혼을 잡고 놓아주지
않을 것 같은 유혹의 미성(美聲)처럼 들렸으니 목소리도 이처
럼 아름다웠다.

"대령하고 있사옵니다."

스스~ 스슥! 팟!

심유한 목소리가 울리며 그녀의 앞에 사람의 그림자가 만
들어지기 시작했다.

하나, 둘, 셋, 넷, 다섯!

정확하게 오 인이었다.

전신은 검은 천으로 둘렀으며, 머리에는 사건(絲巾)으로 이
루어진 흑의면사와 아울러 깊숙하게 눌러쓴 죽립(竹笠)이 보
였다.

흑의면사와 깊숙한 죽립이 그들의 안면을 차단시키고 있어 한 눈에 알아 볼 수는 없었지만, 목소리와 모든 정황으로 미루어 그들이 청년들임을 쉽게 간파 할 수 있었다. 또한 가슴에는 하나같이 황금색의 독수리가 수놓아져 있어 그들이 속한 단체가 독수리의 문양으로 대표 된다는 것을 어렴풋이 추측 할 수도 있었다.

오 인은 각자 허리에 검을 차고 있었으며, 부복한 자세에서도 형체가 불분명해 그들이 어떤 종류의 환술을 익혔음을 알 수 있었다.

"밀영오환! 그대들은 오늘부터 종적을 감추고 철궁의 뒤를 추적하세요. 그를 해치려 하는 자가 있다면 목숨으로 막으세요."

"존명."

그녀의 말이 떨어지기 무섭게 밀영오환은 깊숙하게 허리를 접었다.

"가세요. 한 치의 실수도 있어서는 안 됩니다!"

그 순간, 팟! 하며 최초의 파공성에 이어 미세한 파공성이 울리는가 싶더니 다섯 명의 인영, 즉 밀영오환의 그림자는 그곳에서 사라져 버렸다. 허공으로 솟은 것도 아니고 땅으로 스며든 것도 아닌 극도의 경신술이었다.

"과연……, 최강의 환술!"

밀봉녀는 놀랍다는 듯 감탄사를 내뱉었다.

그 뒤로 그녀는 단 한 발자국도 움직이지 않고 한곳만을 주시했다.

관도…….

거대한 철함거가 멈추어 서 있다.

철함거는 중죄인을 호송하는 목함거 보다도 더욱 튼튼하게 만들어진 것으로 내부는 잘 드러나 보이지 않았으나, 호송되는 죄인이 어떠한 무서운 죄를 저질렀는지 쉽게 알 수 있었다.

철함거를 호송하는 사람은 모두 열한 명.

전우좌(前右左)에 각각 두 명씩, 후(後)에 다섯 명, 그 중에 돋보이는 자가 하나 있었으니 그는 온몸에 갑주를 두른 용맹한 기상을 풍기는 중년의 무장이었다.

철함거의 바로 뒤에 따르면서 한시도 눈을 철함거에서 떼지 않았다.

그의 이름은 허군벽!

그는 철군제독부의 칠백 장수 중 삼백 안에 들 정도로 유능한 장수였으며, 백 명의 병졸을 거느리는 백인대장(白人隊將)으로서 용맹스럽기로 널리 알려진 인물이었다.

그의 지위가 불과 백인대장에 지나지 않았지만, 그가 특별히 갖고 있는 지위는 도독호위대 소속 일만 명의 군병 중 대도독의 몸을 지키는 십 인의 장수 중 한 명이었다.

그만큼 그는 대도독의 신임을 받고 있었으며, 그 또한 철군대도독을 존경하고 있었다.

실질적으로 그의 무공과 힘은 어쩌면 칠백 명의 장수 중 백 위 안에 들지도 모른다. 그러나 우직한 그로서는 조금의 불만도 있을 수 없었다.

철군대도독이 전쟁터의 한 벌판에서 그를 구했고, 그는 그때부터 철군대도독의 그림자나 다름없이 인식 되어온 터였다. 철군대도독의 일언에 움직이는 도성수비대 오십만 군병의 부도독마저도 그에게는 함부도 할 수가 없었다. 그의 한마디는 곧 대도독의 판단과 같을 정도였으니 말이다.

철비룡의 호송 문제가 재기 되었을 때 철군대도독은 전음에 의해 명군대사마가 속삭이는 말소리를 들을 수 있었고, 철군대도독은 망설이지 않고 허군벽을 추천했다.

허군벽은 함거를 몰고 출발하기 전에 철군대도독에게 모종의 이야기를 들을 수 있었으며, 그것은 그만이 기억 할 수 있는 것이었다.

철함거는 멈추어 서 있었다.

철함거의 안에는 한 명의 소년이 목에 칼을 차고 앉아 있었으니, 그는 바로 중원에 이름을 날리던 경도일절 철비룡이었다.

그는 지금 밀봉녀를 살해 했다는 죄목을 쓰고 북막의 오지에 위치한 죽음의 뇌옥이라 일컬어지는 천간뇌옥으로 향하고 있는 중이었다.

그가 비록 목에 칼을 차고 머리는 산발 하였다고는 하나 그의 전신에서 뿜어져 나오는 기도와 그의 안면에 어리는 기상은 감출 수가 없었다. 그가 철함거에 얽매어 있다 하나 그의 눈은 초롱처럼 맑았으며 나이에 어울리지 않게 대범한 기질을 뿜어내고 있었다.

그의 눈은 지금 한곳을 바라보고 있었다.

동경산.

이 산은 황성의 동쪽 오 리에 위치하고 있었으며, 황성 연경(燕京)과 가깝다 하여 연산(燕山)이라 부르기도 했다.

이 운명의 소년은 지금 바위로 이루어진 동경산의 정상에서 한 눈도 떼지 않고 있었다.

그가 비록 살인죄를 뒤집어쓰고 있다 하나, 그것은 황제와 명군대사마 백무혼이 중원을 지키기 위한 궁여지책의 일부분이었기에 전신은 온전한 상태였다.

따라서 불과 오 리의 거리에 있는 동경산의 정상은 그의 눈에는 정확하고, 바로 앞에서 보는 것과 다를 바 없이 자세하게 보였다.

"으음……, 역시 밀봉녀와 그녀의 주위를 그림자처럼 맴돌고 있는 구지신마로군. 그런데 진정 그녀의 정체를 가늠할 수가 없구나.”

그의 눈에는 밀봉녀와 구지신마가 확연하게 보였다.

“밀봉녀, 저 여인의 신분은 무엇이란 말인가? 폐하와 할아버님의 계책 속에 저 여인이 들어 있다는 것은 신분이 확실함을 증명해 주는데…….”

그의 목소리는 결코 밖으로 흘러나오지 않았다.

“밀봉녀, 당신도 어쩌면 이 현시대의 슬픔을 간직한 여인인지도 모르오! 내가 천간뇌옥에서 살아날 수 있다면 반드시 그대를 찾겠소.”

그의 입에서 그녀를 찾겠다는 목소리가 흘러나왔지만 그를 호송하는 십 인의 병졸과 허군벽이 들을 수 있는 목소리가 아니었다.

“공자! 오늘 중으로 공자를 산해관(山海關)까지 꼭 모셔드려야 하옵니다. 이곳에 계속 머무르다가는 하루의 차질을 가져오게 될 것입니다.”

철함거의 뒤에서 묵묵히 서 있던 허군벽이 철비룡을 불렀다.

연경에서 산해관까지의 거리는 사백 리 이상이었으므로 전속력으로 달려야 겨우 저녁에야 도착할 수 있는 먼 거리임이 분명하다.

“…….”

그러나 철비룡은 묵묵히 침묵을 지킬 뿐 말이 없었다.

허군벽은 만약 철비룡이 아니고 다른 죄수였다면 또한 철군대도독의 명을 받지 않았다면, 결코 이와 같이 시간을 지체하지 않았을 것이다. 하지만 철비룡은 죄수 아닌 죄수가 아닌가.

잠시 후 철비룡이 고개를 끄덕였다.

"알겠소! 허 장군, 출발 합시다!"

말이 끝나자마자 허군벽이 목소리를 높였다.

"가자! 목표는 산해관. 저녁까지는 산해관에 도착해 있어야만 한다."

두두두두~ 구릉, 구릉~!

이윽고 철함거의 바퀴가 굴렀고 열다섯 필의 말은 앞으로 쏘아져 나가기 시작했다.

＊ ＊ ＊

뽀오얀 먼지를 일으키며 열다섯 필의 말이 황량한 사막을 가로지르고 있었다.

열다섯 필의 말 중에 열 두 명의 사람이 말을 타고 있었고, 세 마리의 말은 등에 짐을 가득 지고 있었으나, 아무것도 짊어지지 않은 듯 질풍같이 달렸다.

그들은 열 명의 군졸과 갑주를 입은 장수, 그리고 목에 칼을 찬 죄수였다.

이미 대막에 접어든지 사흘 째, 하루도 쉬지 않고 천간뇌옥을 향해 힘없는 전진을 계속했다.

열사(熱沙)의 땅은 범인으로서는 추측하기조차 힘든 열기와 한기를 동시에 담고 있었다. 낮에는 참을 수 없는 열기를 쏟아 붓고 있었고, 금빛으로 빛나는 사막에선 전신을 태워버릴 듯한 열기가 솟구쳐 올라왔다.

그 뿐인가?

한밤은 더욱 고통스러웠다.

살을 에이는 듯한 찬바람이 불어왔으며, 땅에서는 모든 것을 얼려버릴 듯한 냉기가 뼛속까지 스미어 동사(凍死)를 면치 못할 것 같았다.

＊ ＊ ＊

대막(大漠).

말 그대로 모래땅으로 이루어진 거대한 사구(沙丘)의 땅을 말함이다. 대막이라 하는 지역은 거대한 새외무림(塞外武林)의 대명사격으로 알려져 있으며, 당금의 무림에서도 거대한 무벌을 연상케 하는 것이었다.

새외는 거대한 다섯 개의 땅으로 나뉘어져 있다.

그 첫째를 대막이라 부른다.

그 대막에는 대막별궁으로 불리는 대막천궁이 깊숙이 자리 잡고 있어 중원을 호시탐탐 노리고 있었다.

대막천궁은 삼천 년의 역사에서 가장 강대한 힘을 가지고 있었으며, 대막천궁주 대막천황(大漠天皇) 아무타(亞武打)는 대막의 신으로 불리고 있다. 그는 삼천 년의 역사를 지닌 대막천궁의 오십대 궁주였으며, 대막천궁의 삼백예순두 개의 모든 무공을 완벽하게 익힌 효웅이었다.

두 번째가 천축이었다.

중원무림의 기원이라는 달마대사가 천축에서 왔다는 사실은 이미 알려진 사실이며, 소림의 무예가 천축에 기원을 두고 있는 것 역시 모두가 다 알고 있는 유명한 일이다.

현재 천축에는 다섯 개의 문파가 넓은 땅을 오 분(五分)하고 있었다.

그 첫째가 포달랍궁으로써 불교의 진리를 따르고 있지만 불법보다는 무공에 심취한 거대한 무벌의 단체였다.

포달랍궁 역시 삼천 년의 긴 역사를 가지고 있는 유서 깊은 집단이었고, 다섯 개의 문파 중 으뜸으로 손꼽혔다. 궁은 운남성(雲南省)에서 오천 리의 거리에 있었다.

포달랍궁 외에도 네 개의 무벌이 있었으나, 그들은 모두 포달랍궁을 따르고 있는 추종 세력이었다. 포달랍궁은 그들을 모두 장악하고 있는 상태였다.

그들은 과거 오백 년 전 십칠 년 동안 중원을 휩쓴 적이 있는 위력 있는 세력이었다.

그리고 서장(西藏).

서장은 사천성에서 서강(西康)을 거쳐 삼천 리의 거리에 있는 넓은 땅을 가리키는 것으로 그들은 중원의 반에 해당되는 국토와 인력을 가지고 있다.

그들은 천축의 세력권과 서남에서 맞대고 있었고, 그 분경 지역에선 끊임없이 천축의 세력과 싸우고 있었다.

요즘 들어 서장의 세력은 서강을 새로이 흡수해 막대한 힘을 보유하게 되었다.

또한 홍교는 서장을 통치하는 삼대무벌 중 으뜸가는 세력으로써 천축의 밀교에 영향을 받아 놀랄만한 사술로 이름을 날리고 있었다.

홍교는 서장에 위치한 모든 문파를 일통했으며, 천오백 년의 역사를 주축으로 중원을 향해 서서히 세력을 확장하고 있었다. 근래 들어 홍교는 곤륜산맥을 놓고 신강(新疆)을 다투고 있으며, 청해와는 서강을 놓고 격돌하는 돌풍을 일으키고 있었다.

신강은 감숙성에서 청해를 건너가야만 만날 수 있는 거대한 분지에 위치해 있다. 북으로 대막과 맞닿아 있으며, 남으로는 사술과 밀법(密法)에 능통한 서장의 홍교와 다투며 동으로 진격해 나오고 있었다. 그들은 이미 청해를 정복했으며, 심지어 당금에 이르러서는 중원의 감숙성까지 위협하는 살기를 드러냈다.

만독궁(萬毒宮), 이 궁은 신강을 지배하는 세력으로 만독궁의 궁주는 만독제군(萬毒帝君)으로 불리었다. 그의 무공은 독성지체(毒聖之體)를 이루었으며, 그의 독술은 불과 한 시진만에 수십만의 군병을 녹일 수 있다고 알려져 있었다.

그러나 신강의 만독궁과 만독제군은 장막 속에 철저히 가려져 있었으며, 심지어 그를 보았다는 중원인은 아무도 없었다.

중원은 두 개의 바다와 접하고 있었다.

동해와 남해.

동해의 세력은 부상의 세력이 막강했으나 중원에 그리 커다란 피해를 주지 못했다. 허나 남해의 패자인 제해군도(帝海軍島)는 달랐다. 제해군도는 남해에 퍼져 있는 용호십팔도(龍虎十八島)를 주축으로 거대한 군단을 형성하였으며, 그들 스스로 제해군도라 칭했다. 제해군도는 육지의 세력 남만과 손을 잡아 호시탐탐 중원을 노리고 있었다.

이들은 막강한 군선을 이용해 중원의 해변가를 중심으로

침략하거나 노략질을 했지만, 중원에는 그들을 견제할 해군력이 없어 그저 사태를 관망하고 있었다.

명군(明軍)에도 바다를 지키는 동해 수비대가 있었지만, 그들의 신묘한 해양술에는 당해낼 수 없어 있으나마나 할 정도였다.

새외오패(塞外五覇).

삼천 년의 기간부터 적게는 오백 년의 내력으로 중원을 노리는 무벌이다.

다섯 개의 세력은 점차 팽창하여 이목을 중원으로 돌리고 있으나, 중원에서는 그들을 막을 정도의 세력은 없었다.

그들을 막을 수 있는 세력은 중원엔 오직 사마의 세력 밖에 없었으나, 사마 세력은 오히려 그들을 중원에 끌어들일 궁리를 하고 있었으니⋯⋯. 그러나 중원을 노리는 힘은 새외오패 이외에도 두 개의 세력이 더 있었다.

중원은 그들을 가리켜 이대외패(二大外覇)라고 칭했으니 부상일도류(扶桑一刀流)와 북해빙궁(北海氷宮)이 바로 그들이다. 지금은 조용하지만 그들은 언젠가 거친 야욕을 드러내게 될 것임이 분명했다.

＊ ＊ ＊

"공자, 좀 쉬어 가심이 좋을 듯합니다. 날씨도 너무 덥고 말들도 지쳐있습니다. 공자께서도 피로해 보이십니다."

앞서 가던 허군벽이 뒤를 돌아보며 철비룡에게 말을 했다.

사실 대막의 정오는 너무 더워 인간이 견디어 낼 성질의 것이 아니었다.

"장군! 난 죄인이요. 나를 명군대사마의 손자가 아닌 죄인으로서 취급함이 옳을 것이오. 장군께서는 그것을 잊으셨나 보구려."

철비룡은 말을 하며 서둘러 발걸음을 옮겼다.

그의 목소리는 안정되어 있었지만 그의 행색은 말이 아니었다.

그의 체내에는 이 갑자의 내력이 있었으나 금제를 당한 상태였기에 범인 이상의 능력을 낼 수 없었다.

더구나 그는 이제 십삼 세의 소년이 아닌가?

십삼 세의 소년이 견디기에는 너무나도 혹독한 더위가 아닐 수 없었다.

모든 것을 태워버릴 듯한 열사의 태양은 어느새 철비룡의 입술을 부르트게 만들었으며, 온 전신의 기력을 탈진시켜 버린 뒤였다.

"공자, 이제 고집을 푸시고 소장이 공자의 목에 있는 칼을 풀어 드리겠으니 제발……, 그것이 공자를 위함입니다. 또한 저희들을 위하는 것이니."

이미 그것을 눈치 챈 허군벽의 목소리는 간절함이 도를 넘고 있었다.

"난 죄인이요. 보통의 죄인과 하등의 다를 바가 없는 죄인이라오. 더 이상 강요하지 마시오."

그의 목소리는 소년답지 않게 위엄이 있었으므로, 허군벽은 더 이상 철비룡에게 무엇을 종용할 수 없음을 깨달았다.

그러는 사이에도 모래 틈에서는 살인적인 열기가 피어오르고 있었으며, 마치 태양 자체가 모래 위에 있는 듯 양광(陽光)을 줄기줄기 뿌려내고 있었다.

"윽!"

비틀……. 급기야 화기(火氣)가 극에 달한 철비룡은 더 이상 견딜 수 없어 무너지듯 열사의 땅에 무릎을 꿇고 말았다.

"앗! 공자! 위험하다. 장막을 펼쳐라!"

허군벽은 급히 말에서 뛰어 내리며 군졸들에게 호통을 질렀다.

사실 허군벽은 도성에서부터 철군대도독의 명을 받아 철비룡을 호송하게 되었을 때 철비룡을 극진히 편안하게 모실 것을 다짐했던 터였다.

잠시 후 양광을 가리는 장막이 쳐졌고, 장막 아래에는 이미 실신 상태에 이른 철비룡과 그러한 철비룡을 걱정스러운 안색으로 내려다보는 십일 인이 안절부절 못하며 서 있었다.

도성을 떠난 지 벌써 보름이 지났으며, 사막에 접어든 지는 칠 일째, 계획대로라면 사흘만 더 간다면 그들은 천간뇌옥에 다다르게 될 것이다.

'걱정이다. 성격이 대나무와 같으시니 더 이상 종용 할 수도 없고, 대도독께서는 이분만이 천하를 구하실 것이라 하였건만……. 이렇게 쇠약해지셔서 그 목적에 무리가 간다면, 모두 내 탓이다.'

"장군, 저기 웬 인파가 오고 있습니다."

바로 그때 군졸 하나가 북방을 쳐다보다 황급히 장막으로 뛰어들었다.

"무엇이? 이 황량한 사막에 웬……."

어떠한 기운을 느꼈음인지 허군벽은 황급하게 몸을 날려 밖으로 튀어나갔다.

과연 멀리 사구의 끝으로부터 뽀얀 먼지를 일으키며 다가오는 일단의 무리가 있었다.

점(點).

점은 점차적으로 확대되어 하나의 거대한 물체를 형성하기에 이르렀다.

뜨거운 양광을 머리에 이고 찌는 듯한 더위의 기운을 사방으로 불어내며 다가오는 거대한 물체는 바닥에 길게 그림자를 만들고 있었다.

거대한 물체는 점점 다가오는 거대한 그림자와 함께 하나의 형상을 만들어 냈지만 허군벽은 얼어붙은 듯 그 모습을 지켜보고 있을 수밖에 없었다.

'백상(白象)인가……?'

나타난 그림자의 정체는 거대한 크기의 백색 코끼리였다.

믿을 수 없는 일이다.

사막에 코끼리가 살고 있다니…….

허군벽은 믿을 수 없다는 듯 두 눈을 부릅떴으나 나타난 거대한 물체는 거대한 크기의 백상임이 분명했다.

더욱 놀라운 것은 거대한 크기의 백상 위에 두 명의 이인(異人)이 올라타고 있었다.

이 인.

한 명의 노인과 빼어난 듯 아름다워 보이는 묘령의 소녀였다.

백상의 등에 타고 있는 노인의 모습은 신선의 모습과 조금도 다를 바 없는 청수한 모습으로 누가 보아도 하늘에서 하강하지 않았나싶은 노인이었다.

더구나 백상까지 타고 있으니 신묘한 분위기를 뿌려내고 있음이 당연하지 않은가?

노인은 전신에 금의를 걸치고 있었으며, 전신에서는 금빛

서기가 줄기줄기 뻗치고 있었다.

'대단한 사람이로군. 마치 대막의 열기를 전신에 담고 있는 듯하다. 이는 착각이 아닌가.'

노인을 바라보던 허군벽은 안색에 미미한 자색을 드러내며 경련을 일으켰다.

'저, 저 사람은 말 그대로 대막(大漠)이군.'

그렇다.

금의노인은 그가 어떤 곳에 있어도 그의 웅장함을 삼킬 기도를 지닌 인물이었다.

노인의 무릎에는 어린 소녀가 안겨 있었다.

십여 세나 되었을까?

너무 지쳐 있었기 때문인가, 그들의 신과 같은 모습 때문인가. 아직 어리기는 하였으나 소녀는 허군벽이 본 어떤 소녀보다도 아리따워 보였다.

이 세상에 이토록 아름다운 소녀가 존재할 수 있는 것인지 허군벽은 자신의 눈을 믿을 수 없었다.

화사하고…… 그윽하고…… 한없이 아름답고 천진하며, 이 세상 어떤 것과도 비견될 수 없는 그런 기운의 소녀.

아마도 그녀에게는 모든 미인의 미사여구가 부족할지도 모른다.

특히 소녀의 두 눈 가득한 지혜의 눈빛은 관음의 미소보다도 깊고 심유한 것이었다. 그 속에는 천진함과 영악함이 보석이 반짝이듯 스며 나오고 있는 것이 허군벽으로 하여금 지켜보는 것만으로도 현기증을 느끼게 했다.

'우물(尤物)……, 아니라면 천상의 동녀일 것이다.'

이것은 허군벽이 느낀 대로 표현한 그 이상도 그 이하도 아닌 느낌이었다.

만일 이 소녀가 너덧 해만 더 나이를 먹고 무림으로 나선다면, 이 세상은 온통 이 소녀의 미에 눌려 소녀의 미의 그림자에 덮이고 말 것 같았다.

특히 그녀의 두 손에는 옥빛이 도는 소(簫)를 쥐고 있어 신기함과 현묘함이 배가되었으나 아무도 그것을 느끼지 못하고 있었다.

"노장께서는 누구시옵니까!"

허군벽은 황급히 정신을 추스리며 다가와 선 백상의 노인을 바라보며 최대한 정중하게 예의로서 말문을 열었다.

노인은 흰 이빨을 드러내며 빙긋 웃었다.

"그냥 백상노인(白象老人)이라 부르게. 대막에서는 본인을 모르는 사람이 없지. 그런데 자네는 누구인가?"

금의노인의 장중한 목소리는 대막의 모든 열기를 빨아버릴 듯한 것이었다.

"경도에서부터 죄인의 호송을 맡아 목적지까지 책임지고

있는 백인대장 허군벽입니다.”

순간 소녀의 아름다운 눈에서 수천 개의 보석이 쏟아지는 착각이 드는 눈빛이 허군벽의 두 눈에 들어왔다.

“경도제일절 철공자의 함거인가요?”

순간 허군벽은 위기의식을 느끼기도 전에 부지불식간에 신음성을 토해 냈다.

“아니…… 어찌!”

그러나 허군벽은 위험을 느끼고 황급히 막장의 앞을 막아서며 경계를 했다.

뒤이어 그의 주위에 흩어져 있던 열 명의 군졸들도 황급히 진세를 형성하기 시작했다.

그 모습을 보던 소녀는 배시시 웃어보였다.

“걱정할 것 없어요. 우리는 철 공자를 만나기 위해 이곳에서 사흘을 기다렸어요. 만약 여러분을 죽이려면 그건 식은 죽 먹기보다 쉬운 일이예요.”

‘그렇다. 만약 저들이 철 공자를 죽이려 만반의 준비를 갖추고 있었다면 이러한 행동과 절차가 없이도 간단할 수가 있겠지. 저들의 무위는 이 허군벽이가 열 명이 있어도 당하지 못한다.’

허군벽의 등으로 식은땀이 흘렀다.

허군벽이 당세 무위를 얻기 시작한 무장이라고 하나, 그의 무공과 경륜으로는 결코 노인을 상대할 수 없었다. 그의 생각은 옳은 것이었지만 이 이 인은 그의 생각을 훨씬 뛰어넘는 사람들이었다. 허군벽 정도라면 백 명이 와도 소녀 하나를 당해내지 못할 것임을 그는 모르고 있었다.

"호호호! 천하제일사(天下第一士)를 이곳 사막 한가운데에서 만나보게 되었군요."

그녀의 웃음과 옥음은 은쟁반에 쫘르르 구르는 옥구슬을 연상케 하기에 충분했다.

"명장(明將), 노부는 철 공자에게 한 가지의 도움을 주기 위해 이곳에 왔소이다. 그러니 장군께선 나를 철 공자에게 안내해 주시겠소?"

'나이는 어리지만 담고 있는 총명은 가히 이 허군벽조차 쳐다보기 힘들구나.'

허군벽이 내심 크게 놀라고 있을 때 금의노인의 위엄어린 목소리가 울려 퍼졌다.

"그…… 그렇게 철 공자에게 전하겠습니다."

금의노인의 기(氣)에 압도당한 허군벽은 황급히 막장 안으로 들어갔다.

잠시 후 허군벽은 밖으로 나왔다.

"철 공자님께선 노인 어른을 만나 뵙고 싶어하십니다."

그는 금의노인에게 정중하게 철비룡의 뜻을 전했다.

얼마의 시간이 지나갔다.

철비룡과 백상노인이라고 지칭한 노인과 아름다운 소녀는 마주하고 앉았다.

이미 철비룡의 목에 걸려 있던 칼은 벗겨진지 오래였으나 모습은 몹시 초췌해 보였다. 앉아있는 것조차 힘든지 철비룡은 비스듬하게 기대어 있어 몰골은 말이 아니었다.

무공을 지닌 자라도 대막을 횡단하려 한다면 죽을 고비를 수없이 넘어야 하건만, 더구나 무공이 폐쇄된 철비룡이야 두 말할 필요조차 없지 않은가?

"노부는 아무타일세."

"……."

"그리고 이 아이는 노부의 손녀딸일세."

그때 소녀는 자기를 쳐다보는 노인의 눈길을 접하자 꽃잎보다 더욱 요염하고 향기로워 보이는 입술을 나풀거리며 말했다.

"소녀는 아유라(亞柔羅)라고 해요."

철비룡은 그녀의 모습을 보고 오랜만에 훈훈한 미소를 날릴 수 있었다.

"유라? 예쁜 이름이다."

철비룡이 한마디를 하자 그녀는 얼굴에 화색이 돌며 장미와 같은 미소를 뿌려내었다.

"호호……, 고마워요. 오빠!"

그녀의 성격은 매우 천진한 듯 철비룡을 대뜸 오빠라 부르며 좋아했다.

그러한 그녀의 모습으로 보아 할아버지인 아무타에게는 언제나 어리광을 부리는 것 같았다. 지금도 그녀는 그녀의 할아버지 무릎에서 내려올 생각을 하지 않고 있었다.

그리고 그 보석 같이 빛나는 눈을 한 번도 철비룡의 얼굴에서 떼지 않고 있었다.

비록 오랜 여정으로 시달려 입술이 부르트고 초췌해 있다고는 하나 빼어난 미안(美顏)과 지혜가 드러남은 숨길 수 없었다.

"이제 나는 오빠라고 부를 거예요."

"……."

"……."

그녀의 무턱 된 행동에 철비룡과 아무타 노인 또한 어리둥절한 표정이었으나, 아무타는 잠시 후 조용히 미소만 흘리고 있을 뿐이었다.

"오빠, 오빠…… 비룡오빠……! 좋은데."

그녀는 몇 번이고 불러보다가 맘에 들었다는 표정으로 철비룡에게 말했다.

"소녀가 오빠라고 부르는 것을 허락해 주시는 거죠?"

철비룡은 그녀로 인해 오랜만에 마음의 평화를 찾았으며, 또한 그녀의 행동이 결코 밉지는 않았으므로 만면에 미소를 흘려내었다.

"물론……!"

순간 아유라는 할아버지의 무릎에서 작은 몸을 일으켜 펄쩍 뛰어내렸다. 그러한 행동과 아울러 그녀의 금발이 폭포수를 연상하게 물결을 일으켰다.

이윽고 그녀는 기쁨을 참을 수 없다는 듯 철비룡의 얼굴을 주시하다가 나비와 같은 동작으로 철비룡의 품으로 날아들며 철비룡의 품에 안겼다.

진정 천진스러운 동작이 아닐 수 없었다.

"유라야, 비룡은 지금 몸 상태가 안 좋으니 너무 괴롭히지는 말아라."

아무타가 자애스러운 표정을 지으며 한마디 했다. 말을 마친 그는 곧 다가가 철비룡의 몸에 안겨 있는 아유라를 떼어내었다.

'귀여운 아가씨로군.'

철비룡은 싱긋 웃으며 그녀의 얼굴을 쳐다보았다.

그녀의 작고 귀여운 얼굴에는 천진함과 기쁜 기색이 어우러져 있었다.

"아이 좋아! 고맙다는 인사로 이것을 오빠에게 드릴게요."

아유라는 금발을 뒤로 제껴 목에 드러난 목걸이를 풀어 철비룡의 목에 대뜸 걸어주었다.

그런 그녀의 얼굴엔 희색이 만연했다.

"어엇."

갑작스런 그녀의 태도에 철비룡은 잠시 어색한 표정을 지을 수밖에 없었다.

그러나 아무타는 그러한 그녀의 행동에 더욱 짙은 미소를 날릴 뿐이었다.

"하하! 받게나! 유라가 자네에게 주는 것이네."

철비룡은 목에 걸린 목걸이를 내려다보았다.

목걸이는 눈이 부시도록 화려한 황금패였다.

황금으로 이루어진 패는 단순한 황금이 아니라 만역(蠻域)에서만 생성되는 희귀한 금석(金石)으로 만든 것이었다.

황금패의 전면에는 승천하는 비룡(飛龍)이 정교하게 조각되어 있어 마치 패에서 솟아나올 것만 같았다.

후면에는 굵은 음각으로 황(皇)이라고 새겨져 있어 환하니 눈을 부시게 만들었다.

"하하, 유라. 내가 너무 귀한 것을 받은 듯하구나."

말과 함께 철비룡은 품을 뒤져 가슴 속에서 두 치 길이의 비수를 꺼내들었다.

"내가 너에게 줄 수 있는 것은 이것 밖에는 없는 것 같구나.”

“…….”

“…….”

잠시 침묵이 흘렀으나 철비룡이 내민 비수를 바라보던 아무타가 두 눈을 크게 뜨는 것이 아닌가?

“음……, 이것은 천하육대신병 중 일비(一匕)라고 불리는 요비(妖匕).”

순간 철비룡의 가슴에 심한 회오리가 몰아쳤다.

‘놀라운 안력이다. 이자는 도대체 누구이기에 이 비수가 대번에 천하육대신병 중의 일비임을 알아본단 말인가?’

그것은 황궁무고에 숨겨져 있었던 비보였지만, 그가 십 세의 나이로 대과에 장원으로 급제했을 때 황제가 특별히 하사한 것이었다.

수천 년 동안 황궁무고에 깊숙이 숨겨져 있었던 것으로 누구든 쉽사리 요비를 알아보기는 힘든 일이었다. 요비의 진정한 내력을 알려 한다면 무림에 떠도는 천하육대신병을 알아야 할 정도로 요비는 그 중의 일부분일 뿐이었다.

천하육대신병은 다음과 같다.

일검(一劍) 제천신검(帝天神劍).

일도(一刀) 패력섬뇌도(覇力閃雷刀).

일비(一匕) 요비(妖匕).

일극(一戟) 금창쌍천극(金槍雙天戟).

일탈(一奪) 황금탈(黃金奪).

일우(一羽) 금우(金羽).

일검(一劍)이 하늘을 가르고 일도(一刀)는 하늘을 가른 섬뇌(閃雷)를 또 다시 갈라놓았다.

요비(妖匕)는 사내의 마음을 현혹시키고, 일극(一戟)은 태산을 양분하는구나.

황금의 팔은 천지를 가리고, 금빛의 깃(羽)은 산 자를 멸한다.

이것이 천하육대신병을 가리키는 노래로써 그것은 각각 하나의 검과 도, 그리고 비수와 하나의 갈라진 창극(槍戟), 어둠에 가려진 황금의 탈과 금빛의 날개에 관한 전설이었다. 이미 길게는 천 년 전부터 전해져 왔으며, 짧게는 오십 년 전에 나타난 금우를 포함한 육병을 가리키는 것으로써 어디서부터 발원하였는지 아무도 모른다.

중원에 흐르는 소문은 진부(眞否)를 가리기에 어려울 만큼 천하육대신병의 진정한 실체를 본 사람은 드물었고, 그 중에 인세에 현신했던 것은 단 두 가지뿐이었다. 그 중 하나가 바로 요비였으며, 또 다른 하나는 오십 년 전의 금우였다.

요비(妖匕).

천여년 전 여인천하를 부르짖던 하나의 여인문파가 있었으

니 당시의 무림에서는 이들의 단체를 가리켜 낭살회(郎殺會)
라고 칭했다.

낭살회주라고 지칭되었던 천비마녀(天秘魔女) 유옥군(劉玉
君)이 지니고 있던 천고의 신병이 바로 요비였다.

요비는 쇠를 두부 자르듯 하는 신병으로써, 구대문파와 정
도무림이 주축이 된 중원대군(中原大軍)의 추적을 받은 유옥
군이 황하에서 살해되고 나서 완전히 사라져버린 비수였다.

그 일이 있은 지 오백년 후 신비의 여인이 요비를 들고 나
타났었으나, 잠깐 모습을 드러낸 후 세상에서 홀연히 사라져
오리무중으로 빠져들었다.

그러나 요비의 도신(刀身)에는 나녀(裸女)의 상(像)이 새겨
져 있어 유례를 잘 알고 있는 안목이 심오한 자라면 알아볼
수도 있는 기병이었다.

금우(金羽).

이름이 말해 주듯 금빛 털로 이루어진 붕(鵬)의 깃털에 백
련강철로 만들어진 촉을 박은 것으로 호신강기를 종잇장 찢어
발기듯 하는 신병이었다. 금우는 야금의 미세한 경기만 있어
도 스스로 작용하는 것으로 암기에 가까운 것이었다.

오십 년 전 천랑군(天狼君)으로 불리던 개세의 마두가 천산
을 넘어 중원에 들어왔을 때 금우군(金羽君)으로 불리던 신비
스런 서생이 그를 맞았다.

금우군은 천랑군과의 삼 주야 혈투 끝에 자신의 몸에 숨겨진 열다섯 개의 금우 중 두 개를 이용하여 천랑군의 두 눈을 실명케 할 수 있었다. 그 이후로부터 천랑군은 다시는 중원에 모습을 드러내지 않았다.

벌써 오십 년 전의 일이었다.

한 눈에 요비를 알아보자 철비룡은 내심 침을 꿀꺽 삼키는 듯한 놀라움을 느꼈으나 그의 내심과 달리 얼굴에는 미소가 드리워졌다.

"그렇습니다. 이 비수는 기가 너무 강해 소생에게는 쓸모가 없는 물건입니다."

이어 그는 서슴지 않고 요비를 아유라에게 건네주었다.

아유라는 요비를 받아들고 도신을 바라보다가 문득 탄성을 질렀다.

"와, 정말 대단한 것이군요."

"……."

"세상에 이런 무결(武結)이 있다니……. 너무도 가공해. 믿을 수가 없어요."

아유라는 비수의 도신을 뚫어져라 쳐다보았다. 바라보는 두 눈엔 빛이 떠오를 정도였고, 그 모습에 빠져 한껏 심취해 있었기에 탄성이 절로 나올 정도였다.

철비룡은 내심 크게 놀랐다.

‘아직 어린 나이임이 분명한데……. 요비는 스스로 주인을 찾는다더니 저 소녀가 주인이라는 말인가? 믿을 수 없군. 대단한 내력이다. 이들은 누구인가?’

옛날부터 요비는 주인을 스스로 찾아 자신의 몸에서 무결을 알린다는 전설이 있었던 것인데, 소녀는 도신에서 무결을 찾은 모양이었다.

그것이 사실이라면 이 소녀가 분명한 요비의 주인이 아닌가?

그때 생각에 잠긴 그의 정신을 들게 하는 웅혼한 음성이 아무타의 입에서 울려나왔다.

“허허허, 오늘 유라가 커다란 기연을 얻었구나. 그것은 전설에나 존재하던 고금 육대신병 중 일비 요비니라.”

“호호호, 고마워요. 오빠!”

아유라는 냉큼 철비룡의 품에 안기며 쪽 소리가 나도록 그의 볼에 입을 맞추었다

이것을 천진함이라고 해야 할지, 아니면 귀엽게 자라 버릇이 없다고 탓해야 할지 난감한 일이었다.

철비룡이 어색해 하고 있을 때였다.

“자네가 유라에게 기연을 주었으니, 노부가 자네에게 고마움의 표시로 한 가지 호신공을 전수해 주겠네. 언젠가 자네에게 도움을 줄 것이네.”

말을 마친 아무타는 철비룡이 말릴 사이도 없이 기이한 구결을 읊조리기 시작했다.

"아유유인(我由有引), 기문봉혈(奇門奉血), 타하미락(打河美樂), 유아독존(唯我獨尊)…… 태양개혈(太陽開血)…… 대하소맥(大河少脈)…….”

말릴 사이도 없었거니와 노인의 태도는 말려도 결코 그만둘 성질의 것이 아닌 듯했다. 허나 노인이 읊조리는 구결은 철비룡이 인식하기도 전에 신묘하게 그의 뇌리에 조각되고 있었다.

철비룡은 수 천, 수 만 가지의 무공구결을 기억하고 있는 상태였고,, 체내에는 이 갑자의 공력을 갈무리하고 있었으나, 아무타가 전수하는 구결은 전혀 듣도 보도 못한 것이었다. 더구나 아무타가 전하는 구결은 일반 상리에서 벗어난 독특한 구결이었다.

…….

얼마의 시간이 지났을까?

아무타는 구결을 다 전했으며, 철비룡은 모든 것을 뇌리에 깊숙하게 새기고 있었다.

그때였다.

스~ 슛!

돌연 막장 안으로 한 명의 혈의인이 나타났다.

아무 소리 없이 나타난 혈의인은 아무타의 앞에 가더니 급히 부복의 예를 취했다. 전신에 곧 튀어버릴 것 같은 혈의를 걸친 그 남자는 등에 거대한 면도(面刀)를 차고 있었다.

아무타는 아무런 말도 없이 부복한 혈의인에게 시선을 돌렸다.

"천황께 아뢰옵니다. 모든 준비가 끝났습니다."

"음……."

아무타가 고개를 끄덕이며 자리에서 일어났다.

천황……, 그렇다면 이 금의노인 아무타가 대막을 지배하는 제황, 아니 대막의 신으로 추앙받고 있는 그 대막천황 아무타란 말인가? 대막에서 그만이 천황이라는 칭호를 받을 수 있을 테니 말이다.

'이 노인이 영원한 패자이며, 영웅이라 불리는 대막천황 아무타란 말인가? 그렇다면 저 소녀는 대막여후(大漠女后)로 옹립될 소공녀로군.'

철비룡의 눈가에 의미심장한 웃음기가 흘렀다.

그는 이미 오래 전에 대막천황에 대해서 자세히 들은 적이 있었다. 그의 가신 중 한 명인 정보가신 아수마군은 그에게 중원뿐 아니라 변황과 이국의 모든 문파와 영웅에 대해서 가르쳐준 적이 있었다.

철비룡과 대막천황, 그리고 아유라의 시선이 한 순간 어지럽게 얽혀 들었다.

"다시 볼 날이 있을 것이네. 부디 몸조심하게나."

허나 곧, 철비룡은 몸을 일으켜 묵묵히 허리를 숙였을 뿐 일언반구의 대꾸도 하지 않았다.

아유라는 아쉬운지 주춤거리며 철비룡을 쳐다보았다.

"오빠…… 안녕."

작별치고는 참으로 기묘한 작별이라 할 수 있었다.

만난 지 불과 두 시진 정도 지났을 뿐인데, 그동안 그들은 서로의 선물을 교환했고, 철비룡은 대막천황으로부터 기묘한 심법까지 전수 받았다.

일순 가벼운 파공성이 일며 아유라를 품에 안은 아무타의 신형이 사라졌다.

이어 혈의인도 철비룡의 얼굴을 쳐다보고 가볍게 포권을 취하고는 흔적도 없이 사라져 버렸다.

—비룡! 노부가 전해준 내공 심결을 절대 잊지 말도록 해라. 그것은 언젠가 그대의 목숨을 한 번쯤 연장시켜줄 것이다.—

그들이 사라진 곳으로 시선을 던지고 있는 철비룡의 귀로 약간은 창노하고 웅혼한 대막천황의 음성이 슬며시 스며들었다.

'언젠가 한 번? 대막천황……. 내가 이곳을 지난다는 사실도 알고 있었던 것으로 보면 오래토록 치밀하게 날 지켜본 것이 틀림없구나.'

그러나 그가 알고 있거나 자신을 지켜본 사람들을 헤아려 보건데, 그의 주위에는 대막의 인물은 아무도 없었다.

'무슨 말인가? 그렇다면 그는 나의 앞날을 알 수 있단 말인가? 그의 말대로라면 그가 전수해 준 구결이 언젠가 나를 살린다는 것인데…….'

모든 것이 의문투성이 였으며, 추측불가의 비밀에 싸여버린 것 같았다.

그때 무엇을 느꼈음인지 밖에서 군졸들을 격려하던 허군벽이 막장 안으로 들어왔다.

"공자, 그들이 나타난 곳은 대막, 대막에서 백상(白象)을 부리는 인물은 바로……."

그 순간 철비룡이 허군벽의 말을 끊었다.

"그렇소! 장군께서 추측하신 대로 그 노인은 대막의 제황 대막천황과 그의 손녀딸인 대막여후 아유라였소."

말을 하는 철비룡의 표정은 복잡하기 이를 데 없었다.

그러나 허군벽으로서는 아무것도 알 수 없었다. 대막천황은 그에게 심법을 전수하는 중에도 공력을 조절함으로써 외부의 모든 것을 차단했었다.

따라서 막장 밖에 있던 허군벽이나 열 명의 군졸들은 대막천황과 철비룡 사이에 어떠한 일이 있었는지 짐작도 할 수 없었다.

더구나 그들은 나중에 나타난 혈의인의 존재도 눈치 채지 못하고 있었으니…….

"장군님. 서서히 해가 기울고 있습니다. 사막의 냉기가 덮치기 전에 목적한 녹수연(綠水淵)까지 가야 합니다."

길 안내를 맡고 있는 군졸 장칠(長七)이 막장을 열고 들어오며 허군벽에게 조금 서두를 것을 종용하는 어투로 말했다.

"그럽시다. 장군! 서두르는 것이 좋겠다는 생각이 드는군요."

허군벽과 철비룡이 먼저 몸을 일으켰다.

"알겠습니다. 공자, 몸이나 조심하시고 계십시오."

허군벽은 급히 서둘러 막장을 나가며 철비룡에게 몸을 보중할 것을 당부했다.

잠시 후 막장 밖에서는 허군벽의 목소리와 아울러 군졸들이 출발하기 위한 준비를 하는 잡음이 소란스럽게 들려왔다.

얼마 지나지 않아 막장도 철거되었고, 모두들 출발을 위해 말에 올랐다.

"자! 출발이다!"

허군벽의 목소리가 떨어지자 일제히 말의 배를 박차고 앞으로 달려 나갔다.

우두두두두~!

우두두~!

제7장

회룡풍(廻龍風)

드넓은 대막의 황야엔 자주 눈에 띄는 부드러운 곡선의 봉우리가 있다. 모래가 쌓여 있어 다른 곳 보다 조금 높은 지대를 형성하는 이러한 것을 사구(沙丘)라고 한다.

사막에서는 하루에도 수십 번씩 지형이 바뀐다. 하루에도 수십 번씩 거센 광풍이 일며 미립의 모래를 날려 수십 개의 사구를 쌓고 수십 개의 사구를 허물어 버린다. 그렇게 함으로써 하루에도 수십 번씩 지형이 바뀌는 것이다.

따라서 웬만큼 노련하지 못하고, 지형에 어두운 자라면 사막에서는 이리저리 헤매다가 죽을 수밖에 없었다.

하나의 사구가 있다. 이것은 불과 두 시진 전에 불어 닥친 거대한 광풍으로 형성된 것이었다. 다른 것이 있다면 이 사구의 밑에는 사막인들이 지표로 삼는 거대한 바위가 있다는 것이다.

아무리 거센 사막의 바람도 바위를 날리지는 못한다.

사구 위, 거대한 한 마리의 백상(白象)이 쪼그리고 앉아 있었다.

그 앞, 거대한 동상을 연상케 하는 백상 앞에는 네 개의 희미한 그림자가 있었지만 그것은 사막의 태양에 의해 생성된 사람의 그림자였다.

네 사람, 삼남일녀는 바로 대막천황의 일행이었다.

대막천황 아무타와 그의 손녀딸인 아유라, 그리고 장막에 나타났던 혈의인이었다.

그리고 마지막 일 인.

그는 단아한 풍도를 지닌 반백발의 노인이었으며, 전신에는 매화가 수놓아진 도복(道服)을 입고 손에는 함죽선(含竹扇)을 들고 있었다.

노인은 조용히 앉아 서천 방향을 바라보고 있었다. 또한 대막천황과 아유라, 그리고 혈의인은 사구 아래 멀리 모래 벌판을 바라보고 있었다.

모래 벌판의 한곳에는 가벼운 먼지가 피어오르고 있었으며, 가물가물한 열다섯 개의 그림자가 길을 재촉하고 있었다.

그들은 바로 허군벽과 철비룡 일행이었다.

"만뇌(萬雷), 어떤가? 그대가 본 천기(天氣)가 옳았던 것 같은가?”

불현듯 대막천황이 고개를 돌리며 서천에 두 눈을 집중시키고 있는 반백발 노인의 등에 대고 한마디 말을 했다.

한참 후가 지나서야 서천에 두었던 눈을 거두며 노인이 돌아섰다.

“천황이시여, 신(臣) 만뇌……, 조상 대대로 천황가(天皇家)를 모셨으나 단 한 번의 실수도 용납하지 않았습니다.”

그의 얼굴에는 어떤 자랑스러움이 스며 있는 것처럼 보였다.

“이야기해 보게.”

“예. 천황! 역시 십오 년에 한 번씩 다가오는 용권풍(龍捲風)이 서천에서 시작하여 북천으로 불 것입니다.”

“음!”

“천황께서 추측하신 대로 두 시진이 지난다면 용권풍은 녹수연(綠水淵)을 쓸고 지나가게 될 것이며, 철 공자께서도 용권풍을 면하기 어려울 것입니다.”

“바라던 바로군.”

그들의 말대로라면 대막천황은 철비룡이 용권풍에 의해 사막에서 죽기를 바란다는 말인가?

“용권풍이 마교(魔敎)와 연결되어 있다는 것이 사실인가? 아직 한 명도 용권풍 앞에서 살아나온 사람이 없었기에 확인할 수 없었다.”

말을 하는 대막천황의 입술이 잘게 부서지는 파도인 양 떨렸다.

그런데 마교라니…….

중원에서 대도비궁(大盜秘宮)과 더불어 이대 신비로 일컬어지는 그 마교를 말함인가?

“다행히 철 공자께서는 용권풍마저 견딜 수 있는 용강신체(龍强神體)를 타고 나셨기에 아무도 이루지 못한 마교의 무공을 얻을 수 있으리라 생각됩니다.”

노 문사가 깊숙이 허리를 굽혔다.

그렇다면 대막천황은 철비룡으로 하여금 전설의 마교에서 무공을 얻게 하기 위해서 이러한 행동을 취했으며, 용권풍에서의 사고를 대비하여 심법을 전했단 말인가?

모든 것이 의문점 투성이였다.

다만 그들의 입에서 마교라는 이름이 나왔다는 사실이 중요할 뿐이었다.

대막은 칠월이 되어도 뜨거운 여름에 맞춰 크고 작은 바람이 분다. 작은 바람은 자그마한 사구를 만들지만 큰 바람은 유목민의 집단 주거지인 파오촌을 일시간에 없애 버리는 무서움을 갖고 있다.

자연의 조화란 참으로 신묘해서 일 년에 한 번씩 무서운 바람이 부는 것이다.

대막인들은 이 무서운 바람을 가리켜 용권풍이라 불렀다.

일 년에 한 번씩 부는 무서운 폭풍의 회오리를 용권풍이라 부른다면, 십오 년 만에 한 번씩 대막의 전역을 쓸어가는 바람의 이름은 회룡풍(廻龍風)이라고 불렀다.

일 년에 한 번씩 불어오는 용권풍은 수천 년 동안 불어왔기에 대막인들은 그 시기와 천기를 읽어 피할 수 있었으나, 십오 년 만에 한 번씩 불어오는 회룡풍은 피할 도리가 없었다.

회룡풍은 해마다 불어오는 시기가 달랐고, 형태가 달랐으며 그 강도마저 달랐다.

따라서 대막인들은 십오 년을 주기로 악마의 바람 회룡풍을 생각해야 한다.

회룡풍의 위력은 십오 년 동안 불어오던 용권풍을 합친 것보다 적어도 대여섯 배는 강한 것이었으며, 용권풍도 거스르지 못하는 인간에게 있어 회룡풍은 악마와 같았다.

대막의 역사에는 용권풍과 회룡풍으로 사라져 간 사람들의 기록이 수없이 나왔으나 그들이 어디로 사라졌는지는 오리무중이었다.

* * *

녹수연이란 것은 사막 어디에나 있는 조그마한 사호(沙湖 : 오아시스)에 불과했다.

그러나 철비룡에게는 커다란 의미가 깃들어 있는 곳이었다. 왜냐하면 녹수연에서 천간뇌옥까지의 거리는 불과 하루가 소요되는 거리에 위치해 있기 때문이다.

하루만 지난다면 철비룡은 목적한 대로 천간뇌옥에 들 수 있었다.

그러나 철비룡이 녹수연에 도착하기 위해 경도에서 무려 보름간을 왔다면 그 누구도 놀라움을 금치 못할 것이다.

사실, 녹수연은 대막을 왕래하는 사람 외에는 아무도 알지 못하는 조그마한 사호였으니 말이다.

중원에서 팔만 리의 거친 땅을 가면 열사의 사막 열하성(熱河省)이 나오며, 그곳에서 다시 팔만 리를 가면 호른호가 나온다. 호른호는 대막과 북해의 접경지역에 있으며, 중원에서 호른호를 가려면 열사의 다섯 개 성을 건너야 당도할 수 있는 거리에 있다.

호른호는 사막의 황량한 벌판에 세워져 있으며, 호른호의 중간에 불회귀옥이라 불리는 천간뇌옥이 있었다.

천간뇌옥에서 가장 가까운 현이 해랍일(海拉日)이다.

그러나 해랍일은 북해 쪽에 치우쳐 있는 현이었으며, 그에 못지않은 조그마한 현이 사막에 있으니 그곳이 바로 녹수연이었다.

녹수연은 자연적으로 생성된 사호(沙湖)로 대막과 북해를 잇는 중요한 시진의 역할을 하고 있으며, 북해로 들어가기 전에 꼭 들려야 하는 곳이었다.

오늘 이곳에 철비룡 일행이 온 것이다.

녹수연의 주민은 사막의 이족(異族) 중 강맹한 세력을 형성하고 있는 아랍파족(啞拉波族) 중의 대부족인 아랍대족(啞拉大族)이었다.

아랍대족의 본거지는 대막천산(大漠天山)으로 대막에서는 무시할 수 없는 강맹한 힘을 소유하고 있는 막강한 세력이었으며, 또한 대막천궁을 받들고 있는 집단이기도 했다.

더욱 가공한 것은 그들이 대막의 상권과 교역로를 장악하고 있다는 사실이었다. 상권과 교역로는 중원은 물론 대막에서도 반드시 필요한 권력이자 최고의 이득이었다. 또한 대막에서 가장 가공할 무공을 소유하고 있는 것으로 유명했으니, 대막에서 가장 두드러진 세력으로 그들을 꼽았다.

그림자가 적어도 열 자 이상의 음영을 드리우는 때늦은 저녁이었다.

따그락! 따그락! 두두두두두……!

일진의 요란한 말발굽 소리가 울리며 사막 한곳으로부터 가공할 분진이 일며 열다섯 필의 말이 녹수연을 향해 밀려들었다.

십이 인!

마필은 열다섯 필이었으나 말에 타고 있는 인물은 열두 명에 불과했다.

그들은 한 명의 서생차림을 제외한 모두가 명군(明軍)의 복장이었으며, 한 명은 장수 복장으로 갑주를 착용하고 있었다.

뜨거운 열사를 견디기 힘들었던 듯 그들의 옷에는 먼지가 가득했으며, 붉은 색의 갑주를 입은 장수도 먼지에 쌓여 갑주의 색이 탁해 보일 지경이었다.

그들은 철비룡과 허군벽 일행이었으며, 이제 막 녹수연으로 달려온 것이다.

그들을 안내하는 첩보군 장칠은 갖은 바람으로 사구의 지형이 변했음에도 불구하고, 그 정확한 방향성과 감각으로 꿈의 사구 녹수연으로 일행을 안내할 수 있었다.

그런데 녹수연은 사막에 있다고는 하나 북해와 대막을 잇고, 변방 교역의 일익을 담당하는 시진답게 여타의 사구와는 다른 모양을 하고 있었다.

여타의 사구는 사호 주위에 옹기종기 파오가 모여 있으며, 군데군데 열대 야자수와 가시나무가 나 있는 것이 고작이었으나 녹수연은 근본적으로 사호를 의지한 시진 같이 보이지 않는 대시진이었다.

녹수연은 들어서는 입구부터 달랐다.

모래 땅 위에 세워진 시진 같은 기분이 들지 않게 만들었음인지 도로에는 사막에서 구하기 힘든 청석(靑石)을 깔았으며, 도로의 좌우로는 오엽목(五葉木)을 심었다.

그 좌우로는 석전 형태의 가옥이 즐비했으며, 그것은 중원에서는 볼 수 없는 독특한 형태로 아마도 사막의 강풍에 살아남기 위한 건축인 것 같았다.

아니면 북해에 인접한 지역이었기에 북해의 축조방식인지도 몰랐다.

열다섯 마리의 마필은 서서히 마을로 접어들었다.

"장군! 이상합니다. 지금 이 시간이라면 녹수연의 장로들이 모여 연회를 베풀고 마을에 축제가 있을 시각인데, 한 명의 인물도 보이지 않습니다."

안내를 맡고 있는 장칠이 기이하다는 듯 허군벽에게 말을 달려와 말했다.

수차례 이곳을 지나쳐온 장칠은 녹수연의 사정에 관해 환하게 알고 있으며, 그는 녹수연의 장로급 인물들 역시 훤히 잘 알고 있었다.

그의 말대로 이맘때쯤이면 이곳은 수많은 인파로 북적거려야 했다. 그런데 그들이 마을의 중앙까지 왔음에도 인적은커녕 개미 새끼 한 마리도 볼 수 없었으며, 마치 황량한 벌판 같았다.

"이상한 일이로군! 마적의 습격이라도 있었단 말인가?"

허군벽도 기이한 생각이 들자 낮은 소리로 중얼거리며 사방을 둘러보았다.

그러나 아니었다.

만약 마적의 습격이나 피나는 혈전이 있었다면 무사들의 시체가 있거나 아니면 핏자국이라도 있어야 했다.

그렇지 않다면 부서진 검 조각이나 부서진 건물의 흔적이라도 있어야 했다.

그러나 그들의 눈에 보이는 녹수연의 정경은 평화로운 모습 그대로였으며, 어디에서도 격전이나 싸움의 흔적은 발견할 수 없었다.

그렇다면 당연히 사람이 있어야 했으며, 명의 녹을 먹고 사는 접객사는 응당 달려 나와 그들을 맞이해야 했다.

그들이 마을의 중앙호에 이르렀을 때까지도 접객사는 커녕 항상 북적대던 아랍파족인도 한 명 보이지 않았다.

"진정 기이한 일이로군. 이들이 모두 어디로 솟았단 말인가?"

허군벽이 말에서 뛰어내리며 이해할 수 없다는 신음을 불어냈다.

그러한 그의 목소리에는 불안과 경악, 그리고 의아심과 의

구심으로 가득 차 있었다.

"어쩔 수 없다. 오늘은 이곳에서 쉬고 내일 일찍 호른호로 출발한다. 모두들 사람이 있는가를 찾아라. 장칠은 신속히 거처를 정하라."

"예!"

"명을 받듭니다."

"예!"

후다다닥!

허군벽의 명이 떨어지자 복면을 한 열 명의 군졸들이 사방으로 흩어졌다.

"공자! 기이한 일이로군요. 장칠의 말대로라면 지금쯤 지객사가 나와 있어야 하며, 누군가 우리를 기다리고 있어야 하건만."

한참 말을 하던 허군벽은 무엇을 깨달았음인지 말을 멈추고 철비룡을 쳐다보았다.

십삼 세의 어린 나이였지만 천하에 모르는 것이 없다는 무불통지(無不通知) 경도제일절이 바로 그 철비룡이 아닌가?

그러한 철비룡이 허군벽의 얼굴에 나타난 표정을 읽지 못할 리가 없었다.

"장군께서는 용권풍을 생각하신 것입니까?"

순간 허군벽은 무척 당황하여 말을 더듬거리며 아니라는

표정을 지었으나, 철비룡의 눈을 접하자 자신의 생각을 그대로 수긍할 수밖에 없었다.

"그렇습니다, 공자! 도성을 떠나올 때 철군대도독께서 용권풍을 주의 하라는 명을 받았습니다. 또한 본인도 용권풍의 무서움을 들은 바가 있지요."

죽음에 이르러서도 결코 물러섬이 없다는 허군벽의 얼굴에 짙은 그림자가 배어나왔다.

"장군께서는 커다란 오판을 하고 계신 것 같소이다. 장군께서는 심려에 빠지지 마시고 이곳의 건축물을 둘러보시오. 무언가 느끼는 점이 있을 것이오."

철비룡의 말에 허군벽은 사방을 둘러보며 건축물을 들여다보았다.

얼마의 시간이 흘렀을 때 허군벽은 철비룡이 왜 건축물을 보라고 했는지 이해가 갈만 했다.

건축물들은 모두 육중한 돌로 지어져 있어 소문만큼이나 강한 용권풍이 불어도 결코 흔들리거나 부서짐이 없을 것 같은 웅장함과 견고함을 지니고 있었다.

용권풍이 분다 해도 결코 이 건축물을 움직일 수는 없을 것이다. 움직일 것이 있다면 도로의 연변에 심어진 오엽목 정도가 될까.

"공자, 그렇다면 무엇이 이 마을을 황폐하게 만들었을까요? 자세히 보건데 불과 하루 전만 하더라도 이곳에는 인적이 있었던 듯 여겨지는데 말입니다.”

허군벽도 또한 예민하게 사방을 살피다 무엇을 느꼈는지 쉽사리 단정을 내렸다.

철비룡은 말없이 고개를 끄덕였다.

그가 생각해 봐도 어제까지 이곳에는 인적이 있는 상태로, 오늘에 와서 그들이 살해당했거나 습격을 당한 흔적은 보이지 않았다.

그렇다면 결론은 하나.

어떤 이유에서건 이곳 녹수연에 살던 아랍파족이 이주를 해 가거나 잠시 자신들의 시진을 버리고 피신했다고 판단할 수밖에 없었다.

철비룡 일행이 사라져버린 녹수연의 주민을 찾는 사이에도 시간은 흘러 어느덧 저녁이 지나 깊은 밤에 이르렀으며, 그들은 한 자리에 모여 앉을 수 있었다.

그들은 꿈에 젖어 있었다.

하루만 더 지난다면 철비룡을 천간뇌옥에 인계할 수 있을 것이고, 그들은 황경(皇京)으로 돌아가 그리운 가족들을 만날 수 있을 것이다.

허군벽과 철비룡은 조금은 씁쓸한 심경이었으나 단순히 죄수를 호송하는 정도의 임무를 부여받은 군졸들은 그렇지가 않았다.

그들에게 있어 철비룡은 짐이나 화물, 그 이상은 아니었다. 철비룡이 비록 십 세의 나이에 대과에 급제했다 하나, 그들에게 있어 그리 대단한 영향력을 줄 수도 없는 것이었으며, 철비룡이 경도일절이라는 명예를 지니고 있다 하여도 하급의 관리인 군졸들에게 하등의 감명을 줄 수 없었으니, 각자의 생각이 실타래처럼 뒤엉켜 있을 수밖에 없었다.

허군벽과 철비룡만이 자신들의 앞날에 대해 깊이 빠져 있었다.

군졸들은 오랜 여행의 피로 탓인지 가벼운 잠에 빠져 있었으며, 경비의 임무를 맡고 있는 두 명의 군졸도 고개를 끄덕이며 졸고 있었다.

녹수연의 밤은 그렇게 지나가고 있었다.

삼경이나 되었을까?

스스스스~! 휘리리리릭!

어디선가 가벼운 바람이 불어와 잠에 빠진 그들의 몸을 스치고 지나갔다.

"음! 강한 바람이다. 혹시……?"

자신의 심사로 인하여 깊은 잠에 빠지지 못했던 허군벽은 자신의 몸을 스치는 바람이 예전의 바람과는 다르다는 느낌에 눈을 번쩍 떴다.

사실 보름 동안 사막에서 지낸 그는 바람의 강도를 익히 알고 있는 터였으니, 조금의 변화가 있음을 눈치 챘다는 것은 어쩌면 당연한 일인지도 몰랐다.

슈~ 아악! 슈르르르륵!

바람이 귀를 스치며 날카로운 파공성과 같은 기음을 흘렸다.

'혹시! 우려하던 사실이 현실로 나타나는 것이 아닌가? 철군대도독께서 염려하던 용권풍이 이곳을 휩쓴다면 우리는 모두 이곳에 뼈를 묻어야 할 것이다.'

뇌리 속에 염두를 굴리던 허군벽은 황급히 고개를 돌려 군졸들과 철비룡의 모습을 찾았다.

모두들 제 자리에 있었다. 조금 강한 바람이 불고는 있었으나 중앙에 피워진 모닥불은 꺼지지 않은 채 잘 타고 있었다.

그가 생각을 거두었을 때는 거세게 불던 광풍이 잠잠하게 사그라 들고 있었다.

'잘못된 생각이었던가? 어쩌다 불어온 사막의 바람이었던가?'

허군벽은 나직하게 한숨을 내쉬며 다시 눈을 감았다.

그러나 한 번 놀란 가슴은 진정되지 않았고 다시 잠을 잘 수 없었다.

군졸들은 하나같이 깊은 잠에 빠져 있었다.

경비를 세운 두 명의 군졸도 뻣뻣하게 서 있었으나 그들의 몸에 어떤 미세한 흔적도 일지 않는 것으로 보아 그들은 잠이 들었거나 선 채로 졸고 있을 것이다.

"으음, 아무래도 불안하다. 우리는 사막을 건너는 동안 용권풍을 만나지 못했지만 이제 사막의 여름은 다 가고 있는 터, 언젠가는 용권풍이 불어 닥칠 것이다."

나지막하게 중얼거리며 허군벽은 상체를 일으켰다.

그는 주위 모두가 인정하는 용맹한 장수였으나 일이 일인지라 아무래도 안심이 되지 않았다.

"장군! 너무 걱정은 마시오. 이 녹수연의 시진은 용권풍에 물러서거나 무너질 허약한 축근법이 아니오. 용권풍 정도라면 충분히 견뎌낼 것이오."

그것은 철비룡의 목소리였다.

"그래도 걱정이 가라앉지 않는군요. 공자께서는 걱정하지 마십시오."

허군벽은 떠오르는 불안을 없애며 철비룡에게 말했다.

"만약 바람이 분다면 걱정한다 해도 우리는 모두 죽을 것이오."

조금 전까지만 해도 강경한 어조로 그의 말을 일축하던 철비룡이 의외의 말을 내뱉자 허군벽은 의아한 빛을 띤 채 다시 돌아보았다.

“장군께서는 십오 년마다 한 번씩 대막을 휩쓰는 용권풍을 알 것이오. 대막인들이 경외하는 회룡풍을 말함이외다.”

“회…… 회룡풍!”

허군벽 역시 회룡풍의 존재와 그것의 무서움에 대해서는 소문이나 전해오는 말들로 인해 잘 알고 있었다.

“그렇소이다, 장군! 만약 용권풍보다 열 배나 무서운 회룡풍이 불어온다면 우리가 설사 날고 기는 재주가 있다 해도 모두 모래 속에 파묻혀 버릴 것이오.”

불과 열세 살의 나이라 하나 천하에 신동으로 통하는 철비룡의 말이 아닌가? 그의 말 한마디는 허군벽의 차가운 이성에 물을 끼얹는 것과 같았다.

“공자, 그러나 회룡풍은 십오 년 만에 한 번씩…….”

“그렇소이다, 장군. 내가 알고 있는 바로는 올해가 바로 십오 년째요.”

그 순간,

우르르르르르……!

갑자기 천지를 가르는 무서운 우뢰가 울리며 모래가 사방으로 날리기 시작했다.

모래는 바람에 섞여 휘날렸고 강한 힘으로 몰아쳐 왔다.

“용, 용권풍……. 아니 회룡풍이…… 설마?”

허군벽은 반신반의의 신음을 내며 철비룡의 얼굴을 뚫어져라 쳐다보았다.

그러나 이미 짙은 황사로 철비룡의 얼굴이 가려지기 시작했으며, 왠지 모를 음습하고 강한 기운이 전신을 휘감아왔다.

"조심하시오! 제군들, 어디 있는가? 공자를 보호하라."

그러나 바람에 실린 강맹한 파풍음은 그의 외침을 허공 속으로 삼켜버렸고, 군졸들도 그의 목소리를 알아들을 수 없을 정도였다.

열 명의 군졸들은 깨어 있는 상태였으나 그의 호통을 들을 수 없었다. 자신들 몸 하나 신경 쓰기도 어려울 정도로 갑작스런 변화였다.

허군벽은 안타까운 빛을 띠며 앞으로 나아갔다.

그때였다.

휘류류르…… 르르릉!

갑자기 닥쳐온 회오리바람은 거대한 전각들을 무너뜨렸고, 눈 깜짝할 사이에 녹수연의 모든 것을 암흑 속으로 삼켜버렸다.

사람들이 우왕좌왕하는 사이, 철비룡은 회룡풍이 밀려오자 조금이라도 그 힘을 피하기 위해 몸을 굴리며 굵은 나무의 허리를 껴안았다.

그 이상의 어떤 행동도 소용없음을 알고 있었지만 그에겐 자신이 반드시 살아남아야 한다는 사명감 비슷한 감정이 있었다.

어디에선가 절규하듯 울리는 사람들의 목소리가 희미하게 들려왔지만 곧 파풍음에 묻혀버렸다.

다시 한 번의 회룡풍이 몰려들었을 때는 그가 껴안고 있는 오엽목이 뿌리 채 흔들리며 통째로 무너져 나가는 듯한 소음이 울려왔다.

"아……, 신이시여! 아직 전 할 일이 태산 같습니다."

철비룡은 자욱한 황진이 밀려드는 허공을 향해 목이 터질 것 같은 기구를 보냈다.

그러나 그의 외침도 소용이 없는 듯 거대한 회오리는 그를 중심으로 거세게 하늘을 향하여 승천하는 용의 형상을 취하고 있었다.

'살아야 한다. 아버님……, 어머님……, 그리고 할아버지의 염원을 위해서도!'

순간적으로 치미는 환상에 철비룡은 이를 악물었다.

자욱한 황진에 무수한 얼굴이 떠오르고 있었다.

쿠르르릉! 우르르릉……!

강맹한 강풍에 황진과 모래가 섞여 날며 허공을 찢어버릴 듯한 파공성과 함께 그 여파로 무너지는 전각의 처참한 소리가 울려 퍼졌다.

이제 허군벽의 목소리도 들리지 않았고, 또 다른 군졸들의 음성도 들리지 않았으며, 들리는 것이라고는 오로지 강맹한 바람의 파공성 뿐이었다.

우드득! 한 순간 그가 껴안고 있는 오엽목이 흔들리다 못해 뿌리째 균열을 일으키며 뿌리 부분에서부터 흙이 사방으로 비산되기 시작했다.

비산된 흙은 역시 강력한 회선풍 속으로 빨려 들어가 버리고 말았다.

한순간 그의 품에 껴안긴 오엽목이 허공 속으로 빨려드는 느낌과 함께 그의 몸이 허공에 뜨는 것을 느낀 그 순간 그는 목청을 다하여 울부짖었다.

"신이여! 난 살아야 합니다!"

회룡풍.

사막의 악마라 불리는 용권풍보다도 열 배나 위력이 강하다는 회룡풍은 일시간에 천지간의 모든 것을 폐허로 만들었다. 녹수연의 푸른 물이 안개처럼 흩어져 버렸고, 모래가 암기처럼 쏘아져 날아갔다.

그 뿐인가?

견고하여 성채와도 같던 전각들은 산산이 부서져 허공으로 비산했다.

바위로 지어진 전각도 회룡풍 앞에서는 속수무책으로 부서질 수밖에 없었다.

회룡풍은 거대한 회오리를 일으킴으로 수천 장 이내의 모든 사물을 흡수하듯 휘몰아 그 주위를 아주 뿌리 채 뽑아버리듯 계속 야금야금 먹어들었다. 또한 모든 것을 흡수시킨 수천 장 이내를 진공 상태로 만들어 버렸다.

"으으……, 이대로 끝인가? 불공지대천의 부모 원수를 갚지 못하고 이대로 쓰러져야 한단 말인가? 하늘이여 원통하오이다!"

몰아치는 모래바람 속에서 절규에 찬 철비룡의 목소리가 울려나왔다.

그러나 그의 몸은 이미 지상에서 일천 장이나 솟구쳐 있었고, 그의 인내와 극기도 한계에 달하여 서서히 정신을 잃어갔다.

＊ ＊ ＊

암흑.

그곳은 도저히 아무것도 추측해 낼 수 없는 아득한 나락의 끝이었다.

아마도 지저(地底)인 모양으로 짙은 어둠 속에 기분 나쁜 암흑에 묻혀 있었고, 흙 내음과 더불어 안개와 같은 기운이 스멀스멀 기어 나오고 있었다.

어찌보면 지옥의 십팔 층루 같기도 했다.

죽음 같은 암흑과 십팔 층 지옥 같은 검은 안개가 전신을 감싸드는 그 무저의 끝에서 철비룡은 서서히 눈을 움직이고 있었다.

그러나 그의 몸 마디마디는 하나같이 굳은 듯 움직이지 않았다. 간신히 눈꺼풀만 가볍게 밀어 올리며 두 눈을 떴으나 어둠 속에서 그는 아무것도 볼 수 없었다.

"……."

어떤 것도 보이지 않았다.

죽음보다 짙은 천 근의 암흑과 정적만이 그의 전신을 억눌러 왔을 뿐.

'나는 죽었단 말인가? 나는 용권풍…… 아니, 회룡풍에 말려 허공으로 빨렸었다. 그리고 머리에 무엇인가를 맞아…… 아! 생각이 안 나는구나.'

철비룡은 갑자기 몰아치는 으스스한 공포에 상체를 부르르 떨었다.

"지옥? 이곳이 사람이 죽어야만 올 수 있다는 십팔 층 지옥이 아닐까?"

철비룡은 나직하게 중얼거리며 몸을 일으켰다.

"지옥이라면 우선 문을 찾아 사령들을 만나 보아야겠지."

순간 몸을 세우던 그는 양다리에서부터 극렬한 통증이 전신에 확산되어 옴을 느꼈다.

"크윽!"

철비룡은 고통스럽게 비명을 내지르며 뒤로 넘어져 뒹굴었다.

그 고통은 철비룡이 이제껏 느껴본 아픔 중에 가장 커다란 아픔이었기 때문이다.

'참, 그리고 보니 이상하다. 죽었다면 고통이 느껴지지 않는 것인데, 고통이 느껴지는 것은……, 그렇다면 내가 살아 있는 것일까?'

아무래도 미심쩍다는 생각에 철비룡은 오른쪽 다리에 힘을 가해 보았다.

"크윽!"

오른쪽 무릎 부위를 중심으로 아릿한 고통이 느껴졌다.

그러나 그것은 곧 자신의 존재를 확인하는 기쁨이 되어 온 몸으로 확산되었다.

잠시 혼탁하고 혼미했던 기분이 가시자 흩어졌던 그의 냉철한 이성이 기지를 발휘하기 시작했고, 그것은 자신이 가지고 있는 강점이기도 했다.

철비룡은 서서히 몸을 일으켰다.

양다리로부터 밀려오는 충격과 고통은 그의 입에서 날카로운 신음을 흘려내도록 했지만 이따위 아픔에 무릎 꿇을 철비룡이 아니었다.

스~으으으~읏!

그때 기이한 소리가 울리며 그의 앞으로 무엇인가 접근해 오는 듯한 소리가 들려왔다.

마치 뱀이 기어오는 듯한 소리와 같이 철비룡의 뒤로 스며 들었고, 너무도 갑작스러운 일이라 어떻게 대처할 수 없었다. 사방은 아무것도 보이지 않는 어둠뿐이었다.

"확실히 난 살아 있구나. 배가 고픈 걸 보니."

스읏~ 스읏! 슈우우우!

또다시 지척에서 날카로운 소성이 흘러나왔다. 철비룡은 짐작할 수 없는 불안감에 몸을 움츠리며 손을 가슴에 모았다.

"뱀……, 이것은 영락없는 뱀의 소리다. 이 지저(地底)에 뱀이 있단 말인가?"

그의 느낌은 정확했다. 한 마리의 뱀이 그의 근처로 접근하고 있었다.

한순간 무엇인가 자신의 몸으로 덮쳐드는 환상을 본 철비룡은 가슴에 모아 있던 두 손을 어둠 속을 휘저어 미지의 물체를 잡았다.

물컹! 그의 양손에 물컹한 느낌이 전해졌고, 동시에 잡힌 물체가 심하게 요동을 쳤다.

반신반의. 뱀이라 믿지만 아닐 수도 있다. 눈에 보이지 않기 때문이다. 그의 두 손에 잡혀 있는 기이한 물체는 진정 어디에서도 느껴보지 못한 기이한 물체의 촉감이었다.

뱀의 종류임은 확실했다. 굵기는 어린아이의 팔뚝만 했으며, 길이는 불과 한 자(一尺)밖에 되지 않았는데, 꼬리가 두 개 달려 있었다.

꼬리의 굵기는 어린아이의 새끼손가락처럼 가늘어 기이한 형태를 취하고 있었다.

"확실히 뱀이로군. 기이하게도 굵고 짧은…… 그런데 물지는 않는 것 같다."

철비룡은 나직이 중얼거렸다.

꿈틀거리긴 해도 이 괴이한 뱀은 어떠한 적대적 행동을 하는 것 같진 않았다.

"기이한 향내가 난다. 이상하다. 갑자기 먹고 싶은 욕구가 생기다니."

그의 손에 잡힌 이 기사(奇蛇)는 기이한 향기를 내뿜고 있었고, 그 향기는 그렇지 않아도 텅 빈 철비룡의 허기에 강한 식욕을 돋우어 주었다.

아마 이 뱀을 눈으로 볼 수 있었다면 그는 허겁지겁 먹었을 것이다. 그 정도로 철비룡의 허기는 굉장했다.

그러나 지금은 아무것도 보이지 않는 짙은 암흑의 한가운데 있었고, 그의 눈엔 그 무엇도 보이지 않았다.

갑자기 철비룡이 아! 하고 소리를 질렀다. 그의 손에 잡혀 있던 이 기물(奇物)이 그의 손에서 미끄러져 나갔기 때문이었다.

"어억…… 으읍!"

갑자기 철비룡은 숨이 막힌 듯 양손으로 목을 움켜쥐었다.

'제기랄!'

그의 손에 들려 있던 뱀이 그가 입을 벌린 사이 느닷없이 그의 입속으로 휘리리 파고들었다.

철비룡은 황급히 두 손을 들어 입속을 파고드는 뱀을 떼어 내려고 했으나 이미 뱀은 그의 목줄기를 타고 뱃속으로 들어간 뒤였다.

"크윽, 이게 어찌된 일인가……, 읍! 큰일이다!"

목에 막혀 있던 뱀이 목을 통해 들어가자 철비룡은 그 미끌미끌한 기분 나쁜 느낌과 전신에 스며든 불안감에 안절부절못했다. 도대체 갑자기 무슨 영문인가. 뱀 같지도 않은 기물이 왜 하필이면 목구멍 안으로 들어갈 건 무슨 이유인가?

철비룡은 급히 아직 감촉이 느껴지는 가슴을 두드리기 시작했다. 퉁탕퉁탕……. 마구 두드려 보았지만 가슴 깊숙이 파고든 뱀은 다시 목구멍 위로 올라오지 않았다.

대두쌍미향사(大頭雙尾香蛇).

수천 장 지하에서만 살고 있는 기물을 일컫는 말로, 머리

부분은 커다랗고 꼬리는 두 줄기로 갈라져 가느다란 것이 특징이다.

늘 몸에서 기이한 향기를 뿜어낸다고 하며, 천 년을 산다고 전해진다. 스스로 죽을 장소를 택하며, 교합이 없이도 스스로 새끼를 낳는다는 영물.

일반의 뱀이 알을 까는 것에 반해 대두쌍미향사는 보통의 포유동물처럼 새끼를 부화한다. 하지만 겉모습은 영락없는 뱀의 모양이니 사(蛇)란 이름을 안 붙일 수 없었다. 태어날 때부터 피부의 강도가 강해 도검불침이며, 화기(火氣)와 냉기(冷氣)가 함께 공존하는 곳에서 살고 있다고 전해진다. 그러나 전설만이 전해질 뿐 보았다는 사람은 아무도 없었다.

그 유명한 의선(醫仙) 호적관(胡的館)이 남긴 저서 천물보감서(天物寶監書)에도 이 대두쌍미향사가 기록되어 있을 정도로 그 약효와 효능은 널리 알려졌지만, 실제 그 효과를 본 사람이 있는지 없는지는 알 수 없었다.

보통 사람이 기연을 만나 대두쌍미향사를 복용했다면, 만병이 불침됨은 물론 심기를 철벽같이 만들어 주며 무병장수한다고 한다.

또한 무공을 익힌 자가 이를 복용한다면 한꺼번에 이 갑자의 공력을 쌓을 수 있고, 점차 몸이 금강불괴(金剛不壞)로 변해간다는 것이다.

　이 널리 알려진 말들로 인해 천하의 사람들은 대두쌍미향사와 비슷한 뱀이란 뱀은 모조리 잡으러 다녔지만, 그 누구도 발견했다는 이야기를 들은 적이 없었다.

　천지간에 한 마리 밖에는 존재하지 않는다는 영물. 대두쌍미향사는 인간과 대화를 나눌 수도 있다는 괴이한 동물이었다.

　한순간 철비룡은 그 비릿한 느낌과 불쾌한 기분이 가시고 온몸을 감싸던 이유 모를 열기가 사라져가는 것을 느꼈다. 그와 동시에 단전으로부터 청량한 기운이 솟아올라 그의 심신을 상쾌하게 만들어 주었다.

　"이, 이런 일이……."

　알지 못하는 사이에 그의 몸 안에선 이상한 작용이 일어났다. 철비룡의 추측으로도 이 끔찍스럽게 생긴 것 같은 뱀 한 마리가 목구멍을 타고 흘러 들어가더니, 이젠 붕붕 뜨는 기분이 들지 않는가. 어쨌든 이해되지 않는 갑작스러운 일들로 이 갑자에 해당하는 잠력이 그의 몸에 갈무리 되었으며, 이제 그의 체내에는 사 갑자의 내력이 갈무리 되었다.

　'기분 나쁜 일이지만 뱃속에 들어간 이상 살아날 순 없지. 모조리 소화될 테니 말이야.'

　철비룡은 고통이 가시자 급히 몸을 일으켰다.

　그리고 앞을 향해 몇 걸음 내딛었다.

한순간,

첨벙! 그의 발끝에 물에 잠기는 촉감이 느껴지며 물방울이 그의 얼굴까지 튀어 올랐다.

"……?"

그는 다시 망설이지 않고 한 걸음 앞으로 내딛었다.

이제는 물방울 정도가 아니라 그의 허리까지 물속으로 빠져들었다.

"아, 수동(水洞)이로군."

그는 어둠 속에서 고개를 끄덕였다. 이것이 어떻게 된 영문인지 알겠다는 판단이 내려진 것이다.

"아빠! 어서 나오세요. 반대로 돌아가면 되요."

어디선가 그의 영감을 건드리듯 가냘픈 목소리가 허공에 울렸다. 흠칫한 철비룡은 멍청하게 멈추어 섰다.

"……."

이 동굴에 사람이 있을 리 없고, 더구나 십삼 세의 어린 그에게 아빠라 부를 사람이 있을 턱이 없는데, 어디선가 들려온 가냘픈 소리는 정확히 그의 귀를 통해 들려오고 있었다.

"어서요, 아빠! 그곳으로 가면 죽어요. 반대로 나가세요."

그가 멍청히 서 있자 이번에도 역시 그 여자의 음성 같은 소리가 들려왔다.

철비룡은 급히 몸을 돌려 물속에서 빠져나왔다.

"누구시오? 이 우매한 철생(鐵生)에게 가르침을 주시는 고인은 누구시오?"

"아빠, 그건 나중에 알아보고 어서 앞으로 쭉 나가세요."

목소리에는 반드시 그렇게 해야만 한다는 필연의 감정이 깃들어 있었다.

'그렇다. 이것은 신께서 이 철비룡을 돕고 있는지 모른다.'

생각이 정해지자 철비룡은 곧장 앞으로 나아갔다.

그가 앞으로 나갈수록 동굴은 좁아져서 얼마 후에는 기듯이 빠져나갔다.

그러나 얼마 안 가 동굴은 그의 키를 넘기는 높이가 되었고, 어둠 속에서도 동굴이 길게 이어져 있음을 느낄 수 있었다. 또한 한참을 걸어가자 약간씩 경사져 오르는 느낌이 들어 동굴이 조금씩 위로 향하고 있음을 알 수 있었다.

그러나 그가 향하는 동굴 안은 여전히 깜깜하여 촌각의 앞도 분간할 수 없었으니 불안한 건 마찬가지였다.

쉼 없이 불어닥치는 기류는 동굴 벽을 강타하여 마치 수만 개의 바람이 나뭇가지를 흔드는 듯한 소리를 만들어 냈다.

'기류와 바람 소리. 이 굴속은 상당히 길겠구나.'

계속 걸어 나가기로 마음먹은 그는 다시 한 시진 가량 앞으로 전진해 나아갔다.

'엇?'

그의 눈앞에 돌연 어디선가 희미한 빛이 흘러들고 있었다.

"……."

철비룡은 걸음을 서둘러 빛이 향하는 방향으로 황급히 나아갔다.

일순간 철비룡은 우뚝 걸음을 멈추며 신음에 가까운 경악성을 흘려내었다.

그가 시선을 모은 곳은 거대한 크기의 문이었는데, 그 문은 동굴을 완전히 틀어막고 있었다.

그런데 그 문은 인간 세상에서 보는 보통의 문이 아니라 문 전체가 황궁에서도 보기 힘들다는 황옥(黃玉)으로 만들어져 있었다. 빛은 황옥의 중간에 박힌 거대한 야명주(夜明珠)에서 발산되고 있었다.

희미한 빛이었지만 오래도록 어둠 속에만 있어서인지 시야가 어느 정도 트이자 눈이 찌릿거려 뜰 수도 없을 정도였다. 눈을 조금 감았다가 뜬 철비룡은 다시 야명주가 빛을 발산하고 있는 기이한 문을 뚫어져라 쳐다보았다.

"황옥으로 문을 만들었다니, 이건 이미 세상에서 사라졌다는 무가지보(無價之寶)다."

철비룡은 두 눈이 휘둥그레져 급히 황옥의 문으로 다가갔다.

'뭔가 써져있다.'

더욱 가까이 다가선 그는 황옥의 문에 새겨진 거창한 글을 읽을 수 있었다.

〈이곳은 화관(火關)이다.

그대는 본좌가 기다리던 인물이 틀림없을 것이다.

이를 보는 그대는 수동의 거센 물살로 이곳에 밀려들어 왔을 것인즉…… 아니, 그대가 어떤 방법으로 이곳에 들었든 상관하지 않는다.

어쨌든 그대는 화관으로 들라!〉

진시황 때나 볼 수 있었던 아주 화려한 전사체의 글씨였다.

"음, 그럼 나는 아까 느꼈던 수동의 흐름으로 이곳까지 밀려왔단 말인가? 그렇다면 회룡풍은 어느 물가에 나를 실어다 놓았겠군."

철비룡은 어이없는 표정을 지었다.

"아빠, 그냥 지나가세요. 그것만이 살 수 있는 길이예요."

어디선가 또다시 기이하게 떨리는 가냘픈 소리가 들려왔다.

그제야 마음이 안정된 철비룡은 목소리의 주인공을 찾고 싶다는 생각이 들었다.

"누구인가? 아직 한참 어린 내게 아빠라고 부르는 자

는……. 모습을 나타내라!"

그러자 목소리가 들렸다.

"좋아요."

목소리와 함께 갑자기 그의 앞섶이 갈라졌다. 그의 갈라진 옷섶에서 굵기는 마치 어린아이의 손가락만 하고, 길이는 어린 아이의 팔만한 기이한 형태의 뱀이 기어 나왔다. 전신에선 금광이 화사하게 비치고 있었고, 여타의 뱀과는 달리 뱀의 머리는 세모가 아닌 둥근 형태였으며, 꼬리는 두 개였다.

잠시 살펴보던 그는 만물보감서에서 보았던 그 대두쌍미향사를 생각해 냈다.

"윽! 이건 대두쌍미향사……."

"그래요. 저예요."

그의 말을 알아들은 듯 대두쌍미향사는 또다시 예쁜 음성을 흘려냈다.

'대두쌍미향사! 읽은 기억이 있다. 지저에서 천 년을 산다는 영물. 믿을 수 없지만 그것이 지금 현실로 나타났구나. 그땐 결코 믿지 않았건만……. 허, 이젠 실제로 나타났으니.'

그때 대두쌍미향사가 재빨리 철비룡의 손으로 기어올랐다.

대두쌍미향사는 아무래도 방금 태어난 것 같은 모습이었다.

'대두쌍미향사가 이곳에 나타났다는 것은 아까부터 나를 따

라왔다는 것이다. 그 책에 적힌 바로는 이 영물은 죽기 전에 새끼를 낳는다고 하던데.'

철비룡은 침착하게 대두쌍미향사를 쳐다보았다.

대두쌍미향사의 눈은 아이의 그것처럼 맑게 빛나고 있었다.

'그렇다! 내가 아까 잡았던 것은 대두쌍미향사의 어미였다. 그렇다면 대두쌍미향사는 죽을 장소를 나의 뱃속으로 택한 것이 아닌가.'

그의 추측은 정확했다.

'내 뱃속에서 어미가 죽었기 때문에 영물이라는 대두쌍미향사의 새끼는 나를 아빠라고 부르고 있다. 으……, 이게 무슨 희한한 일인가. 더군다나 인간의 말까지 하다니.'

여기까지 생각한 철비룡은 자신의 손바닥에 똬리를 틀고 있는 대두쌍미향사의 새끼를 쳐다보았다.

"미안하구나, 향사야. 내가 너의 부모를 해쳤구나."

자신을 쳐다보던 대두쌍미향사의 새끼에게 말했다.

"아니에요, 아빠……. 엄마와 나는 사흘 동안 아빠를 지켜보았어요. 그래서 엄마는 스스로 아빠에게 도움을 주기로 한 거예요."

"흠, 그런 일이 있었구나."

"엄마는 나에게 아빠를 따라가라고 했어요. 그래서 아빠의 품에 들어가 있었던 거예요."

이 조그만 뱀 녀석은 두 눈을 동그랗게 뜨며 좌우로 굴리고 있었다.

그의 영감 속으로 향사의 목소리가 똑똑히 들려왔다.

"좋다. 이제부터 너를 향아(香兒)라고 부르겠다."

"향아……. 저도 좋아요, 아빠."

향사는 기쁘다는 듯 두 개의 꼬리를 좌우로 움직였다.

그러한 모습은 마치 어린아이가 재롱을 떠는 것 같았다. 철비룡 역시 처음엔 괴이하고 이상했지만 볼수록 친숙하게 느껴진 터라 그러한 뱀의 모습이 천진스럽게 보이기도 했다.

"자, 들어가라."

철비룡이 말하자마자 향사는 휙! 빛살과 같은 속도로 사라져버렸다. 철비룡의 품속으로 들어간 것이다.

"아빠, 화관을 밀고 들어가세요. 아무것도 걱정할 필요 없어요. 제가 도울 테니까요."

그의 가슴 속에 있는 향사에게서 다시 영감이 전해왔다.

"어쩔 수 없는 일이지. 그것이 유일한 길이라면."

철비룡은 화관(火關)이라 쓰여진 황옥의 문으로 다가갔다.

"후퇴할 수는 없다. 물이 퇴로를 막고 있는 이상……. 앞에 보이는 것은 이 문뿐이니, 이 화관을 열고 들어가는 수밖에 없구나."

어느새 그의 얼굴에 쓰디쓴 고소가 어렸다. 앞으로의 일이 막막했다.

"이곳을 나갈 수 있다면 어떤 위험이 있더라도 밀고 나갈 수밖에 없겠지. 가자."

말을 마친 철비룡은 황옥으로 만들어진 문 앞으로 가서 쌍장을 밀착시켰다.

제8장

만고삼관(萬苦三關)

철비룡은 쌍장에 힘을 모아 앞으로 힘껏 밀었다.

'어? 이런.'

철비룡은 온 힘을 다해 힘껏 밀었으나 황옥의 문은 조금도 움직임이 없었다.

철비룡은 다시 한 번 힘을 모아 힘껏 밀어 보았으나 문은 움직일 생각은커녕 자신을 비웃듯이 오연하게 서 있었다.

'이상하다? 분명 들어오라 해놓고 문은 움직이지도 않다니. 어떠한 장치도 없는데……'

그러한 그의 눈에 맑은 빛을 뿌려내는 야명주가 눈에 띄었다.

철비룡은 다가가 야명주를 뚫어져라 쳐다보다가 빙그레 입가에 웃음을 띠우고 다시 물러갔다.

- 입(入) -

야명주의 전면에는 너무도 미세하여 알아보기 힘든 글자가 새겨져 있었는데, 여태껏 문 자체에만 신경을 쓴 터라 쉽게 볼 수 없었다.

뭔가 좋은 느낌이 든 철비룡은 야명주를 힘껏 눌렀다.

쿠르르르릉!

의외로 생각한 것보다 쉽게 굳건했던 문이 좌우로 갈라지며 열리는 것이 아닌가?

보았을 때 조금의 틈도 없던 황옥의 벽이었으나 너무도 쉽게 좌우로 갈라지고 있었다.

동시에 철비룡은 안으로 몸을 들이밀었다.

"헉!"

화강암으로 들어서던 철비룡은 그 이질적인 느낌에 즉시 몸을 움츠렸다.

화르르르르~!

지독한 열기가 전면에서 쏟아져 나오며 그의 전신을 강하게 때렸기 때문이었다.

"이것을 믿어야 한단 말인가?"

전면을 바라보던 철비룡은 도저히 믿을 수 없다는 신음성을 토해 내었다.

그의 전면, 믿을 수 없게도 수없이 많은 인골(人骨)이 주~

욱 널려 있었다.

어림잡아 천여 명도 넘을 듯한 뼈들이 널려 있었으며, 어떤 것은 가루가 되어 있었고, 어떤 것은 온전한 뼈의 형태를 보존하고 있는 것도 있었다.

'이들도 이곳에 들어왔던 사람들인 것 같군.'

그때 쿵! 하며 문이 저절로 닫히는 소리가 철비룡의 귓속으로 들려왔다.

"제길!"

철비룡은 안 좋은 느낌이 뇌리를 스치자 실망감에 오른팔을 강하게 내리쳤다. 자신의 성급함에 화가 치밀었다. 이미 늦어 퇴로는 끊어진 상태였다.

'이들은 나와 같이 불어오는 용권풍에 의해 이곳까지 들어올 수 있던 사람들이 틀림없다. 그렇다면 누군가 이곳을 빠져나간 사람도 있을 것이 분명…….'

그나마 긍정적으로 생각해 보려던 그의 안색이 싹 바뀌었다. 그의 눈에 들어온 전면은 사람 하나 들어갈 정도로 동굴은 좁아져 있었다.

그러나 그것이 문제가 아니었다. 앞에 펼쳐져 있는 동굴은 철매(鐵魅)로 이루어져 있었는데, 사방의 철벽은 불에 달군 듯이 매우 뜨거웠다.

그뿐인가? 바닥을 이루고 있는 철괴는 눈에 보일 정도로 벌겋게 달아올라 있었다. 사방에서 쏟아져 나오는 가공한 열기는 철비룡을 태워버릴 듯이 강렬한 것이었다.

철비룡의 얼굴빛은 금세 사색이 되었다. 천하에 칭송받던 철비룡이건만 죽음이란 단어가 떠오르자 전신에서 힘이 빠져나가는 걸 느꼈다.

"지독하군. 아, 아무래도 타 죽을 것만 같구나."

때마침 사면에서 피어오르던 강렬한 열기가 더더욱 철비룡의 전신을 태워버릴 듯 강렬하게 몰아쳤다.

화스스~!

그의 매끄럽던 피부가 단번에 새빨개지며 눈썹과 머리카락이 단번에 타들어 갔다.

"끄으……, 그 문 앞 글귀가 바로 죽음의 함정이었다니. 퇴로마저 완전히 끊겨버렸다."

비틀거리는 몸을 세우려 철비룡은 철벽을 짚었다.

"으악!"

철비룡은 철벽을 짚을 때보다 더욱 빠른 속도로 떼어내었다.

그러나 그 찰나의 순간에 철벽의 열기가 철비룡의 손바닥을 태워버렸다.

화르르~! 쿠~ 쿠르르~!

뜨거운 화기가 미친 듯이 철비룡을 엄습하며 그의 정신을 혼미하게 만들어왔다. 그 엄청난 화기는 그가 숨도 쉬지 못할 정도로 휘몰아쳤고, 이에 그는 어떠한 대처도 할 수 없었다. 천혜의 지혜를 지녔다는 자미성체이며, 용강지체를 지닌 그였건만 열기에 견디어 낼 어떠한 방법도 생각해 낼 수 없었다.

"으윽……, 도저히 견…… 견딜 수 없다."

철비룡이 입고 있던 옷이 점점 그을렸으며, 얼굴이 타들어 가며 균열을 일으켰다.

그 위험천만의 찰나, 그의 뇌리를 스치는 기이한 영감이 있었으니…….

천붕지결(天鵬之訣).

바로 사막에서 만났던 대막천황 아무타가 가르쳐준 한 가닥의 내공심법이 생각난 것은 그때는 미처 생각지도 못했었다. 죽는 것 외엔 아무것도 없는 절망적 상황, 그러나 철비룡은 무슨 짓이든 해야만 했다.

천붕지결은 양강지력을 쌓는데 필요한 무공구결이었다.

"아, 천붕지결. 갑자기 그게 떠오르는구나. 그것이 과연 나를 지켜줄 수 있을지는 의문이다. 그러나……."

그에게 더 이상의 생각은 무의미한 것일 수밖에 없었다.

그가 잠깐 생각하는 사이 화기로 인하여 전신은 벌겋게 타오르고 있었으며, 찌릿하면서 아릿한 견딜 수 없는 고통이 강렬하게 엄습하고 있었으며, 더 이상의 생각은 죽음에 빨리 이를 수 있게 하는 지름길이었다.

지푸라기 하나라도 있다면 잡고 싶은 물에 빠진 자의 심정이 되어버린 그는 더이상 생각할 여유가 없었다.

그때 그의 눈가에 기이한 변화가 비쳐들었다.

그의 눈에 비치는 바닥의 철로(鐵路)가 기이한 변화를 일으키기 시작한 것이었다. 계단 형태로 이루어진 철로가 움직였다. 철로는 조각조각이 연결된 것이었는데, 맨 앞의 철로가 순식간에 불꽃을 사그러지게 하는 것이었다.

'그렇다! 이런 식으로는 한 발자국도 나갈 수 없다. 화기가 사그러지는 저곳을 통과하는 것이다.'

철비룡은 즉시 열기가 조금 가신 철로에 발을 내딛으며 동시에 천붕지결을 외우기 시작했다.

그가 본 바는 정확했다. 일정한 간격으로 철로의 열기가 약해졌고, 조금 지나치면 반복적으로 다시 뜨거워졌다.

철비룡은 한 발 한 발 앞으로 내딛으며 천붕지결의 구결을 외우기 시작했다.

발밑은 불꽃이 튈 정도로 타오르고 있었지만, 그는 고행을 하는 고승과 같이 침착하게 처신했다.

츠츠츠~! 칙! 치치칙!

철비룡의 발바닥 살이 타올라 그 타는 냄새가 코를 찔렀다.

의복 역시 조각이 되어 부서지기 시작했지만 철비룡은 살아야겠다는 일념으로 계속 구결을 외웠다.

실로 대단한 뱃심이며, 경시할 수 없는 정력이었다.

"엇! 이런 일이!"

한창 구결에 빠져 있던 철비룡의 입에서 신음이 터져 나왔고 순식간에 얼굴에 희색이 돌았다.

돌연한 변괴였다. 단전에서부터 실로 청량하기 이를 데 없는 시원한 기운이 일어나 그의 폐부로 스며든 것이다.

'그렇다. 대두쌍미향사는 화기와 냉기가 공존하는 곳에서 산다고 했지. 그 향사가 단전에 냉기를 불어넣어 주고 있는 것이로군. 아, 여러모로 도움을 주는구나.'

그가 향아라 이름 지어준 대두쌍미향사가 줄곧 그의 단전에 붙어 있었다.

얼마의 시간이 흘렀을까?

갑자기 숯덩이처럼 검게 변해가던 철비룡의 전신 주위에 창연한 붉은 기운의 운무가 확산되고 퍼져나오며 둔중한 기도가 형성되었다.

그에 따라 철비룡은 자신의 체내로 열양과도 같은 열기가 스며드는 것을 느낄 수 있었다.

'크으! 내장이 타 들어가는 것 같다.'

그러나 철비룡은 포기하지 않고 계속 천붕지결의 구결을

암송했다.

우르르! 하는 소리가 마음속에 울렸다. 한순간 그의 단전 부근에서 우렛소리가 치솟아 오르며 힘으로 막을 수 없는 현기로움이 사지백해로 무섭게 파고드는 것이 아닌가?

동시에 그의 전신 여기저기서 혈도가 터지는 굉음이 울렸다. 고통의 연속이었지만 철비룡은 이를 악물었다.

'으윽!'

그는 최대한의 힘을 내어 걸음을 멈추지 않았다.

그러는 사이에도 그의 전신에서는 억제하기 힘든 가공한 혈류가 사지백해로 흘러들며 막힌 혈도를 격타해 들어가 임독양맥이 타동되고 있었다.

'오……, 천고의 기연. 말로만 듣던 기연이 내게도 찾아오는 것인가. 이 열양강기로 인해 금제되어 있던 혈맥이 타동되고 있었다. 체내에 갈무리 되어 있던 진기가 치솟아 오르고 있구나.'

그는 연경을 떠날 때 특별한 점혈수법으로 금제를 당했지 않았던가?

철비룡은 어려서부터 복용한 영약과 조부의 노력으로 벌모세수를 하여 무혈지체(無穴之體)의 경지에 이르렀으나, 그 후 그가 간살의 책임을 지고 승복했을 때 황궁밀법(皇宮密法)으로 금제를 당한 터였다. 그로 인해 사막을 지나는 동안 커

다란 고통을 당했었다. 그런 사실을 알고 있던 그가 흥분함은
당연했다.

전신을 돌던 진기가 대맥을 지나 팔만사천 모공 속의 세맥
으로 들어갔다.

그러는 사이에도 철비룡은 계속 앞으로 전진하고 있었다.

금제를 당했던 그의 신체가 자유로워짐으로 인해 체내에
잠재되어 있던 이 갑자의 공력과 동굴의 입구에서 복용한 대
두쌍미향사의 공력이 일어나기 시작했다.

점차 시간이 지남에 따라 철비룡은 화기를 의식하지 않기
시작했다. 현재 그의 체내에서는 가공할만한 변화가 일고 있
었으며, 그에 따라 붉은 기운이 체외로 분출되고 있었다.

철비룡은 쉴 틈 없이 움직였다. 그러면서 수 시진이 흘러갔
다.

시원하고 청량한 느낌이 전신을 흡족하게 해주었고, 가슴
속에 없었던 거대한 잠력이 복받쳐 올랐다. 또한 단전이 단단
하게 변하는 느낌을 받았으니, 철비룡의 입가엔 미소가 지워
지지 않았다.

어느새 그의 머리 부분에 아름다운 홍운이 어리기 시작했
다. 누가 지켜봤다면 그것은 불존(佛尊)이 해탈의 경지에서
일어나는 후광(後光)과도 같았다.

"대단해! 천붕지결에 이러한 묘용이 있었다니!"

어느새 이 급박한 상황에서 그는 천붕지결의 정수를 터득했으며, 사 갑자에 달하는 공력을 되찾고 있었다.

타들어 갔던 그의 전신은 점차 뽀얗고 매끄러운 피부를 되찾고 있었고, 어느새 타버린 눈썹과 머리카락은 다시 자라나고 있었으니 참으로 놀라운 일이 아닐 수 없었다.

잠시 후 철비룡은 가뿐히 몸을 일으켰다.

"후후후, 다행히 타 죽는 것은 면할 수 있었군."

철비룡은 고소를 지으며 철로를 지나기 시작했다.

희미하게 웃는 표정과 흡족한 안색. 죽을 고비에서 살아나온 사람치고는 너무도 여유로웠다.

붉게 달구어져 있던 철로는 어느새 식어 있었으니 그것은 철비룡이 화관의 모든 화기를 체내에 흡수해 버렸기 때문이다.

철비룡은 식어버린 철로를 따라 화관의 끝에 이르렀다.

"……."

그러나 철비룡의 안색은 또다시 흐려졌다.

또다시 다른 동굴로 이어졌으며, 그 끝에는 빙옥(氷玉)의 문이 자리 잡고 있었다.

- 빙관(氷關) -
— 이기이원(二氣二源), 깨달음이 없는 자는 이곳에 뼈를

묻으리라. 자신 없는 심약한 자라면 이곳에서 물러서라. -

아주 무정하고 냉혹한 그리고 어이없는 글이 적혀 있었다.

"누가 이 글을 새겼는지 인정은 손톱만큼도 없는 사람이 새겼으리라."

철비룡은 낮게 실소하며 화관과 같은 방법으로 문을 열고 들어갔다.

'후, 빙관이라. 이번엔 얼음 천지겠군. 하지만 여기 갇혀 있을 수만은 없는 일. 반드시 통과하겠다.'

그가 들어서자 화관에서와 같이 사람들의 뼈가 여기저기 널려 있었다. 화관에 있던 뼈보다 많진 않았다.

그 안 역시 화관과 마찬가지의 구조로 철로가 이어져 있었고, 다른 점이라면 단번에 느껴지는 기운이었으니, 바로 살을 에는 듯한 음한지기였다.

넓이는 불과 석 자 정도의 동굴이었으나 끝은 보이지 않게 이어져 마치 십팔 층 지옥으로 향하는 입구인 것처럼 느껴질 지경이었다.

화관에서는 시체와 뼈들이 무수히 입구에 널려 있었으나, 빙관은 여기저기에 드문드문 있는 것으로 보아 이곳에 든 사람은 많지도 않았고, 통과한 사람도 거의 없는 것 같았다.

한순간이었다.

휘~ 이이잉!

가공한 극냉지기(極冷之氣)가 밀려왔다.

"흐억!"

그 가공할 극한지기에 철비룡의 정신은 단번에 혼미해지고 있었다.

'이 또한 무슨 시련인가? 이번에야말로 진짜 얼어 죽겠구나!'

동시에 그의 전신에 촌각의 여유도 견디지 못한 채 전신 가득 눈꽃을 피워올리지 않는가?

얼음의 벽은 사방에서 냉기를 뿜어내고 있었으며, 냉기를 견디지 못한 철비룡은 그대로 얼어붙으며 빙인(氷人)이 되어 갔다.

몸을 가눌 여유도 없어서 꼼짝하지도 못했다.

'이번엔 움직일 수도 없어!'

얼어붙은 그는 한 발자국도 옮길 수 없었다.

'으으…… 정신, 정신을 차려야 한다.'

그러나 그의 간절한 절규와 달리 그의 영혼과 육체는 서서히 분리되고 있었다.

'정신을…… 잃으면……, 모든 것이 허사…… 살아날 길이 없다.'

철비룡은 서서히 분리되는 영혼을 잡기 위해 온 힘을 다해 입술을 깨물었다.

주르르 입가에 흐르던 선혈은 촌각의 여유도 주지 않고 바로 얼어붙었다.

'그래, 향사도 살고 있다. 도움을 주는 향사는 냉기와 온기를 동시에 지닐 수 있다. 그렇다면 천붕지결을 이용한다면 냉기를 흡수할 수 있을지도 몰라.'

찰라지간 떠오른 생각. 지푸라기라도 있다면 잡고 싶을 정도의 이 순간…….

쿵! 하는 소리를 내며 철비룡은 그 자리에 주저앉았다. 급히 천붕지결의 구결을 외우기 시작한 그는 전신 모공을 개방했다.

그때는 이미 철비룡의 전신에 걸쳐있던 의복이 완전히 얼음 조각이 되고 있었다. 화관에서 숯덩이가 되었던 그의 의복이 빙관에서 산산조각이 되어버리고 만 것이다.

그러나 철비룡은 그대로 입적한 고승과 같이 천붕지결의 구결만을 외워댔다.

'하하, 됐어. 적어도 얼어 죽지는 않게 되었다.'

구결을 외우던 철비룡의 얼굴에 기이한 미소가 흐르기 시작했다. 그의 단전에 또다시 뜨거운 기운이 치밀어 오르기 시작했다.

그가 화관을 지날 때 단전에서 청량한 기운이 솟구친 것과 같은 현상이었다. 역시 그곳에는 향아가 달싹 붙어 있었다.

단전에서 피어오른 뜨거운 기운이 그의 전신을 일주천 하자 전신에 돌던 열기가 눈 녹듯이 소멸되어 버렸다.

'엇! 큰일이다. 열양지기가 스스로 소멸되다니…….'

철비룡은 경악성을 흘렸으나 그럴 시간적 여유가 없었다.

"크…… 으……!"

그의 체내로 밀려드는 것은 가공한 빙기(氷氣)! 뼈를 깎아내릴 듯한 고통을 주는 빙기였기 때문이다.

빙기는 계속 철로에서 솟아올라 그의 용천혈과 학장혈로 스며들었으며, 백회혈과 견정혈을 통해서도 스며들었다.

이미 얼음에 묶여 전신을 파고들만도 한데 그것이 아니었다.

신체 중 유난히 아픔을 느끼고 조금만 충격을 가하여도 즉사를 면치 못하는 사혈(死穴)만 골라 이 빙기는 안개처럼 스며들고 있었다.

그러나 철비룡은 신음 한마디도 흘리지 않았다. 실로 대단한 정력이나 인내심이 동반된 뱃심이 아닐 수 없었다.

입술을 악물며 인상을 쓰고 있는 동안, 철비룡이 느끼기엔 수천수만의 시간이 흐른 것 같았다.

'크으으……, 전신이 사만팔천 개의 토막으로 가닥가닥 끊어지는 것 같다. 혈맥이 얼어붙는 것 같아. 크윽, 이게 바로 죽음에 이르는 고통이란 말인가.'

철비룡의 얼굴에 진한 고통의 표정이 어렸다.

차가운 빙기는 이제 전신 팔만사천 모공을 통해 스며들었고, 그것은 그의 단전으로 향하고 있었기에 그 뼈저린 고통은 더이상 참아내기 힘든 것이었다.

파스스…….

그나마 뻣뻣하게 곤두선 머리가 아예 얼음 조각으로 변하여 부서져 내렸다.

그의 의복도 부분 부분을 제외하고는 산산조각으로 부서져 얼음 조각이 되어버렸다.

얼마의 시간이 흘렀을까?

얼음 덩어리로 변해가던 철비룡의 주위에 찬란한 백색 기체가 피어오르기 시작했다.

그의 몸에서 피어오른 백색 서기는 안개처럼 석실의 구석구석으로 스며들었다.

스스스~!

그와 동시 그의 몸에 스며들던 가공 할 만한 빙극지기가 전신을 통해 스스로 돌았다. 안개 같은 빙기가 피어올라 주위는 뿌옇게 변했고, 피부를 덮고 있던 얼음 조각들이 서서히 증발하고 있었다.

철비룡은 멈추지 않고 천붕지결의 구결을 외우며 전신 혈맥의 상태를 조절했다.

‘하늘은 아직 날 버리지 않았구나.’

시간이 지날수록 그의 뼈를 시리게 하던 차가운 빙기가 차츰 사라져 가는 것을 느끼고 있었다. 오히려 시원하고 청량한 기운이 전신에 포만되고, 가슴 속에 전에 없었던 거대한 잠력이 응어리지는 그런 기분이었다.

그것은 차가운 기운이 그의 체내에 들어가 천붕지결과 어우러져 하나로 동화되고 있었기 때문이었다.

“추측은 맞아 들었다. 대막천황이 준 천붕지결은 화기와 빙기를 동시에 수용할 수 있는 구결이었어. 하하하, 난 운이 좋았다.”

그러나 그는 모르고 있는 사실이 있었으니. 아무리 천붕지결일지라도 일반인이 시전하면 열기와 한기가 파고드는 것을 가속화 해서 더욱 빨리 죽음에 이르게 한다. 하지만 그는 보통 사람의 몸이 아니었다.

자신이 천혜를 타고난 자미성의 지혜와 지상 최고의 극강 신체라 불리는 용강신체(龍强神體)를 지니고 있다는 것을 몰랐다.

범인이었다면 화관에 들어서기 무섭게 즉사 했을 것이다.

‘그 언젠가는 대막천황께 감사해야겠군. 그의 말대로 이 구결이 나를 살렸어.’

그는 해맑은 웃음을 지었다.

그는 읽은 무공서가 너무도 많아 수천 가지의 무공구결이 뇌리에 새겨져 있었다. 이는 장점이 아니라, 복잡하게 얽히고 설킬 수도 있는 나쁜 점이었지만, 그런 그에게 대막천황이 가르쳐준 천붕지결이 생각났다는 것은 천행이었다.

다른 구결을 운행했다면 그는 숨이 끊어진 채 쓰러졌을지도 모른다.

"후후, 이기이원(二氣二源). 과연 예상대로군. 인간의 몸에 화와 빙의 두 가지 기운을 동시에 심을 수 있다고 하면 그 누가 믿을 것인가?"

철비룡은 낮게 웃으며 석동을 벗어나기 시작했다.

― 극관(極關) ―

― 극(極)이라 함은 도(道)를 이끄는 진리. 서로 상반된 듯하나 극에서 극은 서로 통하는 법이다. 마(魔) 속에 정(正)이 든 자만이 들어라! 그렇지 못하다면 이곳에 뼈를 묻고 말리라. 진정한 마의 도를 아는 자만이 이곳에 들라. ―

극관의 문에는 이와 같이 새겨져 있었다.

"빙관은 진정 대단한 곳이었다. 만약 천붕지결의 심리를 깨닫지 못했다면 나는 얼음 조각으로 뒹굴고 있을 것이다. 모두 이 향사 녀석과 대막천황 덕분 아닌가. 진정 하늘의 도움이 없었더라면……."

철비룡은 숨을 고르며 다시 앞을 바라보았다.

"엇? 이런……."

그는 믿을 수 없다는 듯 다시 한번 쳐다보았다.

그의 눈 바로 앞에는 하나의 팻말이 세워져 있었는데 다음과 같이 씌어 있었다.

— 이곳에서 내공을 사용한다면 한 줌의 핏물로 화하리라. 이곳은 극기와 인내심, 그리고 진정한 마제(魔弟)로서의 자질을 시험하는 곳이다. 명심하라!

그것을 본 철비룡은 마음을 다시 먹었다.

'이건 또 무슨 말인가? 내공을 사용한다면 핏물로 화하다니. 무인인 이상 어떤 어려움에 닥쳤을 땐 반사적으로 내력을 이용하는 법인데, 진정으로 그렇다면 앞으로의 길도 쉽지는 않을 것 같다.'

그는 무의식 중에 발걸음을 옮기고 있었다.

그가 양 눈에 초점을 찾았을 때는 팻말은 사라지고 새로운 광경이 눈앞에 펼쳐져 있었다.

'헉, 이건……!'

지금 그의 눈앞에 춘화도로 얼룩진 석실이 보였다. 석실 안은 춘화도로 가득 차 있었다.

그것을 접한 철비룡의 안색이 순식간에 시뻘겋게 변했다.

그가 듣도 보도 못한 음란스럽고 음탕한 갖가지 형태의 춘화도(春花圖)였다.

바로 그 순간이었다.

갑자기 춘화도의 여인들이 꿈틀거리더니 철비룡에게 안기는 것이 아닌가!

"호호호…… 아우님! 어서와요! 기다리고 있었어요."

"흐응……, 안아주세요."

철비룡은 이 해괴한 광경에 질겁했다. 상기된 표정으로 어깨를 들썩이며 급히 뒤로 물러나 방어 자세를 취했다.

그런데 바로 그의 뒤에 또 다른 여인이 그의 전신을 감싸며 안는 것이 아닌가?

"아우님, 제가 어때요? 난 다른 여인들과는 다르답니다."

"누…… 누구요?"

철비룡은 고함을 지르며 재빨리 뒤를 돌아다 보았다.

"으악!"

철비룡의 입에서 다시 비명이 터져 나왔다.

"호호호……!"

한 전라의 여인, 미색이 자자한 얼굴과 요염하리만치 새하얀 엉덩이를 흔들며 비림을 더듬는 기묘한 자세로 그의 눈앞에 서 있었다.

"호호호! 왜 그리 놀라시는 거죠?"

여인은 젖가슴을 더듬으며 유혹적인 자태를 취했다. 도색적인 미소를 뿌리던 그녀는 오른손으로 검은 숲을 교묘히 비틀며 철비룡에게 다가왔다.

"으, 으…… 비, 비켜랏!"

철비룡은 여인을 밀쳤다.

"으윽……!"

그 순간 여인을 밀던 철비룡이 고통의 신음을 흘리며 그 자리에 주저앉아 버리는 것이 아닌가?

장심(掌心)!

그의 장심에 깊숙이 자상이 새겨져 있었고, 그 자상에서 피가 줄줄 흘러내리고 있었다.

'극(極)이라. 바로 검인지로(劍忍之路)였다니. 여인 하나하나가 모두 검극(劍極)이로구나. 이것은 요(妖)와 극(克)의 시험이 분명해.'

그렇다. 여인의 그림과 환상들은 모두 검극이었다.

만약 이 여인들의 몸에 한 치의 손이라도 닿는다면 그만큼 피를 뿌려야 할 것이다.

만약 조금이라도 음란한 마음이 일어 여인을 품는다면 품는 순간 그의 전신은 검극에 난자당해 다시 못 돌아올 곳, 십팔 층 지옥으로 떨어질 것이 분명했다.

"호호호, 이리와요."

"아이……, 안아 주세요."

갈수록 사방에서 벌거벗은 나녀들이 그를 감싸오는 것이었다.

'아아, 가슴이 뜨겁다.'

철비룡은 더이상 보지 않으려 고개를 이리저리 돌려보았지만 그의 눈에 들어오는 것은 매혹적인 여인들의 자태와 도색적인 자세들이었다.

나녀들의 비림이 확대되며 그의 전신을 여인들이 감싸듯이 하자 그의 가슴 속에서 원시적인 욕망이 무섭게 타오르고 있었다.

그는 자신도 모르게 괴이한 사법에 현혹되어 버린 것이다. 그것은 그가 정신력이 약해서가 아니라 너무도 가공스러워 아직 어린 그가 이겨낼 성질의 것이 아니었다.

- 환희욕망무(歡喜慾望舞) -

이것은 이미 오백이십 년 전 소멸된 환희교(歡喜敎)의 비전사법(秘傳邪法)이다.

일단 환희욕망무에 빠져들면 형체도 없는 환상의 여인들과 끝없는 교합을 하게 된다. 그리하여 마침내 정력이 고갈되어 전신이 말라비틀어져 가루가 되어 죽는 끔찍한 유혹이 바로 이 환희욕망무였다. 죽는 그 순간까지도 자신이 사법에 걸려든 줄 모르게 만드는 것이었으며, 한번 걸려들면 그 누구도 빠져나올 수 없었다.

철비룡은 가슴 깊숙이에서 끓어오르는 자신도 모르는 욕망에 두 눈이 시뻘겋게 충혈되었다.

그리고 그 뜨거운 기운을 견디지 못하고 엄청난 기세로 한 명의 전라의 미녀에게 달려들었다.

"크윽!"

그의 입에서 더할 수 없이 고통스러운 음성이 터져 나왔고, 달려들 때보다 더욱 무서운 속도로 튕겨 나오며 뒹굴었다.

'이렇게 되면 살아날 수 없다. 참아야 해.'

마음은 굴뚝 같았지만 도저히 자신의 몸을 절제할 수 없었다. 튕겨 나온 철비룡은 더이상 움직이지 않기 위해 부르르 떨며 그 자리에 못이 박힌 듯 앉았다.

그때 그의 가슴에서는 폭포 같은 피가 흘러내리고 있었다. 한 번의 실수가 그의 가슴에 치명적인 상처를 만들어 내었다.

어느새 철비룡의 전신은 땀으로 목욕을 하고 있었다. 그러나 그 순간에도 수많은 매혹적인 나체 여인들이 그를 둘러싸고 교성을 터뜨리며 옥수를 내밀었다.

"으억!"

철비룡은 또다시 비명을 지를 수밖에 없었다.

달려든 또 하나의 여인이 그를 껴안았을 때 이미 그녀가 껴안은 부분은 검극에 의해 갈라져 버렸다.

생각하고 말고 할 시간적 여유가 없었다.

철비룡은 모든 것을 포기하고 주저앉아 버리고 싶었다. 달려들어 마음껏 몸을 내던지고 싶었다.

하지만 전신을 태워버리던 화관과 전신을 얼려버리던 빙관까지도 돌파한 그가 이깟 시시한 욕망의 대법에서 무너져서는 안 된다는 생각에 이를 악물었다.

한 명의 여인을 가까스로 피한 그는 전면을 바라보았다.

그러나 동굴 속에는 너울거리는 나체의 여인들만이 가득할 뿐 끝이 어디인지 도무지 보이지도 짐작되지도 않았다.

"이러다가는 정혈이 고갈되어 죽고 말리라."

철비룡은 낮게 중얼거리며 즉시 일보를 내딛었다.

"지나가야 한다!"

철비룡은 크게 심호흡을 하며 앞으로 나아가기 시작했다.

"어서 오시와요. 도련님, 기다리고 있었나이다."

"호호호! 이제야 마음을 돌리셨군요."

그가 한 걸음 내디딜 때마다 새로운 나녀들이 나타나 그의 몸을 감싸며 달려들었다.

그것을 피하는 것은 무공을 사용할 수 없는 이곳에서 죽음을 불사할 수밖에 없는 모험과도 같았다.

또다시 철비룡은 참담한 비명을 내지르며 그 자리에서 나뒹굴었다. 바닥에서 솟아오른 여인이 그의 허벅지를 감싸 안았고 그와 동시 여인의 손이 닿은 그의 허벅지는 순식간에 핏물이 번져갔다.

철비룡은 그대로 주저앉아 버리고 싶었다.

그러나 그것은 죽음의 길과 삶의 길이 교차되는 곳이기에 다시 일어설 수밖에 없었다.

생사일로(生死一路)!

"으……, 오히려 잘 되었다."

그의 허벅지에 전해진 통증은 그의 감각을 되살려 어느 정도 제정신을 되찾게 해주었다. 몽롱했던 기분이 조금씩 가시는 느낌을 받았다.

한 걸음, 또 한 걸음…….

그렇게 얼마나 지났을까?

"으……!"

백 장여 정도밖에 지나지 못했건만 그의 다리는 후들후들 떨리며 요동을 치고 있었다. 피와 뒤섞인 땀방울은 바닥으로 뚝뚝 떨어져 내렸고 발바닥에 흥건히 고였다.

손가락 하나만 잘못 움직여도 전신에 피의 고랑을 새길 판이었으니, 그는 최선의 노력을 다했다.

그 고통과 유혹 속에서도 철비룡은 일 보, 일 보 전진해 나

갔다. 그가 아무런 행동 없이 그저 나아가기만 하자 나녀들은
더욱 극성맞게 그의 전면을 막아섰다.

또한 하는 짓거리도 점점 해괴망측하게 변해갔으며, 눈을
감을 수가 없는 지경에 이르렀다.

"호호호, 아우님! 난 당신을 기다리고 있었어요."

"아흑, 아아……. 어서 날 가져가세요."

"헉헉헉…… 어서…… 나를…… 나를!"

철비룡에게 들려오는 소리와 눈에 비치는 여인들의 모습은
차라리 광란에 가까운 자태였다.

전신에 매미 날개 같은 마의를 입고 그에게 안겨 오는 향
기로운 여인네들, 자신의 비소를 열고 유혹하는 여인, 자신
의 가슴을 마치 떡 주무르듯 주무르며 그에게 안겨오는 여인
들…….

더이상 참을 수 없는 욕망의 샘이 눈앞에 펼쳐져 있었다.
그러나 철비룡은 정신을 가다듬으며 앞으로 앞으로 전진해갔
다.

'이런, 너무들 하는구나! 하지만 난…… 나는 정신을 차려
야 한다! 여인들의 유혹에 빠지면 이곳에 뼈를 묻을 수밖에
없어.'

하지만 그 마음과 달리 철비룡의 정신은 가물가물해지고
있었다. 지나친 심력의 소모는 지금 그의 정신을 빈사 상태로

까지 몰아가고 있었으며, 이것은 환희와 욕망의 또 다른 무서운 위력이라고 할 수 있었다.

이는 내공의 고하나 체력의 강약 이전의 원초적인 심력의 문제였다.

다시 철비룡은 아랫입술을 피가 나도록 깨물어 씹었다. 핏물이 그의 목을 타고 흘러내렸다. 그렇게 정신을 돋우며 미친 듯 달려드는 나녀들의 숲을 피하여 이백여 장을 전진해 나갔다.

강호의 어떠한 일류고수라고 할지라도 약간의 색심만 품는다면 이 천하의 어떤 여인들보다도 매혹적인 나녀들 앞에서는 몇 번이고 고슴도치가 되거나 심력이 고갈되어 절명하고 말았을 것이다.

그만큼 철비룡의 심력은 대단한 것이었지만, 그가 너무 나이가 어려 여자 경험이 없었던 것도 도움이 되었다.

또한 내력을 사용해 강기를 펼친다면 쉽게 처리해 버릴 듯 보였지만, 만약 그가 내공을 발휘하여 이곳을 지나치려 했다면 춘화도로 위장한 검극이 일제히 달려들어 그의 전신을 난도질해 버렸을 것이다.

이를 어느 정도 짐작하고 있던 철비룡은 그 어떤 기운도 돋우지 않았다.

그때였다.

"호호호호……, 공자! 이 아름답고 앙증맞은 소녀의 육체가 탐나지 않으신가요?"

갑자기 그의 앞에 아리따운 미녀가 솟아오르며 희디흰 엉덩이를 좌우로 흔들며 그에게 빠르고 절륜한 몸놀림으로 달려들었다. 그 여인의 향내가 철비룡의 코를 파고들자 그 원초적인 감정이 폭발할 지경에 이르렀다.

"괘씸한! 감히 사내대장부의 심력을 혼란스럽게 만들다니. 썩 꺼져라!"

찰싹! 그의 손이 허공에서 바람 소리를 일으키며 나체로 몸을 흔들고 다가오는 여인의 뺨을 후려쳤다.

너무도 경쾌한 격타음이 그의 손에서 울려 퍼졌다.

그러나 격타음과 동시에 튄 것은 떨어져나간 자신의 살점이었다.

철비룡은 그 쓰라린 아픔에 고개를 저었다. 잠시 정신이 혼미해진 그가 이성을 잃고 환상의 나녀를 후려쳤기 때문이었다. 그의 손에서 또다시 피가 흘렀고, 그것은 너무도 많은 양이었다.

"으…… 오히려 잘된 일, 잘된 일이다."

그는 나름대로 좋게 해석하며, 천근만근으로 무거워진 발걸음을 옮겨나갔다.

철비룡은 이를 악물었다. 지독하게 파고든 고통이 다시 혼미해진 그의 정신을 순간적으로 맑게 해주었다.

쓰라린 아픔을 느끼며 자신의 찢어진 우수를 내려다본 순간 하나의 생각이 그의 뇌리를 스쳤다.

'내가 이 무슨 추태란 말인가? 한낱 유혹에 빠져 이곳에서 허우적거리는 꼴이라니! 더이상 나아갈 순 없다. 걸음을 옮길수록 유혹은 증폭될 수밖에 없어.'

그는 그 자리에 단좌한 채 무겁게 눈을 내리감았다.

"아유유인(我由有引), 기문봉혈(奇門奉血), 타하미락(他河美樂), 유아독존(唯我獨尊), 태양개혈(太陽開血), 대하소맥(大河少脈)!"

그의 입에서 천붕지결 구결이 흘러나오기 시작했다. 그러자…….

우르릉! 스스~ 스스슥!

그의 전신을 감싸며 달려들던 나녀들이 봄눈 녹듯이 사그라드는 것이 아닌가?

동시에 벽의 사면에 그려진 춘화도들이 퇴색한 채 빛을 잃더니 급기야는 조각조각 부서지며 먼지가 되어 흩어져 버렸다.

"후우~!"

철비룡은 그제야 큰 숨을 토해 내며 눈을 떴다.

"아……, 조금만 더 심기가 흔들렸어도 이곳에서 뼈를 묻을 뻔했다. 잘못했다면 영원히 이곳에서 빠져나갈 수 없었을 것이다.”

중얼거리던 철비룡이 입을 다물었다. 더불어 그의 동공은 아연실색으로 굳어져 크게 흔들리며 경악의 표정과 신음을 대신했다.

그것은 그의 전면에 펼쳐진 정경 때문이었다.

희미한 야명주가 천장에 일정한 간격으로 박혀 희미한 빛이 끝없이 이어진 동굴의 모든 것을 밝혀주고 있었다.

석벽의 사방에는 각종 병기가 극을 드러내고 꽂혀 있었다.

검, 도, 극, 창, 륜, 비(匕), 탈(奪)……!

날카로운 병기의 극은 사방 벽과 천장뿐만 아니라 바닥 곳곳에 꽂혀 있었다.

그곳을 지난다면 방심으로 허술한 사이 순간적으로 고슴도치가 되어 황천으로 향할 것 같은 느낌이 철비룡의 머릿속에 심어졌다.

‘저건 또 어떤 관문이란 말인가? 이젠 더이상…….’

끝없이 이어진 동굴은 끝이 보이지 않아 무저갱 같은 착각이 들었다.

“지, 지독하군. 이런 곳이었다니. 내가 이곳까지 왔다는 것이 신기하구나.”

철비룡은 절로 혀를 내둘렀다.

검극의 통로.

이를 지나는 방법은 한 가지밖에 없다.

가장 원시적인 방법으로 한 걸음, 한 걸음 기를 모아 심력으로 가는 것이다. 만약 한 번의 경공술이라도 펼친다면 천장이 무너져내려 압사하고 말 것이다.

"이곳까지 왔는데 더이상 가지 못한다는 것은 어불성설이 아닐 수 없지. 하지만 내겐 휴식이 필요해."

또다시 한숨을 내쉰 철비룡은 여태껏 지탱했던 다리를 무너뜨리며 철퍼덕 드러누워 버렸다. 팔, 다리뿐 아니라 온몸이 후들거렸다. 온몸에 경련이 일어났다.

'마음이 풀어져 몸이 이겨내질 못하는구나. 안 되겠다. 계속 나아가야 해.'

철비룡은 잠시 나태해졌던 자신을 질책하며 전신의 힘을 모조리 짜내어 몸을 일으켰다. 그리고 깊은 숨을 들이쉬고 앞으로 나아가기 시작했다.

지나친 심력의 소비로 인해 몸에 약간의 경련이 일긴 했지만 그의 정신력을 무너뜨릴 정도는 아니었다. 여태껏 그 엄청난 유혹과 고통 속에서도 꿋꿋하게 버텨낸 자신이 아닌가?

철비룡은 힘을 내어 가면 갈수록 정신이 또렷해지는 느낌을 받았다.

'나태해져선 완전히 무너져버린다. 빨리 빠져나가야 해.'

춘화도의 허상으로 인해 곳곳에 상처를 입었다고는 하나 춘화도가 소멸된 이상 허상이 아닌 진상(眞像)을 상대하는 그는 마음이 편했다.

검극으로 이루어진 길은 기이한 형태를 하고 있었다.

길이 아니라 동굴이 그렇게 만들어져 있다고 해야겠지만 아무튼 기이한 형태였다.

삼재(三才), 오행(五行), 구궁(九宮)…….

갖가지 병기가 꼬친 형태의 틈새로 나타난 길은 기이하게도 천지간의 모든 생성물을 주축으로 한 기이한 형태였다.

앞으로 나아갔다가 뒤로 빠지고, 좌로 갔다가 앞으로 가고, 우에서 뒤로 그리고……,

철비룡은 회심의 미소를 지었다.

'그렇다! 이건 보법이나 경신술이 틀림없어. 이것을 익히고 이곳에 내공과 내력을 가미시키면 천하에 둘도 없는 보법이 이루어질 것이다.'

철비룡의 이마에 땀이 솟았다.

그러나 그의 눈가에는 기광과 지혜의 빛이 흐르고 있었다.

점차 철비룡의 걸음이 빨라지기 시작했다.

이미 수천 종의 무학원류를 알고 있는 그였기에 내력을 시전하지 않았다 하더라도 보법이라고 판단한 이상 걸음이 빨라질 수밖에 없었다.

정신을 바짝 차린 그에게 한 치의 오차도 있을 수 없었다.

검극으로 이루어진 동굴은 그의 지혜를 추측이라도 하는 듯 수만 가지의 보법으로 이루어져 있어 그에게는 더없이 좋은 무공 수련이 되어주었다.

불과 종이 한 장의 틈이라도 철비룡은 미꾸라지처럼 빠져나가고 있었다. 모든 형태의 보법이 그의 머리에 각인되고 있었으니, 그 기억력도 대단했다.

마침내 철비룡은 모든 것을 통과했고, 과다한 심력의 소모로 인해 쓰러질 듯 휘청거렸다.

어느덧 그는 일천여 장의 검극에서 탈출한 것이다.

"정말…… 힘들었다."

철비룡은 그대로 주저앉고 싶었지만 그렇게 한다면 또다시 몸을 일으킬 수 없다는 생각이 들었다.

오연한 자세로 선 그는 전면을 바라보았다.

그의 앞에는 또 다른 문이 버티고 서 있었다.

이번에 나타난 문은 보석 문이 아닌 검은 묵옥석(墨玉石)으로 이루어진 문으로 어떤 보광도 비치진 않았지만, 그 육중한 느낌은 또 다른 압박감으로 다가왔다.

'흥! 이젠 그 어떤 것도 상관없다. 온몸을 던져서라도 빠져나가리라.'

여태까지의 고생을 생각하자 철비룡은 어떤 것도 참아 낼 수 있으리라는 마음에 생각을 굳혔다.

그는 조금의 의구심도 가지지 않은 채 석문 앞으로 다가서며 나직하게 중얼거렸다.

"이번에는 또 어떤 장치가 되어 있는가? 오라! 모두 돌파해 주겠다."

문은 전과 같이 순순히 열렸다.

끼~ 익! 하는 소리와 더불어 둔탁한 마찰음이 들리며 문이 열렸고, 철비룡은 망설임 없이 안으로 들어갔다.

뒤에서 문이 닫히는 소리도 듣지 못한 듯 철비룡은 의아한 눈빛으로 계속 전면을 쳐다보았다.

"……."

그곳은 철비룡이 지나온 세 곳과는 분위기가 전혀 색다른 곳이었다.

광장(廣場)!

거대한 광장이 있었다.

그리고 광장의 천장은 호로병의 형태를 하고 있는 듯 상면(上面)이 보였으며, 상면은 파란 물이 출렁거리고 있어 이곳이 물밑이라는 것을 알 수 있었다.

그러나 물은 광장으로 쏟아져 내리지 않고 있어 기묘한 냄새가 풍겼다.

실로 괴이한 곳이었다.

그런데 철비룡을 놀라게 한 것은 분지 내에 커다란 궁전이 세워져 있다는 것이다.

그것도 하나가 아닌 휘황찬란한 두 개의 백색궁(白色宮).

황금과 보화로 이루어진 궁과 다만 석벽을 깎아 만든 듯해 보이는 기이한 백색궁들.

"와아! 이런 곳에 궁전이 있다니……."

철비룡은 멋진 광경에 감탄사를 터뜨리며 여기저기를 쳐다보았다. 주위로는 궁전에서 흘러나온 듯한 자하(紫霞)가 소용돌이치고 있었다.

제9장

대도비궁(大盜秘宮)

마정궁(魔正宮)

두 개의 궁(宮).

두 개의 궁은 두 개의 갈림길로 통해 있었고, 적어도 수천 장에 달할만한 분지 속에 자리 잡고 있었다.

그 거대하고 장엄한 두 개의 궁을 바라보고 있던 철비룡. 이내 마음을 굳힌 듯 이지적인 눈빛을 띠고 천천히 거대한 궁으로 다가갔다.

다가갈수록 궁의 모습은 웅장하고 화려함의 도를 지나쳐 경이로울 정도였다.

갈림길에 이르렀을 때 철비룡은 두 개의 팻말이 세워져 있는 것을 보았다.

― 대도비궁(大盜秘宮) ―

– 마정궁(魔正宮) –

"헉! 이럴 수가! 이곳이 대도비궁으로 이어지는 길이었다니……. 그렇다면 나는 용권풍에 의해 이곳까지 밀려왔단 말인가? 이것이 사실이라면 이곳은 천간뇌옥의 아래가 분명하다."

그는 믿을 수 없다는 듯 다시 눈을 비비고 쳐다보았다. 하지만 확실히 대도비궁이라 적혀 있었다.

이곳은 천간뇌옥의 지하로 호수 아래에 있음이 분명하며, 아까 광장의 위로 보이던 푸른 물빛은 호수의 물이 분명하다.

"그런데, 마정궁이라니……, 처음 듣는 명칭이로군. 저것은 무엇을 뜻하는 것일까?"

대도비궁은 이미 무림의 전설로 그 누구나 아는 이름이었지만 마정궁은 처음 들어본 것이 아닌가?

마정궁(魔正宮).

일명 마교라고 불리는 단체.

태초에 무림이 탄생될 때 두 가지의 기류로 갈라졌으니, 정이라고 불리는 정천(正天)과 마로 지칭되는 마교였다.

이미 삼천 년이 지난 과거의 일이었다.

정천은 이미 중원 정파 속으로 스며들어 중원무림의 골격을 이루었지만 마교는 이미 천여 년 전에 소멸되었다고 알려졌다.

다만 대도비궁과 함께 이대 흑백지비로 마교란 이름이 알려지고 있을뿐이다.

마정궁이란 이름.

철비룡은 모르고 있었지만 마정궁은 사라졌다고 알려진 마교의 모든 진산지보가 숨겨져 있는 곳이었으며, 마교의 모든 절기가 숨겨진 진산보고였다.

사실 그 누구도 마교가 소멸되었다고 알고 있지만, 마교의 맥은 중원 곳곳에 면면히 흐르고 있었다.

다만 마교가 두 개의 파로 갈라졌으며, 그중 마중정(魔中正)을 추구하던 마정궁은 완전히 소멸되었다고 알려져 왔다. 당금 무림에 뿌리를 내리고 있는 마도의 세력은 마정궁에서 갈라져 나간 반도 세력으로써 그들은 마중마(魔中魔)를 추구하는 철저히 패도적이고 마도적인 세력이었다.

"대도비궁이 이곳에 있었다니……, 고생 끝에 낙이라더니 그 말이 맞는 말이구나!"

철비룡은 감격하여 부르짖었다.

너무도 기뻐 주저앉아 울어버리고 싶을 정도였다.

대도비궁!

중원에 그 소문만이 자자한 중원의 대도(大盜)! 바로 그 대도비궁이란 말인가? 전설로만 신비지사로만 전해지며 영원한 수수께끼의 그림자만 뿌려내었던, 제일비(第一秘) 대도지비가 바로 이곳이란 말인가?

"하하하하!"

철비룡은 여태까지의 고통은 완전히 잊은 듯 큰 소리로 웃어댔다. 더이상 웃지 않고는 못 배길 마음이었다.

"이제 이곳까지 왔다. 이제 난 전설을 깨뜨려버리고 유아독존하는 것이다! 대도비궁! 그 이름만 들어도 천하의 사람들은 벌벌 떨겠지."

희색을 짓던 철비룡은 중얼거리며 오색의 운무로 가려진 환상의 궁으로 다가갔다.

궁전으로 이어지는 길에는 오색 찬란한 보옥들이 즐비하게 이어져 각각의 아름다운 형태를 유지하고 있었으며, 양옆에 세워진 각각의 영화(永花), 기초(奇草)들은 그가 인세에서 꿈에도 생각지 못했던 천고의 기약들이었다.

다가갈수록 놀랍고 신기로운 것들만 보이는 터라 철비룡은 벌려진 입을 다물지 못했다.

철비룡은 이리저리 둘러보며 궁문에 다가섰다.

궁에 다다랐을 때 궁문 위에는 약 오 장 정도 길이로 된 금색 편액이 걸려있었다.

－ 대도비궁(大盜秘宮) －

"확실히 대도비궁이 맞구나. 여하튼 들어가 보자."

들뜬 철비룡은 궁문을 힘껏 밀었다.

끼~ 이~ 익!

궁문은 철비룡이 생각한 것보다 너무 쉽게 열렸다.

바로 그의 눈에 비친 것은 한눈에 들어오지 않을 정도로 넓은 대전이었다. 적어도 백 장 넓이는 되리라.

그는 어떠한 기운을 느낄 수 있었다. 뭔가 장엄하다고 표현해야 할 것 같은 압도적인 기운.

대전의 중앙.

그곳에는 일 장 높이의 옥좌가 놓여 있었으며, 옥좌 전면에는 거대한 체의 글자가 화려한 과두문으로 새겨져 있었다.

도(盜).

'도라는 글자, 그것이 진정으로 뜻하는 것은 무엇인가?'

커다랗게 씌여진 글자를 쳐다보던 철비룡은 시선을 돌려 옥좌를 바라보았다.

거대한 옥좌의 위에는 한 명의 청수한 중년인이 가부좌를 틀고 앉아 있었다.

금광이 번뜩이는 고색창연한 보갑을 걸치고 두 눈을 감고 있는 중년인의 자태. 바로 그 모습에서 흐르는 장엄하고 엄숙한 분위기로 말미암아 석실 전체가 엄숙하고 숭고한 분위기에 잠겨 있었다.

철비룡은 자신이 선인의 침거지에 들게 된 것을 알고 황급하게 대례(大禮)했다.

"선인의 선거(仙居)에 난입한 죄를 용서하시오소서."

그러나 한동안의 시간이 지났음에도 중년인은 추호의 반응도 보이지 않고 있었다.

"왜 대답이 없으신 것인가?"

철비룡은 고개를 갸웃했다.

그리고 유심히 선풍도골의 중년인을 살피던 철비룡은 나직한 탄성을 터뜨렸다.

"돌아가셨단…… 말인가!"

철비룡의 두 눈이 휘둥그레졌다.

"돌아가신 분의 모습이 마치 살아 있는 듯하다니, 또한 이 장엄한 신위는……."

그때 철비룡의 눈에 일 장이나 되는 옥좌에 이르는 조그마한 계단이 눈에 띄었다.

"그래 저곳으로 올라가 자세히 보아야겠구나."

철비룡은 걸음을 옮겨 계단을 올라 옥좌 바로 앞으로 다가섰다. 중년인의 앞에 선 철비룡은 잠시 후 중년인의 모습을 자세히 살필 수 있었으며, 중년인 앞에 기다란 보따리와 하나의 옥함이 있는 것을 발견하였다.

기다란 보따리는 삼 척 길이였으며, 보따리는 수천 년이 지난 듯 고색창연하고 퇴락한 빛을 띠고 있었다.

옥함은 맑은 청옥의 빛을 띠고 있었으며, 값을 따질 수 없을만큼 고귀해 보였다.

철비룡은 조심스럽게 다가갔다.

"무엇이 들었단 말인가?"

철비룡은 조심스럽게 다가가 고색창연한 보자기에 싸인 것을 집어 들고, 망설이지 않고 보자기를 풀었다.

"검이로군."

그가 푼 보자기 속에는 도갑(刀甲)이 있었으며, 도갑의 겉면에는 곧 승천할 것 같은 용의 조각이 현묘하게 양각되어 있었다.

"멋있는 도로구나. 적어도 수천 년은 지난 보도임이 틀림없다."

챙!

그가 도갑 속에 담긴 도를 잡아당겼을 때 도는 휘황한 빛을 발하며 그 몸체를 드러내었다.

자세히 살피던 철비룡은 고개를 끄덕였다.

"대단하다. 천 년의 보도가 분명해."

철비룡은 도신을 쳐다보며 도저히 믿기지 않는다는 듯한 감탄성을 흘려냈다.

그 도는 너무도 무거워 그의 힘으로는 도저히 들 수 있는 무게가 아니었다.

칼은 거무튀튀한 색을 띠고 있었으며, 은은한 묵광이 흐르고 있어 절륜의 지혜를 소유한 그도 어떠한 쇠로 만들어졌는지 판단할 수 없었다.

"만년오금철(萬年烏金鐵)에 현린묵석(玄鱗墨石)을 첨가한 것 같기도 하고……, 현철에 청황경동(靑黃競銅)을 섞은 것 같기도 한데……. 음! 도저히 판단할 수가 없군."

보기(寶氣)가 흐르고 있었으나 철비룡은 그것이 어떠한 위력을 지녔는지, 또한 무엇을 나타내고 있는지는 알아낼 수 없었다.

"묵린도(墨鱗刀)……."

도신을 한참 동안 들여다보던 철비룡이 나직이 중얼거렸다. 도신의 중앙엔 전자체의 우아한 글씨로 묵린도(墨鱗刀)라 깊이 각인되어 있었다.

"어떤 것인지 잘은 모르겠지만 나에게 친구가 생긴 셈이로군. 아무튼 좋아."

철비룡은 도를 놓으며 기쁜 표정을 지었다.

이윽고 그의 눈에 옥좌에 놓인 옥함으로 눈이 향했다.

"무엇이 들었을까?"

철비룡은 호기심을 이기지 못하고 옥함을 잡아당겨 조심스럽게 뚜껑을 열었다.

스르르…….

마치 기다리기라도 했다는 듯 철비룡의 손이 스치자 옥함은 저절로 열렸다.

청옥(靑玉)으로 만들어진 옥함 속에는 철비룡의 호기심을 만족시켜 줄 만한 것은 없었지만, 두 권의 양피지 책자가 나란히 놓여 있었다.

철비룡은 고개를 갸웃하고 손을 내밀어 양피지 책자를 집어 들었다.

누렇게 빛바랜 양피지의 전면에는 희미하나마 네 글자의 글씨가 새겨져 있었다.

'대도비경(大盜秘經)이라…….'

철비룡은 의아한 눈빛을 굴리며 옥함 속의 양피지 책자를 꺼내 들었다.

두 권의 양피지 책자는 각기 대도비경의 상하 두 권이었다.

양피지 책자는 너무도 낡아 조금만 세게 쥐거나 바람만 세게 불어도 그대로 화르륵! 하고 먼지로 화해 날아가 버릴 것 같은 형색이었다.

그것으로 보아 그가 쥐고 있는 양피지 책자는 옥함 속에서 수천 년의 긴 잠을 자고 있었음을 알 수 있었다.

철비룡은 서서히 책장을 넘기기 시작했다.

"으와, 정말 대단하군."

양피지 책자에는 깨알 같은 글씨가 촘촘하게 쓰여 한 장에 적어도 수백 자의 글씨가 쓰여 있는 것 같이 보였다.

철비룡은 조심스럽게 글자를 읽어 내려갔다.

– 우선 연자가 이 글을 읽게 됨을 기뻐하는 바이다. 만약 그대가 본신(本身)을 보고도 불경했다면 그대가 아무리 무공이 고강했더라도 능지처참을 면치 못했으리라. –

철비룡은 안도의 신음을 흘렸다.
"휴……! 조금이라도 불손했더라면 영원히 태양을 볼 수 없었으리라."
철비룡은 다시 대도비경의 글씨를 읽어 내려갔다.

–나는 대도신군(大盜神君)이라 불리는 사람이다. 이 글을 읽는 인연이 닿는 자에게 여기 있는 대도비궁과 대도령(大盜슈)이 담긴 묵린도를 줄 테니 유용하게 사용하길 바란다. –

철비룡은 가슴이 두근거리는 것을 느낄 수 있었다.
"대도신군……, 이분이 바로 전설 속의 대도신군이란 말인가?"
철비룡은 다시 자세를 엄숙히 하여 선풍도골의 중년인을 우러러보았다. 말로만 듣던 대도신군이 비록 미이라 같은 시신이라 할지라도 자신 앞에 있는 것을 느끼자 철비룡은 존경의 표정을 감추지 못하고 한참을 그대로 있었다.

대도신군(大盜神君).

고금 제일의 신비인.

그가 활동하던 시대가 정확하지 않는 것은 이미 그의 신비로운 전설들의 일부분이었다.

혹자는 그가 삼국시대의 인물이라고도 했으며, 혹자는 진대(秦代)의 인물이라고 말을 하기도 한다.

그러나 그가 활동하던 시대는 정확히 알려지지 않았다.

그래서 강호인들은 그를 더욱 신비스럽고 경외로운 전설로 만들어 냈으며, 시간이 흐를수록 구구한 억측이 그를 감싸고 돌았다.

그러나 천하는 앞으로 천 년이 흘러도, 이천 년이 흘러도 그를 기억할 것이 분명하며, 잊혀질 수 없는 기이한 신비함을 갖고 있는 인물이 바로 그였다.

여태까지 그의 존재가 중원 전역에 퍼져 있던 것처럼……. 그가 수천 년이 지나도 천하인이 잊지 않을 이유가 있으니…….

고금 신비인(古今神秘人).

고금 제일부(古今第一富).

고금 무적수(古今無敵手).

그는 이렇듯 다른 명칭으로 불리며 하늘의 태양과 같이 빛나는 존재였다.

그의 재산은 이미 중원을 수백 번 사고 남으며, 천하를 수십 번 사고도 남음이 있다고 전해진다.

그의 무공은 천하무학의 한 기원이 된다고 전해지고 있으며, 그의 신비한 행적과 비견될 수 있도록 그에게는 십만여 종의 영약과 수만 종의 신병(神兵), 그리고 그를 따르는 전설 같은 초절정의 고수가 있었다고 한다.

그러나 그의 실체와 대도비궁, 그리고 그의 고수들을 보았다는 이야기는 어디에도 없다. 그래서 더더욱 사람들의 의구심과 호기심을 자극했고, 대도비궁의 존재는 하늘과 같은 존재로 사람들 뇌리속에 자리 잡았다.

그 모든 것을 하나의 궁에 소장했다고 하니 그것이 바로 대도비궁이다.

그 전설의 장본인인 대도신군을 눈앞에 대면한 철비룡의 가슴은 울렁일 수밖에 없으며 한없이 숙연해질 수밖에 없었다.

비록 자신이 대도신군의 전설을 따라 천간뇌옥으로 향하고 있었지만 말이다.

철비룡은 낡은 양피지를 읽다 말고 오랫동안 대도신군을 바라보았다.

"천행이다. 죽지 않고 이분을 뵈올 수 있음은……."

철비룡은 다시 고개를 숙여 자신의 손에 들려있는 책자를 넘기며, 깨알보다도 더욱 작게 쓰인 글씨를 읽어 내려가기 시작했다.

철비룡은 글씨 속에 깊이 심취해 들어갔다.

- 본군은 인연이 닿는 그대에게 나의 모든 무상권위를 물려 줄터 인즉, 유심히 살펴보아야 한다. 본군의 위업을 받아 대도비궁의 맥을 잇기 위해선 삼천 년에 이르는 시공을 초월한 무공과 본궁의 삼천 년 시공을 제대로 알아야 하느니라. -

'삼천 년……. 내가 삼천 년 후에 온다는 사실을 알고 있었다는 말인가? 어찌 인간의 능력으로 삼천 년 후의 천기를 읽을 수 있다는 말인가?'

철비룡은 의구심이 일었지만 일단 잡생각은 접어두고 묵묵히 양피지 책자를 읽어 내려가기 시작했다.

- 태초에 두 개의 무림이 있었으니, 이 커다란 두 세력은 정천과 마교라고 불리었다. 정천은 태무신군(太武神君)에 의해 주도되었으며, 마교는 마정궁에 의해서 주도 되었는데, 양측의 균형이 잘 어우러져 처음에는 무림에 평화가 유지되었다. 바로 태무신군과 마정궁주의 힘이 서로 비등하여 서로를 견제만 할뿐 직접적인 공세에 나오진 않았기 때문이다. -

철비룡은 짐짓 놀랐는지 얼굴에 가벼운 경련이 스쳐지나갔
다.

"태무신군이라면 현 무림에서도 신으로 추앙받는 정도의
절대적 존재가 아닌가?"

태무신군은 정도에서 태초 무림의 전설을 토대로 하여 정
도의 신이라고 추앙받고 있는 인물이었으며, 중원의 정도 무
림은 거역자 하나 없이 그 절대적 존재를 몸과 마음으로 따르
고 있었다.

그 이름이 대도신군의 입에서 거론되고 있는 것이 아닌가?

─ 그러나 태무신군과 마정궁주는 너무도 자존심이 강하고
서로에 대한 의식이 강했기에 시간이 지날수록 그 균형은 더
큰 피바람을 불러 일으켰다. 장시간의 침묵. 그것은 피로써
이루어진 평화였기에 실제로는 강호에 피가 마를 날이 없었
다.

태무신군은 정도를 지켜나가는 군자였고, 마정궁주는 마
중정을 추구하는 어느 정도 의식 있는 자였기에, 중원은 양대
세력의 대립으로 어지러운 가운데에서도 평화를, 커다란 분
쟁 없이 잔잔한 평화를 유지할 수 있었다.

그러나 문제는 그것에 있지 않았다……. 중략…….

태무신군에게는 두 명의 제자가 있었으니 유정존(維正尊), 유룡존(維龍尊)이란 별칭으로 불리었으며, 그들은 그들의 사부와 마찬가지로 정도를 추구했다.

마정궁주 이광요에게도 두 명의 제자가 있었으니 만마존(萬魔尊), 마정존(魔正尊)이라고 불리었다.

특이한 것은 태무신군의 제자 중 유정존 함정언은 오로지 맹목적인 정만을 추구하여 마도를 부수려는 아집에 사로잡혀 있었다. 그러나 태무신군의 이 제자 유룡존은 당시 무공에 깊이 빠져있어 주위에선 미치광이 정도로 평가하고 있었지만 확고한 신념이 있어, 정이란 맹목적 단어를 위해 무수한 희생을 강요하는 것을 반대했다.

유룡존은 비록 정도를 표방하고 있었지만 그것만을 수호하기 위해 쓸데없는 살육을 일으켜야 한다는 것은 반대하였다. 허나 주위의 일들은 그의 의지와 상관없이 상대방의 무차별적인 살육으로 이어졌으며, 이에 환멸을 느낀 유룡존은 그것이 싫어 스스로 모습을 감추기에 이르렀다.

그 후로 무림에서 유룡존의 모습을 본 자는 아무도 없었다.

마정궁의 대제자는 만마존이라 불리었으니 그는 가공한 무공수위 뿐만 아니라, 마중마를 추구하는 극단적인 위인이었다.

마정궁의 이 제자는 마정존으로서 그는 마중마를 추구하는 대제자 만마존에 반대하여 마정궁을 떠나고 말았다. 이는 정도와 마도가 아주 비슷했다. 양대 세력의 기둥이 되는 이대 제자 중 그 절반이 주류에 반대해 모두 은거에 들어간 것이다.

…… 중략…….

마정존과 유룡존은 서로 친구가 되어 종파를 초월한 우정을 나눌 수 있었다. 그리고 사막의 한가운데에 은거하기에 이르렀다.

당시 마정존에게는 세 개의 단체와 삼천 명의 수하가 있었으며, 유룡존에게는 두 개의 세력과 오천 명의 절정고수가 있었다. 마정존과 유룡존은 어느 정도의 힘을 모으게 되면서 거대한 궁을 세울 수 있었다. 그러면서 남모르게 힘을 키워온 그들은 삼십 년의 긴 각고 끝에 천기의 흐름을 살필 수 있었다.

그러나 유룡존과 마정존은 경악할 수밖에 없었다.

정을 추구하던 유정존과 마를 추구하던 만마존의 후예들이 힘을 합쳐 천하를 피로 적시며, 천하를 유린 한다는 천기를 읽을 수 있었다.

그것은 정확히 삼천 년 후의 정기였다.

따라서 유룡존과 마정존은 삼천 년 후의 혈겁을 막을 수 있는 준비를 서두르기 시작했다.

자신들이 거느리고 있는 수천 명의 제자들을 전 무림에 내

보내어 자료를 수집했고, 강호에 흐르는 비급, 그리고 기보를 수집하고 영약을 모았다.

그들의 행적이 너무도 신묘하여 무림의 사람들은 그들을 대도(大盜)라고 부르기 시작했다.

유룡존과 마정존은 세력을 키우기 시작하였다.

유룡존은 두 명의 제자, 마정존은 세 명의 제자를 두었는데, 각기 무공 수위가 특출 나고 독특해 있기만 해도 든든한 고수들이었다. 유룡존과 마정존은 이들 중 두 사람을 골라 각자의 진산절기를 익히게 했는데, 이는 바로 그들에게 큰 목적이 있었음을 뜻하는 것이었다.

그들은 유룡존과 마정존의 공동제자였다. 유룡존과 마정존은 그 두 명의 제자를 중원에 내보내어 대도비궁에 얽힌 이야기를 흘리게 하였고, 그것은 곧 중원 각지로 퍼져나가면서 부풀려진 전설로 전해졌다.

유룡존과 마정존은 둘 중 한 명의 공동제자를 특별히 아껴 그들이 지닌 모든 것을 남김없이 전수해 주었는데, 그 전인의 이름이 바로 대도비군이다.

이것이 대도비궁의 시작이다.

…… 중략 …….

그대가 이제 본궁의 진전을 얻고 제 이대 대도비궁의 궁주가 되어 천하를 구하려 한다면 본 군에게 구 배의 예를 취하

라. 모든 것은 차후 알게 될지니 …… 후략 …….

대도신군(大盜神君). -

서체는 이곳에서 끝나 있었다.

"반드시 철비룡은 사부님으로 받들겠습니다. 사부님의 유시에 따라 대도비궁의 힘을 믿고 천하의 평정을 구하겠습니다."

철비룡은 공손한 자세를 취해 좌대에 위치한 대도신군의 유체에 구 배의 예를 올렸다.

그가 아홉 번째 절을 마친 그 순간,

그그긍~ 크르르르르…….

둔탁하면서 경쾌한 충돌음이 울리며 대도비군의 유체가 사라져버렸고, 먼지가 되어 그 자리에서 흩어졌다. 곧이어 그 자리에 또 다른 하나의 옥합이 놓여졌다.

"옥합이 또 나타났다."

그것을 본 철비룡은 망설이지 않고 얼른 다가가 옥합을 주워들었다.

옥합을 주워든 순간 갑자기 지축이 울리며 사방의 벽이 움직였고, 곧바로 여덟 개의 거대한 문이 생겨났다.

'정말 계속 기대하던 일이 벌어지는구나.'

계속되는 시험 관문을 넘어서자 펼쳐지는 기연의 연속.

이 모든 것은 죽을 고비를 넘겼던 철비룡의 얼굴에 웃음을 지우지 않게 했다.

'이곳에 온 보람이 충분히 있었어. 이 안에는 무엇이 들어 있을까? 아마 절세무공이 적힌 양피지겠지?'

거대한 문이 새로 생겨났지만 철비룡은 조금도 개의치 않고 그의 손아귀에 있는 그 옥합을 열어보았다.

"후후, 내 생각과 딱 들어맞는군."

그 안에 든 것은 그의 생각대로 낡디낡은 양피지였다.

그는 책자를 집어 들어 표지를 살펴보았다.

〈비전(秘典)〉

"비전이라, 그럴싸하군."

대도비경과 다를 바 없이 겉 표면이 매우 낡아 글씨가 보일 듯 말 듯한 정도였으며, 책자도 낡아 곧 부서져 내릴 것 같았다.

그러나 철비룡은 아무것도 신경 쓰지 않는 듯 곧바로 책자를 넘겼다.

―내게 구 배의 예를 올린 그대는 이제 대도비궁의 이대 검주가 되었다. 이에 제자가 된 그대에게 대도비궁의 모든 것을 전하려 한다.

본궁에는 팔전(八殿)이 있다.

비보전(秘寶殿), 비병전(秘兵殿), 비기전(秘機殿), 비무전(秘武殿), 비천전(秘天殿), 비존전(秘尊殿)이 있느니라. —

"하하, 사부님. 전설의 대도비궁에 그런 중요한 비전이 없으면 말도 안 되는 것이겠지요. 이 제자 반드시 모든 것을 완전히 익히고 나가겠습니다."

혼잣말을 하던 철비룡은 다시 양피지의 글자에 시선을 두어 집중했다.

— 비보전에는 천하를 몇 번이나 사고도 남을 재보(財寶)가 있으니 그것은 천하의 그것이오.

비약전에는 죽어 시신이 된 자도 얼어붙지만 않았다면 살릴 수 있는 영약이 수만 종 있다.

비무전에는 천하의 각종 무학과 중원 각 대문파의 절기들이 있으니 상고 이래 사라져간 비전들이 모조리 모아진 곳이 바로 이곳이다.

또한 비서전의 광세기서들은 천하의 모든 것을 제대로 볼 수 있게 하는 뛰어난 안목을 갖다 줄 것이며, 비천전에는 하늘의 천기를 살필 수 있는 앞을 내다보는 지혜와 능력을 주리라. —

철비룡의 눈빛이 강렬하게 타올랐다.

"흠, 좋아! 내 눈에 띈 이상 대도비궁은 결코 전설로 끝나지 않을 것이다."

- 팔전의 모든 것을 얻는다 해도 그대는 결코 본 천군을 능가하지 못하리라. 다만 버금갈 수 있을 정도가 될 것이다.

대도비궁의 무학만으로도 현 강호에 그 누구도 상대가 될 이 없겠지만, 삼천 년 후의 일은 어찌 될지 모르는 법. 완벽을 기하기 위해선 마정궁에 들어야 한다.

건너편에 위치한 마정궁의 모든 무공을 익혀 대도비궁의 정수와 마정궁의 정수를 합일시켰을 때, 비로소 본 신군을 능가 할 수가 있을 것이다. -

양피지의 글씨가 그곳에서 끝나 있었다.

눈을 뗀 철비룡의 안면은 가득 어린 호기심과 기대의 흥분으로 넘쳐흐르고 있었다.

"이제 대도비궁의 무공을 익히면 되겠구나."

철비룡은 공경스러운 동작으로 비어 있는 옥좌에 대례를 취하고 서서히 옥대의 계단을 내려왔다.

철비룡은 차분히 사위를 둘러보았다.

자신의 앞에 있는 옥대를 중심으로 둥근 반원형의 석실이

있었는데, 석실의 둘레에는 방금 나타난 여덟 개의 문이 세워
져 있었다.

여덟 개의 문 위에는 각각 편액이 걸려 있었으며, 그 편액
에는 여덟 개 각전의 이름이 나란히 새겨져 있었다.

철비룡은 서서히 걸음을 옮겼다.

첫 번째 홍옥(紅玉)의 문에는 비보전(秘寶殿)이라고 새겨진
편액이 달려 있었다.

"비보전이라……, 천하의 보물이 모두 있다고 하던 그 보물
창고로군. 한 번 들어가 볼까?"

철비룡은 나직이 중얼거리며 문을 밀었다.

문은 쉽게 열렸다.

"우와! 굉장하군."

철비룡은 탄성을 질렀다.

문을 열자마자 오색찬란한 각각의 광채가 경기처럼 그에게
밀려들어 눈을 뜰 수도 없을 정도였다.

드넓은 석실, 그곳은 온갖 기진이보로 가득 차 있었다.

보화처럼 발산시키는 현란한 빛에 의해 그의 두 눈은 핑핑
도는 착각이 들 정도였다.

마노(馬瑙), 진주(珍珠), 야명주(夜明珠), 묘안석(猫眼石),
대라옥석(大羅玉石), 묵린홍옥(墨鱗紅玉), 유빙석(流氷石) 등
등…….

그것들은 하나하나가 성 하나쯤은 능히 살 수 있을 광세기화가 아닌가!

황궁 가까이에서 자란 그였지만 이처럼 많은 보배와 귀한 것들을 한꺼번에 보는 것은 처음이었다.

"과연 천하지보가 모두 모여 있다고 해도 과언이 아니구나."

철비룡은 만면에 웃음을 띤 채 바로 앞에 떨어져 있는 커다란 금강석 덩어리를 집어보았다.

"앞으로 무슨 일을 벌이려고 해도 자금 걱정은 안 해도 되겠어. 이것들은 모두 차후 중원을 구하는데 필요한 막대한 군자금이 될 것이다."

철비룡은 비보전을 나와 다른 석실로 걸어갔다.

바로 다음 그의 눈에 들어온 문.

그 문은 감히 마주 할 수조차 없는 은은한 은빛이 쏟아져 나오고 있었다.

― 비병전(秘兵殿) ―

철비룡은 은은하고 장엄한 기운이 어린 이 백색의 문을 열고 안으로 들어섰다.

'예전에 천문서고에 처음 들때도 이런 설레임이 있었지. 엄청나게 많은 서책들이 나의 호기심을 자극했어. 아, 두근거리는구나.'

안의 풍경을 살펴보던 철비룡은 흡족한 미소를 지었다. 그의 기대감을 충분히 만족시켜 주었기 때문이다.

그의 눈에 드러난 정경.

수만 개의 병가(兵架)가 수백 장의 석실을 가득 메우고 있었으며, 각각의 병가에는 서기와 광기마저 흐르고 있는 수천수만 가지의 병기가 꽂혀 있었다.

이 수많은 병기는 각각 서로 이름을 날리는 천고의 병기인 듯 예리하고 날카로운 기운이 흐르고 있었으며, 그 기가 각각 달라 한눈에 봐선 우열을 가릴 수 없었다.

병기는 수천 종이 있었다.

검, 도, 극(戟), 창(槍), 봉(棒), 궁(弓), 비(匕), 금(琴), 기(旗), 종(鐘), 우(羽) 등…….

"대단하군. 이것만 있다면 이십만의 정병을 모두 신병으로 만들 수도 있을 것 같은 생각이 든다. 아무리 대도라 해도 이런 수많은 좋은 병기들을 모았을 줄이야."

철비룡은 앞으로 나아가며 쉴 새 없이 고개를 돌려 널려 있는 병기들을 주의 깊게 살펴보았다.

그가 비병전을 돌아보던 중 한참 만에 한곳에 걸음을 멈추며 기이한 웃음을 흘렸다.

그의 눈이 멈춘 곳에 기이한 검이 눈에 띄었다.

한 자루의 면검(面劍).

검 날도 없이 그렇다고 검극도 없이 끝이 뭉툭했으나 그것은 백지장처럼 얇은 것이었다.

"기이하군. 한눈에 마음이 끌리고 있으니……."

보잘 것 없이 생긴 면검, 그냥 지나치려 했지만 신경이 쓰이는 것은 어찌 할 수 없었다. 그는 다가가 검을 집어 들었다.

그것은 실용으로 제대로 쓰일지 의문이 갈만한 기이한 형태의 검이었다. 그런데 그가 검을 잡은 순간 검은 엿가락처럼 축 늘어지는 것이 아닌가?

"엉? 어찌 이런 일이……."

얼른 검 자루를 놓아버리자 늘어졌던 검은 다시 제 모양을 갖추었다.

"이상한 일의 연속이로구나."

철비룡은 의아한 눈빛을 띄우고 다시 면검을 주어 들었다. 두 눈을 부릅뜨고 검의 전면 후면을 살펴보던 철비룡은 다시금 경악의 외침을 뿌려냈다.

"윽……! 제천신검(帝天神劍)."

검의 손잡이 부분에는 과두문으로 제천신검이라 새겨져 있었다.

"진정 이것이 육대신병 중의 일 위를 차지하고 있는 제천신검이란 말인가? 말로만 듣던 그 제천신검이 바로 내 손 안에 있다니……. 혹시 이건 꿈이 아닌가?"

병기를 다룰 줄 아는 누구나가 알고 있는 전설의 최고의 신검. 육대신병 중 최고의 위치를 차지하고 있었지만 말로만 떠돌고 있어 그 어느 누구도 그것에 대한 어떤 것도 알지 못했다.

무공을 익힌 자라면 그 자신의 병기를 생명보다 중히 여긴다. 철비룡은 제천신검을 얻게 된 게 어떤 기연이나 무공기서를 발견한 것보다 기뻤다.

철비룡은 재빨리 면검에 내력을 주입시켜 보았다.

그것은 철비룡이 화관과 빙관, 그리고 극관을 통과하면서 얻어낸 사 갑자의 내력이 깃들어 있어 인세에 따라갈 자가 몇 되지 않을 정도였고, 음양의 이기(二氣)가 섞인 기이한 힘이었다.

파파파~ 팟!

갑자기 검이 벌떡 일어서며 검에서 번개 같은 빛살이 뿜어져나갔다. 그의 몸에서 솟구친 내력이 검에 주입되며 순간적으로 검기를 쏘아낸 것이다.

"좋아, 마음에 든다. 이것은 호신용으로 사용해야겠군."

철비룡은 제천신검을 허리에 둘렀다.

툭! 하는 기음이 들리며 제천신검은 그의 허리에 쫙 달라붙어 요대와 같이 둘러졌다. 제천신검은 연검으로 원래 허리에 두르도록 만들어져 있었다.

“제천신검을 찾아낸 이상, 더 이상 이곳에 있을 이유는 없 겠지. 그에 미치는 병기는 없을 테니 말이다.”

그는 미련 없이 비병전의 문을 닫고 밖으로 나왔다.

“으음, 이번엔 비서전(秘書殿)으로 가볼까? 비서전에는 내 가 읽지 못한 책이 많으리라.”

잠시 후 철비룡은 비서전 안에 있었다.

비서전, 그곳은 사방이 삼백여 장에 이르는 장방형의 석실 이었다. 그 안에는 삼백여 개의 서가가 있었으며, 서가에는 각종의 서적들이 즐비하게 있었다.

그러나 삼천여 년 전의 서가인지라 금세에는 보기 힘든 기 종의 책들이 가득 차 있었다.

죽발(竹發)로 만들어진 죽책(竹册), 교룡(蛟龍)의 껍질을 벗 겨 이어 만든 교룡피(蛟龍皮)의 책자, 묵석판(墨石板)에 강한 기를 주입시켜 깎아낸 석책판결(石册板訣).

모두가 현세에서는 한결같이 구경하기 힘든 진귀한 귀보였 다.

그 뿐인가? 책의 제목과 내용들은 한결같이 과두문, 화영 뇌문(火影雷文), 범천라문(凡天羅文)등 이미 인세에 소멸된 글씨로 새겨져 있어 이질감마저 느껴질 정도였다.

“휴우……, 만약 내가 아홉 살 때 갑골문과 원천문림서(原 天文林書)를 읽어두지 않았다면 이곳에 있는 책들은 한 권도 읽지 못할 뻔했다.”

그는 초유의 기재라고 천하에 소문이 자자한 경도일절 철비룡이다. 너무도 접한 책과 지식이 많았기에 고서체에도 해박했다.

그곳에 씌어져 있는 글자들은 이미 실전되어버린 고서체가 많았지만, 다행히도 그는 아홉 살 때 갑골문자의 모든 문류(文流)의 집대성인 원천문비서를 읽었다.

원천문비서는 길게는 초두미서체(草頭尾書體)에서 행서(行書)까지 모든 것을 판독해 나갈 기법을 적은 당대의 기인, 우문천자의 저서였다.

우문천자가 남긴 원천문비서는 천하에 하나 뿐인 서책이었지만, 철비룡은 그것을 우연히 공주의 처소에서 읽을 수 있었다.

“무려 삼천 년이나 된 고서들이다. 어떤 책들이 모여 있는 것인지 궁금하군.”

철비룡은 서서히 걸음을 옮겨 교룡피로 만들어진 고서를 한 권 집어 들었다.

〈우주파훼생성교(宇宙破毁生成敎)〉

우주가 생성되고 파괴되어 훼손되는 과정을 논하여 가르친다.

“대단한 이론서로군. 아직까지 이러한 책의 제목을 본 적이 없다. 교룡문으로 쓰여진 것으로 보아 주대(周代) 이전의 학설이 분명해."

철비룡은 다가가 또 다른 책 한 권을 집어 들었다.

책은 대나무를 엮어 만들었으며, 끈은 교룡근(蛟龍根)으로 만들어져 있었다.

〈뇌전생성파원(雷電生成破源)〉

번개와 천둥이 생성되는 원리와 번개와 천둥이 파괴할 수 있는 능력의 원리.

이미 수천 년 전의 서체로 쓰인 이 죽책은 우주 삼라만상의 모든 것을 파악하고 있으며, 그것의 바탕 위에 천둥과 번개의 정의를 내리고 있었다.

'굉장하구나. 현세 사람들도 모르는 이런 사실들을 상세하고 설득력 있게 기술한 책이 삼천 년 전에 있었다니. 나는 도저히 생각지도 못한 이론이다.'

진정 경악하고도 남을 기서였다.

"이번 것은 또 무엇일지? 모든 것이 놀라게 하고 있으니……, 도저히 믿을 수 없는 사실에 나는 완전히 바보가 된 느낌이다. 내 자신이 이처럼 우둔하게 느껴지는 건 처음 있는 일이다."

철비룡은 중얼거리며 또 다른 한 권의 책을 집어 들었다. 거대한 묵석으로 되어 있었고, 그 묵석의 전면에는 빗살무늬의 사선묵문(斜線墨文)이 새겨져 있었다.

〈정마생성무림역(正魔生成武林歷)〉

이것은 정파와 마파가 생겨난 원인을 태고에서부터 추적하여 기록한 맥이었다.

"흠, 정과 마. 두 세력의 기원을 역사시대 이전부터 조사하고 추측하여 결론 내린 내용이구나. 이것만 있다면 정과 마의 영원한 대립을 해소시킬 수도 있을지 모른다. 잘만 하면 정과 마의 상반된 사상을 역으로 생각해 낼 수 있을지도 모르지."

철비룡은 계속된 충격적인 지식들에 의해 정신없이 그 내용들에 빠져들었다. 그의 몸은 지칠 대로 지친 상태였지만 피곤함 정도는 그의 앎의 욕구 앞에선 무력했다.

수 시진이 지난 후 철비룡은 비약전(秘藥殿)에 들어와 있었다.

드넓은 석실은 각종의 약재로 가득했다. 폐부까지 스미는 청량한 약 향이 철비룡의 심신을 맑게 하였으며, 저절로 심력이 강해지는 기분이 느껴질 정도였다.

"흐음, 분위기 좋군."

철비룡은 가슴을 펴고 안으로 계속 들어갔다.

속세에서는 냄새는커녕 이름도 듣지 못한 각종 선약과 영약들이 산재해 있었다.

그뿐이 아니라 수만 개의 옥병이 사면의 가(架)에 산더미처럼 쌓여 질서정연하게 정리돼 있었으며, 그 옥병 속에는 갖가지의 영단과 액체가 찰랑거리고 있었다.

철비룡은 의학에도 상당한 견식이 있던 터라 가면 갈수록 보면 볼수록 그 얼굴엔 감탄의 기운이 어렸다.

"대단하군. 내가 열한 살 때 들어가 본 황강약고(皇江藥庫)도 이것에는 도저히 미치지 못해. 내가 먹었던 그 귀한 영약 자설련실(紫雪蓮實)도 이곳에서는 하품(下品)에 속할 정도라니."

철비룡은 걸음을 옮김에 따라 더욱 놀라고 있었다.

비약전은 정말 대단했다.

약제와 환약뿐만 아니라, 화분에 심어진 영초도 눈이 부실 정도로 현란한 빛을 발하고 있었다.

만년삼왕(萬年蔘王), 천년하수오(千年河守烏), 구엽자란(九葉紫蘭), 만년설련(萬年雪蓮), 태양극지(太陽極芝), 정빙신과(精氷神果), 칠촌석지(七村石芝), 혈태(血苔), 녹령과(綠靈果) 등등의 수없이 많은 영약과 영초들.

모두 다 인세에서 구경하기조차 힘든 것이었다.

만약, 이곳에 있는 영물, 영과 중 그 어느 것 하나라도 강호에 유출 된다면 강호는 그야말로 아비규환의 생지옥으로 전락해 서로 죽고 죽이는 쟁탈전을 벌이게 될 것이 틀림없었다.

"대도(大盜)……. 도(盜)란 말은 바로 이것을 뜻하는 것이었구나. 천하의 어떤 것이든 소유하지 못하는 게 없고, 어떤 일이든 못 해내는 게 없다는 그 대도의 무리들.

하지만 이 대도 역시 이루지 못한 일이 있었으니, 바로 천하를 훔치는 일이 아니겠는가.

대도들이 궁극적으로 이루고자 한 것은 바로 서로 배타적이기만 한 정과 마의 조화, 그 누구도 달성하지 못했기에 무조건 서로를 배척하고 죽여대기만 하는 이러한 정세는 삼천 년이 지난 현재까지도 이어져 내려온 것이겠지.”

철비룡의 눈에서 형형한 광채가 쏟아져 나왔다.

그것은 그가 강한 결심을 했다는 것을 나타내는 것으로, 그의 결심은 이후로 영원히 변하지 않는 신앙과도 같은 철칙이 될 것이다.

“이제 나머지 석실을 둘러봐야겠다! 하루라도 빨리 상승의 무공을 익혀 주위의 기대를 저버리지 않아야 한다.”

철비룡은 그 많은 영약 중 한 가지도 건들지 않고 문 밖으로 걸어 나왔다.

그 자신의 공력에 대한 자신감 때문일까? 아니면 영약의 존재를 아예 잊은 탓인가? 공력을 쌓게 하고 심신을 건강케 하는 좋은 영약들이 무수히 있었지만 철비룡은 그냥 나와 버렸다.

그 다음 차례로 철비룡은 비천전(秘天殿)에 들어갔으며, 두 시진 만에 나왔다.

또 다시 비무전으로 스며든 철비룡은 세 시진 만에 나왔으며, 비천전에 들어간 철비룡은 불과 두 시진 만에 다시 나와 비무전에 다시 들어갔다. 이런 철비룡의 행보는 계속되었다. 그것은 철비룡의 무공 수련으로 연결되었다.

그리고 그것은 세월의 흐름과 연결되고 있었으니, 이 모든 것은 하늘만이 알리라.

＊ ＊ ＊

널찍한 석실의 내부.

그곳엔 아무것도 없었다.

다만 전면의 벽에 세밀한 도흔(刀痕)으로 그려진 거대한 역사(力士)의 신상이 새겨져 있었다. 적어도 구 척은 넘어 보였다.

역사의 신상은 강맹하고 위엄찬 기상을 뿜어냈고, 흉악한 인상을 짓고 있는 것으로 보아 마치 불가에서 논하는 금강역사(金剛力士)가 아닌가 생각하게 할 정도였다.

석벽에 새겨진 역사의 상(像)은 두 발을 일자형으로 굳히고, 한 팔은 궁(弓)자로 굽혀 천(天)을 가리키고 있었으며, 반대쪽의 좌수는 가슴 앞에 모아 손바닥을 펴고 공간을 가리키는 인(人)의 형태를 취하고 있었다.

석상에 새겨진 바탕은 삼재(三才)의 천(天), 지(地), 인(人)에 바탕을 두고 있었다.

가슴에 모아진 손바닥의 한 중간에 극(極)이라고 새겨져 있었다.

신체의 한 부분만 의복으로 가려져 있는 상태였고, 전신에 드러난 근육의 골격은 울퉁불퉁하여 외문공력의 극을 이룬 상태로 비춰졌다.

특이한 것은 석상의 동서남북 벽에 새겨진 네 개의 글자로 각각 마(魔), 정(正), 양(陽), 빙(氷)이라고 새겨져 있었다. 각각 일 척에 달하는 그 글씨는 깊게 각인되어 있었다.

이곳은 어디인가?

이 신상이 새겨진 곳 앞에 단아한 자세로 앉아 있는 한 청년이 있었다.

이제 갓 십팔구 세를 넘겼을까 싶은 청년의 얼굴은 유려함과 세밀함이 돋보여 여인의 그것과 같았다.

절세가인을 칭송할 때 사용되는 온갖 미사여구가 이 미청년에게는 필요할 것만 같았다.

앉아 있는 키로 보아도 적어도 칠 척은 넘을 것 같았으며, 뒤로 묶인 머리는 이미 허리까지 이어져 있어 앉아 있는 모습만 본다면 아름다운 여인의 모습이라 생각할지도 몰랐다.

반짝이는 햇살과 같이 희디흰 얼굴에 먹으로 찍어 그은 듯 짙은 눈썹이 귀 밑까지 이어져 있으며, 눈썹 아래의 두 눈은 천고의 지혜가 침잠된 듯 깊게 가라앉아 있었다.

코는 오똑 솟아 마치 태산의 준령을 압도할 듯 보였고, 가지런한 치열은 그 준수함을 더했다.

만약 그의 키가 그리 크지 않다면 누구도 그가 여인이라고 말할 것이다. 그러나 그는 분명한 남자였다.

너무도 유약해 보여 책을 끼고 사는 서생처럼 보이는 것 외에도 그의 모습은 너무도 아름다웠다.

전신엔 눈보다도 맑아 보이는 현의를 입고 있었으며, 허리에는 금빛의 일렁이는 아름다운 금의대(金衣帶)를 매고 있어 더욱 멋들어졌다. 등에는 현란한 무늬가 새겨진 삼 척의 도를 매고 있었다.

이 청년은 누구인가?

그의 전신에서는 감히 마주 볼 수조차 없는 서기서린 안개가 자욱하게 밀려나와 그를 감싸고 있었다.

그는 바로 철비룡이었다.

지금 그의 얼굴에는 어딘지 모르게 고통스럽고 어두운 안색이 어려 있었다.

"아아……, 사부님께 죄스러울 뿐이다."

철비룡은 실망의 빛을 띤 채 큰 숨을 내쉬었다.

"자질이 우둔하여 마지막 단계의 십이 단공에 머물러 더 이상 전진을 못하고 있다니…….”

그 괴로움에 찌든 얼굴에서 고통에 찬 신음과도 같은 중얼거림이 계속 쏟아져 나왔다.

"아……, 나는 고금 제일의 무공과 내공을 얻었지만, 마정신공의 마지막 십이 단공을 이룰 수가 없으니 여태까지 쌓아온 수련은 다 물거품이 되어버리는 게 아닌가? 미완성의 무학으론 험난한 강호에서 제대로 행세 할 수 없다.”

그러나 그는 이내 입술을 깨물었다.

"이곳 마지막 석실에서 마정신공을 익힌다면 대도비궁과 마정궁 이 개파의 모든 무공을 연성하고 강호로 나갈 수가 있건만! 걱정되는구나. 이를 이루지 못한 상태로 무슨 염치로 세상에 나갈 수 있단 말인가?”

그는 이미 대도비궁의 모든 무학을 얻고, 마정궁의 무학에 심취해 있다는 말이며, 더구나 마지막 단계란 것이 아닌가?

그의 말을 믿어야 하는가?

석년 유룡존과 마정존의 제자 대도신군도 대도비궁의 무공을 두루 익히는데 칠십 년이 걸렸으며, 완벽하게 성취를 이루는 데는 백 년에 가까운 세월이 흘렀다고 했었다.

그런데 철비룡은 불과 오 년여 세월에 대도비궁과 마정궁의 무공을 완벽하게 이루었다고 한다면…….

만약 그의 스승 대도신군이 되살아날 경우 이를 듣고 자신의 부족함을 한탄하여 그 자리에서 자결하고 말리라.

그런데 자질을 어쩌고 운운하다니…….

철비룡은 전면에 거대한 기운을 뿌려내는 역사의 조각 신상을 바라보았다.

'마정존……. 그분께서는 분명 이 금강역사의 모습에서 마정궁의 삼만칠천 절예 중 마지막인 파(破)의 구결이 적혀 있다고 했다.'

철비룡의 신색은 갈수록 어둡게 변해갔다.

'그러나 벌써 한 달, 하지만 난 아무것도 깨닫지 못했다. 이곳에서 파의 구결만 얻는다면 나는 마교 최고의 비전 마황파천황(魔皇破天荒)을 얻으련만…….'

그의 눈썹이 갈지자로 휘어졌다.

'이러고도 나는 만전이라 자부했고, 경도일절이라고 자부했다. 못난 놈 같으니.'

그것은 그의 내심과 다른 자신을 채찍질하기 위한 자책의 소리였다.

철비룡은 오 년여의 세월동안 피나는 노력과 고통을 감수하며 여기까지 이르렀지만, 마황파천황의 구결을 깨우치지 못해 한 달 동안 이곳에서 벽면만을 바라보고 있었다.

일각…… 아니 한 시진.

아니다! 벌써 수일이 지났는지도 모른다. 시간이 번개 같이 흘러갔다.

얼마나 더 오랜 시간이 지났을까?

"양의(兩義)……."

그는 짤막한 한마디를 중얼거렸다. 그리고선 무엇에라도 놀란 듯 퉁겨 올랐다 다시 제자리에 주저앉았다.

그 순간 그의 영활한 머리는 번개처럼 회전하기 시작했다.

그의 두 눈이 석벽에 새겨진 두 개의 글자에 고정되었다.

— 양(陽)! 빙(氷)! —

그것은 석벽에 새겨진 금강역사의 좌우에 새겨진 두 개의 글씨였다.

양의(兩義).

양은 양(陽)이며, 음(陰)의 극대는 바로 얼음(氷)인 것이다.

양의는 바로 일원(一原)에서 생성되며, 양의는 다시 삼재를 이루며, 삼재는 다시 사상(四象)을 만들며, 사상은 다시 오행(五行)을 만들어 낸다.

오행은 다시 육합(六合)으로 발전하며, 육합은 칠성(七星)을 유도해낸다.

칠성은 별의 모든 것을 나타내며, 다시 팔괘(八卦)를 이루며, 팔괘는 만물을 근본으로 하여 만물은 다시 우주의 모든 것 구궁(九宮)을 이룬다.

구궁의 끝은 바로 극(極)인 것이다.

극은 다시 종(宗)을 비견하며, 종이라 함은 극이며 태(太)인 것이다.

또한 종의 끝은 무극(無極).

무극은 다시 극과 통하고, 무극은 바로 모든 것의 시작! 즉 초(初)와 같지 않은가?

끝이 없음은 사물의 시작, 사물의 근본!

철비룡의 두 눈에 일순 벼락같은 영기가 번뜩였다.

동시에 그의 머릿속으로 어떤 영감이 물이 흐르듯 영상처럼 흐르기 시작했다.

'가장 적은 것은 가장 큰 것이 되며, 유극(有極)은 곧 무극(無極), 종(宗)은 초(初).'

일순 철비룡의 암울하던 얼굴이 밝아지기 시작했다.

'그렇다. 초와 종이 같다면 무극 또한 유극과 같다. 그러므로 남는 것은 극밖에 없는 것이다.'

철비룡의 가슴이 크게 격앙되었다.

그리고 한 달 간의 기나긴 혼돈을 거듭했던 그의 심안이 크게 열리고 있었다.

이를 일컬어 천지교태(天地交胎)라 이르던가?

경도제일절!

그는 누가 뭐래도 우내의 단 하나 뿐인 경도제일절, 아니

우내제일절이었다.

일순간 격동과 밝은 지혜의 빛으로 충만했던 철비룡의 두 눈이 무심의 빛으로 가라앉았다.

동시에 그의 자세는 태산과 같은 장중함이 어리기 시작했다. 그것은 전에 뿌려내던 장중함과 고아함과는 다른 패(覇)의 기질이 포함된 것이다.

철비룡은 처음 그대로의 시선을 석벽으로 던졌다.

그러자 한순간 그의 눈빛을 받은 석벽이 미미한 변화를 일으키며 변화하기 시작하지 않는가?

벽에서 서기가 흘러나오고 있었다.

그것은 시간이 지나자 환상처럼 점점 엷어지며 퍼져나가기 시작했다.

'그, 글이 적혀 있다!'

그의 놀람은 결코 과장된 것이 아니었으며, 처음 대도비전에 들때처럼의 호성은 아니었다.

석벽에 새겨진 금강역사와 사 방위의 벽에 새겨졌던 글자를 감싸고 돌던 서운이 걷히고, 그 속에서 깨알보다 작은 글씨들이 솟아나기 시작한 것이 아닌가?

철비룡은 두 눈을 반개한 상태에서 안구에 내력을 집중시켜 한 자도 놓치지 않으려는 듯 재빠르게 읽어 내려갔다.

　- 만사(萬事)의 고난은 자신 안에 있으며, 모든 고난은 가슴을 다스리지 못하기 때문이며, 자신을 제어하지 못하기 때문이다. 이 모든 고난을 제어하는 것은 또 하나의 눈! 심안(心眼)을 만듦이다.

이것을 깨달음으로써 음양지기를 제어할 수 있음이니. -

'그렇구나. 심안이 있음에 모든 것을 제어할 능력이 생기는 것이리라.'

철비룡의 입가에 더 많은 깨달음을 얻은 듯 미소가 짙게 어리기 시작했다.

철비룡의 밝게 빛나던 눈빛은 차츰 침착하게 가라앉았다.

　- 이제 마정궁의 일맥을 그대에게 넘기리라.

중원에는 수만에 달하는 마도의 문파가 있으니, 본 마중정을 추구하는 마정궁의 후예와 마중마를 추구하는 만마존의 후예로 이루어졌노라.

중원에 마정의 후예를 높이 세우고, 만마존의 후예를 이끌어 진정한 마의 기틀을 세워 진정한 마도를 이루도록 할지어다.

이제 연자는 이대 마정궁주가 되었으며, 마정궁에서 모든 세세한 무공을 배웠으니 그 어떤 한 가지도 버릴 게 없을 것이다.

하지만 그 속에서 모든 세세한 것 속에서 하나의 중심을 알아냈을 것이다. 그것은 바로 무공의 원류이니라.

그대에게 전할 것은 단 하나 뿐이다.

그대가 성취한 깊은 뿌리. 그것은 지금까지의 어느 것보다 크고 강한 것으로 노부조차도 약간의 성취만 이루었을 뿐 연성하지 못한 것으로, 그 위력이 크니 함부로 사용하지는 말지어다.

연마하고 갈고 닦는 것은 그대의 재질에 달린 것이지만, 연계무공 마황파천황을 익히기 위해 이 글을 보게 된다면 마황파천황을 십이 성을 이룰 수 있을 것이다.

만약 만마존의 후예가 최후 무공 아수라파황공을 익히고 있다면, 대도비궁 최고의 무공과 마황파천황을 합해 연구해서 새로운 무공을 창안해야 맞설 수 있을 것이다. 그것은 노부 역시 이루지 못한 경지다.

이제 그대가 강호에 나가게 된다면 마정의 기치를 높이 들고 진정한 마도의 기틀을 세울 것이며, 마정의 진정한 이름을 사해오호에 날리도록 하여라.

마정궁주 마정존. ─

그리고 그 아래에는 단 천 자(千字)로 이루어진 극히 난해한 구결이 가득 적혀있었다.

　이름하여 파(破)의 무공이 그것이었다.

　─ 마황파천황(魔皇破天荒) ─ 파(破) ─

　석벽에 새겨진 마황파천황의 구결을 바라보는 철비룡의 눈은 무저갱처럼 깊이 가라앉아 있었다.

　'파……. 이것이 마황파천황의 마지막 정단계이다.'

　철비룡은 더욱 주의를 기울여 읽어 내려갔다.

　─ 마황의 기(氣)는 패도(覇道)로부터 시작되니 그 위에 기류(氣流)를 생성시키고 법을 이루어야 함이 기본이다. ─

　파의 구결은 이와 같이 시작되고 있었다.

　철비룡은 동공을 깊숙하게 가라앉히고 돌출되는 글씨를 뇌리에 새기기 시작했다.

　혼(魂)과 심(心)을 집중시켜 뚫어져라 쳐다보며 기억했다.

　그리고 그 침잠된 지혜의 동공에 의해서 그 끝과 시작도 알 수 없었던 미증유의 마황파천황이 서서히 그 신비를 드러내기 시작했다.

　천하의 다른 이들은 꿈에도 모르리라!

천하를 낮게 드리우고 있던 묵운을 거두게 될 대도지비의 신비가 드러나고 있음을. 사막의 오지를 건너 천하인이 다 치를 떨고 경련을 일으킬 천간뇌옥이 자리 잡고 있는 호수의 천장 지하 속에서 그 누군가가 새로이 태어나고 있음을!

중원의 무림인들은 모르고 있었다.

그토록 기다려 마지않던 단비가 엄청난 피의 소용돌이를 종식시키기 위해 구름을 몰고 가고 있는 것을 중원의 마도들은 모르고 있었다.

"파(破)!"

우르르르릉……! 번쩍~!

철비룡의 입에서 천지를 가를 듯한 한소리 호성이 터지고, 이어 그가 내뻗은 장지(長指)에서 한 가닥 번개 같은 뇌전이 작렬하였다. 이어 하늘을 가르고도 남을 광운이 일며 석벽에 불이 번뜩임과 동시에 자욱한 서운이 흐르던 석벽에 작렬하여 돌가루를 날렸다.

뇌전이 작렬한 석벽은 그리 크게 달라진 것은 없었다.

그러나 석벽에 새겨진 금강역사의 상에는 커다란 흔적이 남아 있었다.

석벽에 새겨져 있는 석상의 우수는 천(天)의 위치에서 검을 든 형태가 되었고, 가슴을 가리고 있던 좌수에는 륜(輪)이 새겨져 있었다.

그것은 천의(天義)와도 같은 것이었다.

무공을 펼치는데 있어 내공을 사용하지 않고 마음만으로도 경기를 발출할 수 있는 경지 즉, 의형즉살(意形卽殺)의 경지에 이른 것이다.

잠시 후 철비룡은 서서히 몸을 일으켰다.

몸을 일으킨 철비룡의 온몸에 대도칠채서기(大盜七彩瑞氣)가 어리기 시작했다.

그것은 그가 대도비궁과 마정궁의 모든 무공을 이룩했음을 단적으로 나타내 주고 있었다.

가리라.

대도…… 대도의 거대한 포부와 기치를 걸고 중원으로 가리라!

가리라.

대마정(大魔正)의 무풍(武風)을 가슴에 품고 중원으로 가리라!

제10장

대사막(大沙漠)

세월은 빠르게 지나간다.

누군가 그런 말을 하지 않았던가?

세월의 빠름에 비유하여 세월유수(歲月流水), 또는 세월여수(歲月如水)라고.

철비룡이 녹수연의 모래사막에서 사라진 지도 어느덧 오년이 흘렀으므로, 중원에서 경도제일절에 대해 떠도는 이야기들은 잊혀진지 오래였다.

등격리사막.

일명 대막(大漠)이라고 불리며, 백룡추(白龍推)라고도 불리는 땅. 그곳은 끝이 없는 열사(熱沙)의 사막이다.

막막한 모래 구릉(血陵)이 펼쳐진 땅, 뜨거운 모래바람(熱沙風), 열기를 내뿜는 폭양, 그리고 광활한 대막을 횡단하는 대상(隊商)의 행렬, 수십 수백 리마다 드문드문 있거나 수천 리에 있는 사호(沙湖)의 아름다움, 군데군데 펼쳐진 초원에 세워진 파오, 그리고 낙타.

모두가 대막에서만 볼 수 있는 이국적인 정취였다.

오시(午時).

태양은 폭양으로 변한지 오래였고, 폭양은 살갗을 태울 듯 이글거렸다.

대막에서 가장 뜨거운 시간이 다가온 것이다.

그런데 딸랑! 딸랑! 딸~ 랑!

열사의 사막에서 오후의 정적을 깨듯 사방에 울리는 은은한 방울 소리가 정적을 깨뜨렸다.

그것은 일대 상인(商人)의 행렬이었다.

사막의 한가운데를 가로질러 자욱하게 먼지를 일으키며 수십 마리의 낙타가 일렬로 느릿느릿 걸어 나갔다.

사람 수는 어림잡아 수십 명은 넘었고, 그 배 가까이 되는 낙타가 있는 것으로 보아 상당한 물품을 운반하는 대상의 무리들이었다.

낙타 위에는 대막 고유한 복장의 중원인들이 살인적인 폭염으로 인해 파김치처럼 축축 늘어진 채 앉아 있었다.

그들이 지나온 길과 나아갈 길을 보아 그들은 대막을 횡단하여 천축국과 교역하는 상인임을 알 수 있었다.

그러나 대상들의 이동 속도는 너무 느려 어느 세월에 사호에 도달할 수 있을지 의심스러울 정도였으니, 다들 폭염에 지친 탓이리라.

지금 그들의 입술은 말라 갈라져 있었고, 눈동자는 벌겋게 충혈되어 있었다.

타는 듯한 열기에 이미 질식에 가까운 지경까지 이른 그들의 머리에는 이 질식할 것 같은 폭염 속을 벗어나는 일과 또 다른 일념이 깊이 새겨져 있었다.

물…… 물…… 물…….

그들의 뇌리에는 이러한 염원이 춤추듯 새겨지고 있을 것이다.

그러는 가운데 그들의 행진은 계속되었다.

하나의 구릉을 힘겹게 넘었을 때였다.

"와아~! 사호(沙湖)다! 사호를 발견했다!"

대상 중 제일 먼저 구릉을 넘은 장한이 목청 높여 환희에 부푼 환호성을 터뜨렸다.

그의 눈에 비치는 곳, 아득한 곳에 지평선을 가린 울창한 숲을 본 것이다.

"녹지! 녹지(綠地)가 보인다!"

사흘 만에 발견한 녹지이기에 기쁜 마음은 한량이 없었다.

그들에게 물이 떨어진지 이미 하루 하고도 반나절이 지났으니 그럴 만도 했다. 원래 사막을 횡단하는 상인들은 물의 부족 같은 현상은 겪지 않았다. 다들 길 경험이 있었기에 충분히 대비를 하는 것이다. 하지만 이 무리들은 누군가의 실수로 물통과 여타의 짐 관리를 소홀히 하여 낭패를 보고 있는 중이었다.

"자! 어서 서둘러 저곳까지 갑시다."

누군가가 말하며 앞장서자 상인들은 일제히 낙타의 배를 박차고 나아갔다.

"멈추어라! 절대 저곳에 있는 물을 먹어서는 아니 된다."

방금 말을 한 사람은 대상의 맨 앞에 서 있는 특이한 용모와 행색의 노인이었다.

그의 음성에는 사람들을 복종시키는 신비한 힘이 깃들어 있었는지, 그 말을 들은 상인들 모두는 달리려던 낙타의 고삐를 틀어쥐며 멈추어 섰다.

대상들은 앞을 다투던 발걸음을 멈추고 노인에게 시선을 집중시켰다.

피부는 쭈글쭈글하며 거무튀튀하여 그의 나이는 도저히 종잡을 수 없었으며, 머리카락은 백설 같이 희어 차라리 빛이 바랜 듯이 보일 지경의 노인이었다.

전신에는 새 신랑과 같은 화복을 둘렀는데, 마적들이 염려스러웠던지 등에는 오 척 길이에 달하는 기다란 장검을 옆으로 비스듬히 매고 있었다.

더구나 낙타 위에 앉은 그의 행색은 더욱 괴이하여 등에는 혹이 난 꼽추의 형상이었으며, 두 눈은 뜻밖에도 검은자와 흰자위를 구별할 수 없는 장님이 아닌가?

두 눈이 성한 사람도 길을 잃고 방황하기 일쑤인 이 광활하고 험난한 대막을 한낱 소경을 우두머리로 하여 횡단 하다니……. 더구나 그가 꼽추라면 불과 오 척밖에 되지 않을 것인데, 오 척 길이의 길다란 장검을 차다니. 아마도 그는 장검을 멋으로 차고 다니는 것 같았다.

그런데 한 눈에 봐서도 그가 인솔자이거나 그들의 우두머리처럼 여겨지는 이유는 무엇인가?

그것은 그의 전신에서 은은히 흘러나오는 기도, 즉 범인과 다른 예기(銳氣)가 풍겨 나왔기 때문이었다.

대막의 무불통자(無不通子) 무안장검(無眼長劍) 등곡노인(登谷老人).

사막에 대해서는 모르는 것이 없다는 사막의 무불통자.

그는 사막이란 지형에 있어서 어디가 위험하고, 어디가 안전한지 귀신 같이 알고 있는 사람이다.

오 척의 단구에 꼽추였고, 이름 그대로 소경이지만 자신의 키만큼 커다란 검을 찬 노인.

그가 이 대막에 나타난 것은 불과 이 년 전의 일이었다.

그러나 겨우 이 년이란 시간이 흘렀지만 그가 대막에 나타난 이래 그의 이름은 이미 신처럼 숭상되고 있었다.

지금 그는 초점 없는 두 눈을 상하 좌우로 굴리며 건조한 목소리로 말했다.

"그대들은 지금 저곳이 어떤 곳인지 알고 있는가?"

"……."

사람들은 고개를 저었다. 그들은 답변을 기다리는 듯 등곡노인의 입술을 바라보며 숨을 죽였다.

그들 중 쥐 눈에 날카로운 입술을 지닌 장한이 앞으로 나서며 말했다.

"소인은 모르겠습니다. 기절존(氣絶尊)께서는 저곳이 어떤 곳인지 알고 계시옵니까?"

그의 목소리는 너무도 공손했다.

그런데 등곡노인을 기절존이라고 부르다니, 그는 다른 어떠한 신분을 갖고 있는 모양이다.

"그렇다. 저곳에 물이 있기는 하지만……."

등곡노인이 물이란 단어를 말하는 순간, 그를 중심으로 주목해 있는 상인들의 눈이 휘둥그레졌다.

"물!"

"물……."

상인 차림의 그들은 귀가 번쩍 뜨이는 듯 물, 물이란 소리를 반복하며 다시 달려가려고 했다.

"조용히 하라! 죽고 싶지 않다면 가만히 있어야 해. 저곳이 무엇인지 알아낸다면 그대들은 지단(枝團)의 군사가 될 자격이 있다. 배우고 익힌 경험과 지식을 모두 상기시키며 생각해 보아라. 떠오르는 게 있을지도 모를 테니."

무슨 말인가? 지단의 군사라니.

그렇다면 그들은 기절존이라는 등곡노인 밑에서 훈련을 하는 무리로서 이 대상단의 모습은 위장이란 말인가?

그 순간 한 사람이 입을 열었다.

"독(毒)⋯⋯!"

이윽고 또 다른 사람이 말을 이었다.

"독수담(毒水潭)이로구나."

사막에는 수를 셀 수도 없을 만큼 크고 작은 사호(沙湖)가 있으며, 그것들 중에는 영구히 솟아나는 담수호도 있고, 고이지 않고 일시에 생겨났다가 사라지는 유수도 있다.

일반적인 녹지가 유수(流水)라면 독수담은 담수(潭水)다. 그러다 낙엽이 떨어져 썩고 물 역시 썩어 악취를 풍긴다.

따라서 담수는 온통 장독(障毒)으로 변해버린다.

장독이란 것은 일단 중독되면 순식간에 전신이 썩어 문드러져 백골로 화하는 무서운 절독(絕毒)이었다. 또한 사막을 횡단하는 대막의 모든 상인들의 뇌리 속에 깊이 자리 잡힌 피해야만 할 첫 번째 기피 대상이기도 했다.

그게 맞는다면 그들 모두는 이곳을 피해야 했다.

그때 갑자기 막막한 대막의 저편에서 일진 모래바람이 광풍이 되어 불어오기 시작했다.

휘~ 휘~ 휘이잉!

얼굴에 사정없이 부딪치는 뜨거운 모래알들이 바늘 끝처럼 예리했다.

상인들은 급히 얼굴을 가리고 바람을 등졌다.

그러나 등곡노인은 정면으로 모래바람을 맞고 있었으며, 그로 인한 것인지 그의 쭈글쭈글한 얼굴에 화색이 돌았다.

잠시 후 등곡노인이 입을 열었다.

"하늘이 우리를 버리지 않았구나."

한 상인이 귀가 번쩍 뜨여 급히 물었다.

"사부께서는 무슨 말을 하시옵니까? 하늘이 우리를 버리지 않았다니요?"

그는 수현(秀弦)이란 이름을 가진 사람으로 기절존이라 불리는 등곡노인의 기명제자다. 지혜가 출중하기로 소문나 주위에서 인재로 촉망받는 인물이었다.

모든 상인들은 기절존이 죽는다면 그가 기절존의 대를 이을 것으로 믿어 의심치 않았다.

비록 그가 나이가 어리고 경륜이 부족하다 하나 이미 기절존의 모든 기예를 물려받았고, 기절존의 기명제자로서 그들이 속한 집단에서는 엄중한 위명마저도 있었다.

"수현아, 잠시 후면 물이 생길 것이다."

"물이 생기다니, 그게 무슨 말씀이십니까?"

"제자들이여, 막편(漠篇) 기절(氣節)을 생각하라. 이제 곧 주군께서 오실 것인데, 그대들은 아직 십분의 일도 익히지 못했단 말인가?"

그의 음성은 갑자기 부르르 떨리고 있었다.

"천수(天水)……."

상인들은 이구동성으로 외쳤고, 직후 갑자기 그들의 행동이 빨라지기 시작했다.

상인들은 황급히 자신들의 짐 속에서 둘둘 말린 양피지를 꺼내어 모래땅을 파고 팠다.

그 모양도 웅덩이와 같았다. 크기는 각각 달랐으나 흡사 대접과도 같은 형상이 생겨났다.

"사부님! 이제 모든 것을 깨우친 모양입니다."

수현이 옆에서 등곡노인에게 말했다.

"그렇다. 이제 모든 것을 터득한 것 같으니 주군을 기다리면 될 것이다."

휘~ 휘~ 이~ 잉!

또 다시 모래바람이 거세게 불어오기 시작했다.

모래바람이 더욱 거세어졌을 때 상인 차림을 한 그들은 북천하늘을 바라보았다.

어느새 북천에서 먹장구름이 빠른 기세로 몰려오고 있는 것이 아닌가?

먹장구름은 삽시간에 작열했고, 순식간에 폭양을 삼켜 온 천지를 새까맣게 뒤덮어버렸다.

뒤이어 번쩍! 하고 한 줄기 은빛 섬광이 온 하늘을 갈라놓음과 동시에 천지를 뒤집어 놓을 듯한 천둥소리와 함께 거센 폭우가 쏟아지기 시작했다.

후두두두둑!

모든 사람이 빗줄기 속에서 미친 듯이 소리쳤다.

"우하하하하! 비다! 비야! 우하하하…….”

상인들의 웃음 속에는 희열과 함께 성취감이 강하게 흐르고 있음은 웬일일까?

그러나 그것도 잠시 뿐, 천지를 몰아갈 듯 몰아치던 먹장구름이 사라졌고, 빗방울도 순식간에 그쳐버렸다.

순식간에 하늘은 언제 비가 왔느냐는 냥 맑게 개어 있었다.

다시 하늘에는 잔인하게도 화륜(火輪)의 폭양이 쏟아지기 시작했다. 젖은 모래벌판과 상인들의 의복은 빠른 속도로 바삭바삭 말라갔다.

상인들은 허겁지겁 양피 위에 모인 물을 가죽 주머니에 옮겨 담았다.

"사부님, 물은 충분합니다. 사부님께서 미리 천기를 살피셨기에 물을 구할 수 있었습니다."

수현이 다가와 그에게 물주머니를 건네었다.

등곡노인은 물주머니를 들고 일어서며 나직하게 말했다.

"이제 그대들은 천기를 볼 줄 아는 모든 것을 배웠다. 이제 각자 지단으로 돌아가 주군이 오실 날만을 기다려 대업을 이루는 것이다."

등곡노인은 자연스런 동작으로 물을 입가로 가져갔다.

"으……."

돌연, 쥐어짜는 듯한 신음을 터뜨리며 그의 익숙한 손놀림이 일시간 정지되었다.

동시에 그의 전신에 질식할 것 같은 기도가 떠올랐고, 걸쳐 입고 있던 화복이 터질 듯이 부풀어 오르며 주위 사람들이 느낄만한 기이한 살기를 뿜어냈다.

상인들은 어리둥절했다.

그들이 어찌 장님이 느끼는 특유의 감각과 직감, 그리고 청각을 따를 수가 있겠는가?

"사부님 어떻게 된……."

가까이 다가선 수현은 사부의 모습에 어리둥절해 했다.

등곡노인의 얼굴에 긴장의 빛이 스쳐지나갔다. 그리고 곧 피어오르던 경기와 살기를 소멸시켰다.

"으음, 피와 죽음의 내음이 우리들에게 다가오고 있구나."

그 말을 들은 상인들의 안색이 확 변했다.

차~ 창~ 챙~!

그들은 그제야 짐작할 수 있는 살기를 느낀 듯 일제히 품에서 병기를 끄집어내며 등곡노인 주위로 기이한 형태의 원각(圓角)을 이루는 진을 형성했다.

이 일련의 행동으로 보아 그들이 오랫동안 진법을 연구한 일단의 단체임을 알 수 있었고, 그들이 뿜어내는 무위로 보아 그들은 보통의 수준을 넘는 고수임을 알 수 있었다.

그들의 동작은 신속하였고, 그들이 이룬 원각의 진에서 뿜어져 나오는 기도가 너무도 강하였기에 진법이 쉽사리 깨질 것 같진 않았다.

"무기를 거두어라. 아직은 피를 부를 때가 아니다. 무기를 거두어 암형(暗形)의 진으로 돌입해야 한다. 모두 각자의 기도를 완전하게 숨기도록 하라."

등곡노인의 입에서 흘러나온 말은 그들의 생각을 불허하는 것이었다.

"사부님, 만약 적이라면 목숨을 다해 일전을 치를 것입니다. 왜 검을 거두라 하십니까?"

수현이 다가서며 등곡노인을 쳐다보았다.

“신속하게 행동해야 한다! 지금의 살기는 이 사부도 감당할 수 없다. 서둘러야 해!”

“사부께서도 감당할 수 없는 적이라면!”

“그럴 리가…… 믿을 수 없습니다.”

그들의 주위에 둘러 서 있던 수십 명의 상인이 놀란 표정으로 한마디씩 했다.

그럴 수가 없다는 듯한 이해할 수 없는 표정이었다.

기절존 등곡(登谷).

그는 그들이 아는 한 그들이 속한 단체에서 열 손가락 안에 드는 사람이다.

그들이 속한 단체에는 주군이라 불리는 신비인 외에도 그에 버금간다고 알려진 일곱 명의 노인이 있으니, 그들 중 한 명이 기절존이다.

기절존은 천문과 천기에 밝고, 기관토목에는 일가를 이룰 정도로 혜지가 뛰어난 자였지만, 검예에는 약하다고 여겨지는 이였다. 하지만 그들이 속한 단체에서는 전 분야에 걸쳐 아무도 그의 능력을 무시하지 못했다.

그가 펼치는 검술은 보지 못했다 하더라도, 그의 등에 걸린 검 자루는 그저 멋으로 차고 다니는 것이 아니란 것 또한 그들은 잘 알고 있다.

기절존의 또 다른 신분은 천간뇌옥에 갇혀 있던 칠대무존

(七代武尊) 중의 일 인이었다. 또한 그의 사문은 마정궁이었으니, 무림에서는 그들을 칠대무존이라 불렀으나 대도비궁에서는 칠절존이라 불렀다.

각기 한 기예에서 천고의 능력에 이른 사람들.

그들은 조사의 유시를 이어 천간뇌옥에서 이대 대도신(大盜神)이 오기를 기다렸고, 이 년 전 바로 대도신을 만났다. 이대로 이어진 대도신군은 칠절존의 비호 아래 대도비궁과 마정궁의 모든 것을 이어 받았다.

대도신군은 젊은 사람이었다.

그러나 그는 그들 칠 인의 합공을 가볍게 받아냈고, 심지어 그들 칠대무존은 새로운 대도신의 강한 힘에 밀려 옷깃 하나 건드릴 수도 없었다.

조사의 유시도 유시였거니와 새로운 대도신을 만나본 그들은 그의 인품과 기도에 탄복하고 말았다.

대도신은 그들에게 각각 명을 내렸다. 그 명을 받아 칠대무존은 이 년 전 천간뇌옥을 탈출하기에 이르렀다.

"대도비궁의 후예를 모아라."

"마정궁 역시 보존되어야 한다. 후예를 모아 힘을 기르며 대비하라."

그의 명은 간단명료했지만 그 한마디 한마디는 그들이 수천 년 동안 대를 이어 기다린 소망이었다.

그들은 그의 한마디에 지옥의 성이며, 불회귀옥이라는 천간뇌옥을 탈출하기에 이르렀다.

조정에선 수천의 군사를 풀어 천간뇌옥을 조사했고, 수만의 별동대를 풀어 그들을 추적했으나 끝내 그들의 자취는 오리무중 속에 파묻히고 말았다.

그런데 그 칠대무존의 일 인이었던 기절존이 등격리사막에 나타난 것이다. 그것도 무불통지 등곡노인이라는 기이한 명호를 지닌 사막의 여우로서.

상인들은 등곡노인의 말을 듣자 급히 검을 거두었으며, 질서 있게 진을 풀었다. 곧이어 전신에 흐르는 기도를 감추고, 내공의 흐름을 안으로 갈무리해 은신의 차비를 갖추었다.

바로 그때였다.

"앗! 저, 저것은……."

한 상인의 입에서 경악성이 터져 나왔다.

갑자기 서편으로 양광이 스러져나가는 동시 붉은 노을이 지며, 그 붉은 적운(赤雲)을 등에 지고 한 덩이의 흰 구름이 몰려오고 있었다.

백운(白雲).

흰 모래먼지를 일으키며 다가오는 것은 한 필의 희디흰 백마였다.

두두두두~ 두두…….

한 마리의 백마는 멀리서 보기에도 특출 나게 뛸 정도였고, 붉은 노을을 받아 화려한 빛까지 띠고 있었다.

조금은 의아한 일이다. 사막은 모래로 이루어져 있어 아무리 천하의 명마라 하더라도 사막에서는 무용지물이나 다름없으며, 하루도 못가서 땅에 쓰러지고 만다.

그런데 인근 오천여 리 주변에는 인가와 사호가 없건만 한 마리의 백마는 질풍처럼 달리지 않는가?

마상에는 한 명의 청의인이 앉아있었다.

마상의 청의인. 그는 젊은 청년이었다.

온몸에 청의무복을 둘렀으며, 등에는 기형장도를 늘어뜨린 행색이었다.

방갓을 깊숙이 눌러 쓰고 있어 용모는 자세히 알 수 없었지만, 드러난 턱이 희고 수염이 보이지 않는 것으로 보아 그가 청년이라는 것을 추측케 했으며, 질풍 같이 달리는 마상에서 조금의 흔들림도 없는 것으로 보아 공력에 있어서도 일류고수의 반열에 들 만할 것이라는 예상을 하게 해주었다.

"오! 백룡이 아닌가. 대막백룡총(大漠白龍驄)!"

누군가 말을 알아본 듯 탄성을 터뜨렸다.

대막백룡총, 대막에서 수호신으로 떠받드는 전설적인 신품(神品)의 말이 아닌가? 천 년에 한 번 나올까 말까 하는 천고절금(千古絕今)의 천리신구(千里新舊)로 사막에서조차 한나절에 천 리를 달린다고 전해진다.

천축의 특산종인 백설준구(白雪駿軀)와 청죽총(靑竹驄)의 사이에서 태어난다는 명물. 백설준구와 청죽총은 서로 영감이 통해야만 교합을 한다고 하니, 이 영물을 본다는 것은 정말 천 년에 한 번 꼴이었다.

그러한 전설적인 신마가 눈앞에 등장 하다니.

중인들은 믿을 수 없는 사실에 입을 벌리고 다가오는 신마를 바라다보았다.

그 신마는 전신에 백설 같은 털을 부드럽게 두르고 있었으며, 기이한 표식이라도 되는 듯 미간에 눈이 시리도록 푸른 청모(靑毛)가 나 있었다. 청모는 유난히 길어 말의 코앞까지 늘어져 기이한 분위기를 풍기고 있었다.

바람처럼 달려온 대막백룡총이 홀연히 대상 앞에 멈추어 섰다.

그때 이 영물을 맞는 상인들은 마구잡이로 흩어져 있는 듯 보였으나, 엄밀하게 말해서 그들은 기이한 눈으로 파악하기 어려운 절진을 형성하고 있었다.

'피! 피 냄새가 풍긴다.'

등곡노인은 거의 무의식적으로 느끼고 있었다.

그때 중인들의 앞에 홀연히 드러난 청의인의 모습.

그 청의인의 몸에서는 주위 모든 것을 짓누를 것 같은 패도의 기운이 흘러 긴장의 빛을 띠고 서 있는 대상들의 마음을 무겁게 했다.

이윽고 턱이 조금 움직이는 듯 싶더니 방갓으로 가려진 청의인의 입에서 차가운 미성(美聲)이 흘러나왔다.

"중원은 어느 쪽이요?"

등곡노인은 약간 고개를 숙인 채 아무 말도 없이 백마의 사내를 바라보지도 못했다. 등곡노인의 몸은 가늘게 떨리고 있었지만 이를 느낀 자는 아무도 없었다.

그때 한 뚱뚱한 상인이 불쑥 나서며 말했다.

"헤헤헤……, 공자! 중원은 이곳에서 동남쪽으로 곧장 가시면 됩니다. 주위엔 어떤 사호나 수림도 없으니 조심하셔서 그 행로를 잘 잡으셔야 합니다."

그가 말을 마치는 순간이었다.

히히히잉!

대막 백룡총이 앞발을 높이 들었다. 그 순간 이미 백마와 일심동체가 된 방갓의 사내는 저 멀리 사라지고 있었다.

뿌연 먼지만을 남긴 채…….

대막 백룡총이 모래 먼지만을 남기며 사라지듯 빠르게 달려가자 상인들은 황홀하게 바라보며 감탄성을 터뜨렸다.

"저 공자님은 필시 선인일 것이야. 기품하며, 태산을 누르는 듯한 기도가 감히 누구도 따를 수 없는 것이었어."

"그래, 우리의 주인이 누구신진 모르겠지만 저 정도만 되어도 괜찮겠네. 다른 이들을 압도할 것 같은 그 기운, 정말 섬겨도 미련 없는 주인이 될 거야."

그러나 등곡노인의 목소리는 모든 이들의 말소리를 멈추게 했다.

"그렇다. 그 공자의 기도는 우리 전부를 압도하고도 남음이 있었지. 하지만 그의 몸에서는 잔혹한 피비린내의 기운, 즉 혈향(血香)이 풍겨 나오고 있었다."

"그게 무슨 말씀이십니까?"

무슨 말인지 알아듣지 못한 상인들이 의아한 빛을 띠고 되물었다.

"그자는 인걸(人傑)이 될 수 있을지 몰라도 절대 선인은 아니다. 그의 기도가 뛰어난 것은 인정하지만, 그는 필시 힘만을 우선시하는 패웅일 것이다."

그의 목소리에는 확신이 서 있었다.

그의 말은 정확할 것이다. 눈 없는 그의 예지력과 육감은 놀랄 정도로 정확했다. 그를 아는 자라면 누구든지 그의 말을 믿었다.

'실로 엄청났다. 내가 만약 그자를 볼 수 있었다면 그자의 눈빛만으로도 주저앉고 말았으리라. 그런 자가 세상에 나타나다니, 잘못하면 그 한 사람에 의해 천하가 좌지우지 될 수

도 있겠구나.’

등곡노인은 남모르게 한숨을 내쉬었다.

조금 전 그들에게 중원을 묻고 떠난 자가 패웅이라면 중원 전역에 피바람이 불지도 몰랐다.

영웅과 패웅, 둘은 같은 말일 수도 다른 말일 수도 있었다. 다른 점이라면 패웅이란 단어가 더욱 강한 어감을 내포하고 있다는 것.

그러는 사이 사막은 점점 저물어가고 있었다.

서편은 어느새 적운이 깔리고 있었으며, 열기도 서서히 식어가고 있었다. 이제 두 시진만 지난다면 열사의 땅에서도 냉기가 뼈를 얼릴 듯 피어오르리라.

석양의 하늘. 그토록 잔인했던 태양이 사구의 지평선으로 서서히 사라지고 있었다. 점차 사막은 핏빛 노을로 물들어갔다.

노을빛을 받아 붉게 반사하는 홍운에 깔려 열사의 모래까지 달굴 듯 붉은 빛을 발하니 마치 피를 칠한 듯이 보이지 않는가?

“누군가 또 오고 있군.”

등곡노인은 또 다시 알 수 없는 말을 터뜨렸다.

“이 황량한 사막에 누가 또…….”

상인들은 또 다시 누군가 나타난다는 등곡노인의 말에 사위를 둘러보았다.

그러나 그들의 눈에 보이는 것은 석양을 받아 붉게 변한 채 끝없이 펼쳐진 모래 구릉뿐 아무것도 보이지 않았고, 어떠한 위기감도 느껴지지 않았다.

"엇! 저기……."

한 상인이 입을 열어 뭔가 보이는 곳을 향해 손가락을 가리켰다.

등곡노인을 비롯한 모든 상인들은 한곳으로 일제히 고개를 돌리며 시선을 던졌다. 상인들이 손길에 방향을 잡았다면 등곡노인은 단지 청각에 의한 판단이었다. 그러나 그는 소경이었기에 볼 수는 없었다.

말(馬).

그들의 시선이 향한 곳에서 핏빛 홍운을 뒤로 한 채 달려오는 것은 또 한 마리의 말이었다.

역시 말에는 한 명의 백의인이 타고 있었다.

그들은 놀라운 일을 하루에 두 번이나 겪게 된 것이다.

조금 전에 본 말은 천하의 명마라는 대막 백룡총이라면, 이번에 사막을 질풍처럼 달려오는 한 마리의 말은 도대체 무엇이란 말인가?

아무리 명마라도 사막 한가운데를 저리도 경쾌하게 달릴 수 있다니. 이 모습이 사실이라면 저것 역시 보통의 명마가 아닌 영물의 대열에 드는 이상한 동물임에 틀림없었다.

역시 같은 빛깔의 백마였다. 그 것은 천마(天馬)인 양 질풍같이 치달리고 있었다.

그 마상에는 백의기사가 오연하게 앉아있었다.

백마는 뿌옇게 모래를 흩날리며 질풍처럼 대상 쪽으로 짓쳐 달려갔다.

그러자 귀를 쫑긋거리던 등곡노인이 목청을 높여 중얼거렸다.

"아! 이것은 한혈백보마(寒血白寶馬)!"

변황에서 최고로 치는 말이 있으니 천축과 서장의 접경지역에서 산출되는 한혈보마(寒血寶馬)를 들 수 있다.

하루에 삼천 리를 달리고, 사막과 초원에서도 천 리 이상을 달린다. 먹이를 먹지 않아도 사흘을 달리며, 여타의 말과는 달리 술과 콩을 먹는 명마다.

한혈보마가 적색인데 비하여 한혈백보마는 백색이었다.

그것은 한 가지 이유에 기인하니, 한혈보마가 인세에 구하기 힘든 영약이나 영물을 먹으면 그 내공을 이길 수가 없어 온 털이 하얗게 변한다. 그것 또한 십중팔구의 한혈보마는 털이 하얗게 변하다 못해 기운을 이기지 못해 쓰러지고 말지만, 운이 좋은 한혈보마는 그 기운을 잘 갈무리하게 되어 그 어떤 말보다 뛰어난 능력을 갖게 된다고 한다.

따라서 한혈보마보다도 서너 배의 빠름과 영민함, 그리고 지치지 않는 체력을 가지고 있으며, 영성(靈性)을 얻게 되어 스스로 맘에 드는 주인을 선택 한다고 전해진다.

이것이 바로 한혈백보마다.

바람처럼 달려온 한혈백보마가 홀연히 등곡노인 앞에 멈추어 섰다.

드러나는 백의인의 모습.

일신에 눈처럼 하얀 백삼을 걸친 이자의 모습은 한눈에 보기에도 범상치 않았다.

그의 머리는 뒤로 넘겨 묶여 있으며, 허리까지 늘어져 있었고, 안면의 기다란 수염은 미염공(美髥公)이란 말이 어울릴 정도로 탐스러웠다. 또한 보이는 것은 백설보다도 더욱 희게 보이는 피부와 그의 등에 찬 커다란 패도(覇刀), 그리고 허리에 차고 있는 황금의 요대였다.

또한 흑진주처럼 영롱하게 빛나는 두 눈을 갖고 있어 보기 좋다는 느낌을 가지게 했다.

자세히 살펴보면 그는 우람한 몸과 긴 수염과는 다르게 유약해 보인다는 사실도 느껴야 했다.

무(無)와 극(極)은 통한다고 했던가. 그자를 지켜보던 상인들은 예전에 지나친 청의인에 비해 이 사내는 기도가 형편없다는 느낌을 가질 수밖에 없었다.

허나 등곡노인만은 짐작하고 있었으니…….

'전의 사내와는 다른 또 다른 느낌. 강함 속에 유약함이 숨어 있고 양기 안에 음기가 숨어 있으니……. 아! 오늘은 평생 가도 못 만날 인걸을 두 사람이나 접하게 되는구나.'

백의인의 좌수에는 기이한 형태의 환이 걸려 있는데, 그것의 모양은 마치 뱀이 팔에 감긴 형상이었다.

이윽고 백의인이 입을 열었다.

"중원으로 가는 길을 가르쳐 주시면 감사하겠소이다."

그도 참으로 이상한 자였다.

두 눈이 멀쩡한 이십여 명의 상인들은 놔두고 하필 눈이 보이지 않으며, 등이 굽은 꼽추인 등곡노인에게 말을 거는 이유란 도대체 뭐란 말인가?

그 순간 등곡노인의 왜소한 몸이 한차례 흔들렸다. 그것은 백의인이 보기에도 쉽게 느낄 수 있는 것으로, 그는 등곡노인의 행동을 보며 의아한 빛을 띠었다.

그때 한 상인이 불쑥 나서며 말했다. 그는 청의인이 물었을 때도 대답했던 뚱뚱한 체구의 사내였다.

"헤헤……, 중원으로 가시려면 동남쪽으로 오천여 리 정도 곧장 가시면 되오이다. 주변에 쉴 곳이란 전혀 없으니 차비 단단히 해서 가시오."

"고맙소."

　백의인은 말머리를 돌리며 허리를 가볍게 굽혀 예를 취했다.

　히히히힝!

　한혈백보마가 길게 울음을 터뜨리며 바람처럼 달려갔다.

　그런데 한혈백보마가 달려가는 곳에 희미하게나마 칠색 무지개가 피어오르는 것이 아닌가.

　상인들은 그 이상한 광경을 황홀한 듯 바라보며 감탄성을 터뜨렸다.

　"우와 칠색서기라, 저분은 아까 그 공자님보다 더 뛰어나신 것 같네."

　"그렇군. 다만 흠이라면 허리와 등에 검을 지닌 것 같은데, 어떠한 기도도 풍기지 않는 것으로 보아 무공이 전혀 없거나 소실된 듯 보이는데."

　"맞아. 내가 보기엔 그 전에 지나간 청의공자가 훨씬 강해 보였어. 백의의 그자는 어딘가 나약해 보이는 게 일개 서생에 불과할 거야."

　돌연 멍하니 서 있던 등곡노인이 수현을 불렀다.

　"수현아, 조금 전 지나친 한혈백보마의 서생이 등과 허리에 검을 차고 있었다고 하였느냐? 자세히 말해 보거라."

　그의 목소리는 여전히 떨리고 있었다.

　수현은 의아한 표정이었으나 공손하게 대답했다.

"예, 사부님. 백의인은 등과 허리에 검을 차고 있습니다. 등에는 검은색의 기이한 문양이 새겨진 도를 차고 있었고, 허리에는 요대처럼 보이는 금검(金劍)을 차고 있었습니다."

수현의 말에 등곡노인은 고개를 떨구었다.

"아! 그렇단 말인가."

"……?"

몸을 떨며 격동하는 등곡노인의 모습을 보며 상인 차림의 그들은 의아한 표정을 지었다.

"사부님, 왜 그러십니까? 무슨 일이 있는 것이옵니까?"

그러나 등곡노인은 대꾸하지 않고 털썩 무릎을 꿇었다.

그리고 하늘을 우러러보며 입을 열었다.

"오……, 대막의 신이시여, 진정으로 감사하옵니다. 이 년 만에 그런 위업을 이루시다니……."

그의 희멀건 두 눈에서 굵은 눈물이 흘렀다.

"일어설 때가 되었구나. 이제 이십 명의 군사는 완성되었습니다."

돌연한 등곡노인의 행동에 상인 차림의 그들은 알 수 없다는 표정이었다.

"허어, 대체 무슨 까닭인지……."

그들은 서로의 얼굴을 멀뚱멀뚱 바라보았다.

이젠 서편을 처절하게 물들였던 핏빛 노을도, 동쪽에 황홀하게 피어올랐던 무지개도 사라져 버리고 점차 축축한 어둠이 내리 깔리고 있었다.

바로 사막의 밤이 문을 여는 것이었다.

갑작스러운 일은 그때 터졌다.

등곡노인이 목청을 높여 외쳤다.

"제자들이여, 기뻐하라. 드디어 주군께서 나타나셨다."

이를 들은 상인들은 깜짝 놀랐다.

"아니 기절존, 무슨 말씀이십니까? 주군께서 어디에 나타나셨단 말이옵니까?"

등곡노인은 엄숙한 투로 말했다.

"너희들도 방금 보아서 알겠지만 방금 지나가셨던 분이 주군이다."

등곡노인의 말에 상인으로 치장한 제자 중 하나인 관영(管英)이 물었다.

"아, 그렇다면 뿜어지는 기도가 굉장한 그분, 그 청의를 걸친 방갓의 공자 말씀이십니까?"

등곡노인은 고개를 저었다.

"아니야. 방금 전에 지나쳤던 그 백의공자를 말하는 것이다. 등에 맨 그 묵도는 대도비궁의 신물이 틀림없으니."

"허나 그분에게선 어떤 기운도 느낄 수 없었습니다. 우리의 군주가 되기에는 조금 부족한 듯합니다만……."

등곡노인은 희미하게 웃었다.

"허허, 진정한 고수는 잘 드러나지 않는 법이다. 극에 달하면 무에 이르는 것은 엄연한 이치. 너희들은 당연히 느낄 수 없었겠지. 묵도와 금검, 확실한 우리의 주군이시다."

등곡노인의 말에 여러 제자들은 희색을 띠었다.

"그분이 대도비궁의 현신이라니."

"주군! 주군이 드디어 나타나셨구나!"

수십 명의 상인들이 백의인이 사라진 쪽을 향하여 일제히 허리를 굽혔다.

등곡노인은 차분한 어조로 말했다.

"이제 수천 년의 위업은 시작되리라. 바로 우리들의 손에 의해서 말이야."

잠시 후 그들은 일제히 몸을 돌려 중원을 향해 발걸음을 재촉하기 시작했다. 항상 말로만 듣고 마음속으로만 새겨오던 군주의 실체를 직접 뵈었던 터라 그들은 기쁜 마음에 발걸음이 가벼웠다.

그런데 그들이 십여 걸음을 걸어 나갔을까?

"멈추시오!"

천둥 같은 고함성이 들렸다.

갑작스레 허공을 울린 그 소리가 어찌나 큰지 상인들은 벼락을 맞은 듯 비틀거렸다.

그 고함과 동시였다.

휙휙휙!

세 개의 그림자가 원래 그곳에 있었던 것처럼 스윽 나타나며 그들의 앞에 현신했다.

세 개의 그림자. 그들은 두 명의 청년과 한 명의 여인이었다.

두 명의 청년 중 한 사람은 십 척이 넘는 거인이었고, 한 사람은 등곡노인 만큼이나 작은 신체를 지닌 무사였다.

거인의 키가 엄청난 것은 둘 째 치고, 주먹 만해도 어른의 머리보다 크지 않은가! 또한 손에 들고 있는 쇠몽둥이는 장비의 장팔사모 보다도 족히 두 배는 될 것 같은 크기였다.

그리고 조그마한 갈의의 무사……. 강인한 기도와 더불어 빈틈이 하나도 없어 보이는 그자의 허리에는 땅에 질질 끌리는 실처럼 가는 도가 걸려 있었고, 전신에는 빈틈없이 유엽비도가 꽂혀 있었다.

그리고 또 하나의 여인.

이제 십육칠 세나 되었을까?

전신엔 구슬로 엮어진 기이한 형태의 옷을 입었으며, 조그마한 방갓을 쓰고 있었다. 방갓 아래에는 검은 면사가 가려져 있어 용모는 볼 수 없었지만, 파란 눈동자와 희디흰 피부, 의복 밖으로 드러난 몸의 굴곡이 그녀의 미를 짐작케 했다.

"색목인, 바로 천축…… 천축의 여인이로구나."

그들의 복장이 쉽게 볼 수 없는 특이한 것이었기에 중인들은 간단히 그들이 천축인임을 알아볼 수 있었다.

더구나 여인의 좌수에는 천축의 지체 높은 여인들이 사용하는 우모편(牛毛篇)이 쥐어져 있었다.

그들은 기절존과 그의 절기를 전수받은 미계의 군사들이 아니던가!

그들의 안색이 가볍게 변했다. 중인들 중 누군가가 여인을 가리켜 천축의 여인이라 했기 때문이다.

등곡노인 역시 안색을 찌푸렸다.

'으음, 가공할 고수들이 분명하군. 나로서도 도저히 그 깊이를 헤아릴 수조차 없는 고수들. 일이 힘들어 질지도 모르겠어.'

다가선 거인이 무표정한 얼굴을 하고 물었다.

"혹시 백마의 기사를 보지 못하셨소이까?"

벼락이 치듯 우렁찬 목소리였다.

상인들은 그의 우렁찬 목소리를 견디지 못한 듯 귀를 틀어막고 비틀거렸다. 소리의 파장은 그야말로 굉장해, 내공의 운용을 전혀 모르는 평인이라면 그 자리에서 기절하거나 즉사했을 정도로 강했다.

'이들이 주군을 찾는 이유는 혹시 어떤 원한 관계라도 있는

것이 아닐까?'

이런 생각이 떠오르자 등곡노인은 왠지 가슴이 떨려오는 느낌을 받았다. 속이 울렁거릴 정도였으니, 주군을 생각하는 그의 마음은 끝이 없는 것 같았다.

"내 말이 들리지 않소?"

거인은 미간을 찌푸리며 재차 고함을 질렀다.

그 소리에 질린 듯 노인은 곧바로 대답했다.

"그분께서는 중원으로 가시었소. 동남쪽으로 가시면 중원으로 갈 수 있을 것이외다."

등곡노인의 말을 듣던 거인은 여인을 향해 고개를 돌렸다.

"공주님, 부마께서 중원으로 가셨답니다. 어서 가시지요."

말없이 고개를 끄덕이던 공주는 한 걸음 두 걸음 동남을 향해 내디뎠다.

휙휙휙~!

날카로운 파공성이 울리며 세 명의 그림자가 다시 환영처럼 사라졌다.

"부마?"

"부마라, 그럼 주군은 어느 왕국의 부마란 말인가?"

"그렇다면 저 여인이 천축의 공녀이고, 부마는 주군이란 말인가? 거참 희한한 일이로군."

중인들은 의아한 빛을 띠며 한마디씩 했다.

그것은 그들에게 닥쳐온 괴이한 일들이 일시간에 너무 많이 닥쳐왔기 때문이었다.

'과연 주군이시다. 이 년 만에 그 짧은 시간 만에 천축을 얻는 데 성공하셨구나. 더구나 부마까지 되셨다면 확실한 힘을 모으게 된 것이리라.'

등곡노인의 주름진 얼굴에 웃음기가 넘쳐흘렀다.

그렇다면…… 그들 사이에는 이년 전에 어떠한 묵계와 계교가 세워져 있었단 말인가?

수현이 앞장 서 목청을 높였다.

"빨리 길을 나아갑시다. 오래 서 있는 것은 몸에 좋지 않소."

그의 말과 동시에 수십 명의 상인들이 대막을 가로지르며 중원으로 향하기 시작했다.

- 다음 권에 계속 -